묵향 28
묵향의 귀환
장백산의 괴인

묵향 28
묵향의 귀환

초판 1쇄 발행일 · 2011년 07월 10일
초판 5쇄 발행일 · 2021년 08월 30일

지은이 · 전동조
펴낸이 · 유용열
기　획 · 김병준
편　집 · 김은희, 유지원
펴낸곳 · 도서출판 스카이미디어

주소 · 서울시 동대문구 용두동 234-35번지 대명빌딩 201호
전화 · (02)922-7466
팩스 · (02)924-4633
E-mail · skymedia62@hanmail.net
출판등록 · 제6-711호

Copyright ⓒ 전동조 2021

값 9,000원

ISBN · 978-89-6122-199-3 04810
ISBN · 978-89-92133-00-5 (세트)

※ 온라인상의 불법 복제물의 유포나 공유는 저작자의 재산권을 침해하는
　중대한 범죄 행위로 관련법에 의거해 처벌 대상이 됩니다.
※ 작가와의 협의에 의하여 인지는 생략합니다.
※ 잘못된 책은 본사나 구입하신 서점에서 교환해 드립니다.

DARK STORY SERIES Ⅲ

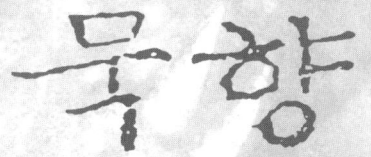
묵향의 귀환

전동조 장편 판타지 소설

28
장백산의 괴인

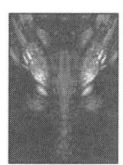

차례
장백산의 괴인

•

•

•

진회의 몰락 ················· 7

여우와 너구리의 지략 대결 ············27

묵향의 고뇌 ················47

3가지 조건 ················63

다시 시작된 옥화무제의 탐욕 ··········81

장백산의 괴인 ···············99

똥줄 타는 아르티어스 ············119

차례
장백산의 괴인

생사경의 경지? ················· 145

키메라를 만드는 최고의 재료 ············ 183

흑마법사 수난시대 ················· 199

불법 레어 침입자 ·················· 217

아버지의 유산 ··················· 245

101개 함정의 비밀 ·················· 261

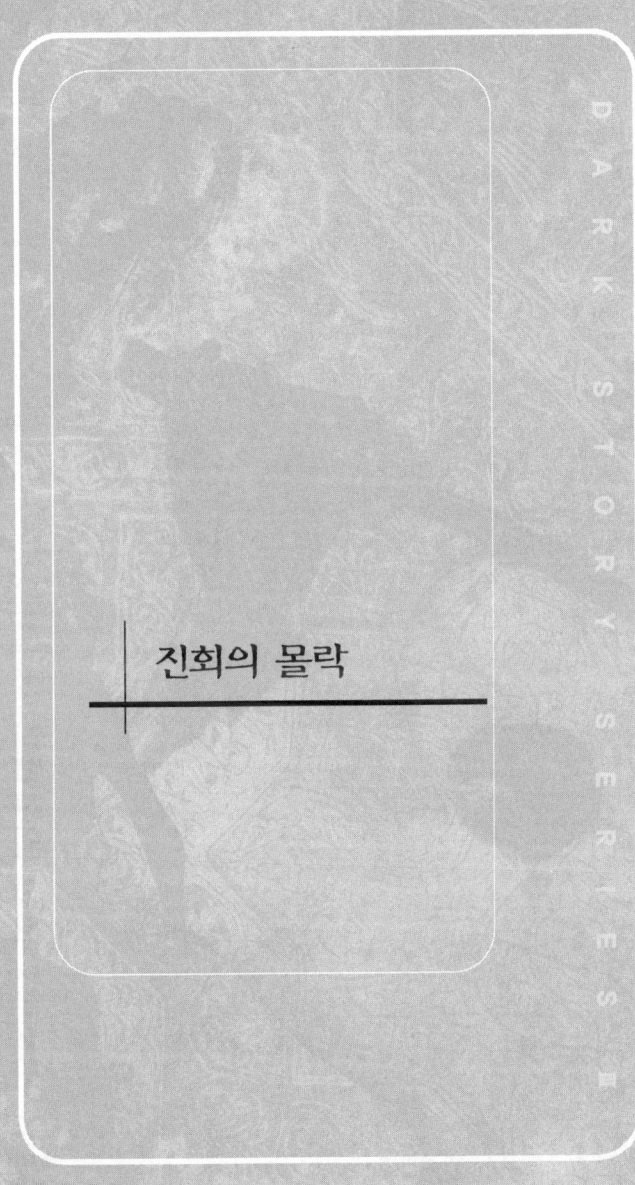

진회의 몰락

28

장백산의 괴인

무영문에 대한 마교의 공격이 진행되고 있을 때, 황도(皇都) 남경(南京)은 반란군을 맞이하느라 발칵 뒤집혀져 있었다. 반란군 수뇌부를 제거하기 위한 황성사의 작전이 실패했기 때문이다. 묵향이 여문덕 상장군을 돕기 위해 수하들을 파견해 놨던 것이 주효했던 것이다.
　전위부대를 이끌고 남경 인근에 도착한 유광세 상장군은, 먼저 주위로 정찰병들부터 파견했다. 양양성에서 남경까지 달려오는 데 꽤나 시간이 지체된 만큼, 어딘가에 적의 증원부대가 숨어있을 가능성이 있다고 판단했던 것이다. 유광세 상장군이 가정하고 있는 최악의 사태는, 금나라와의 국경선에 포진하고 있는 다른 군벌들의 가담이었다. 만약 그들이 황군에 가담했다면 무수한 전투로 단련된 정예병들과 장수들이었기에, 자칫 대업을 이루기도 전에 공멸의 길을 걷게 될지도 몰랐다.
　역시, 백전노장인 유광세 상장군의 예상은 틀림이 없었다. 정찰병이 적의 구원군을 찾아냈던 것이다. 그것도 무려 15만에 가까운 엄청난 대군을 말이다. 그들은 안휘성(安徽省), 절강성(浙江省), 강소성(江蘇省)의 성주(省主)들이 거느리고 온 병사들이었다.

정찰병의 보고를 들은 유광세 상장군은 적이 15만이나 되는 대군이라는 말에 오히려 표정이 환하게 밝아졌다. 전방에 배치된 정예부대들을 끌어 모았다면, 결코 그렇게 많은 숫자가 될 수 없었다. 숫자가 많다는 말은, 여기저기에서 어중이떠중이까지 몽땅 다 끌어 모았다는 것이 된다. 정예 5만과 오합지졸 10만을 섞어서 싸우는 것보다는, 정예 5만을 거느리고 싸우는 편이 훨씬 더 쉽다는 것을 잘 알고 있는 그였다. 그렇기에 그는 안도의 한숨을 내쉬었던 것이다.

하지만 진압군 쪽의 형편은 유광세 상장군이 예상한 것보다 훨씬 더 좋지 못했다. 상장군은 전방의 정예부대가 가세했을 가능성을 염두에 두고 있었지만, 실제로는 전방의 병사는 단 한 명도 가세하지 않은 상황이다. 제국의 최정예 부대와 싸워야 한다는 말에 전방의 군벌들이 황성으로부터의 구원 요청을 무시해 버렸기 때문이다.

지금 구원군으로 모여 있는 15만 명의 대군은, 3개 성의 성주들이 급히 여기저기에서 긁어모은 오합지졸들이었다. 군복은 말할 것도 없고, 포졸복조차 제대로 입고 있는 병사들을 찾아보기 힘들 지경이다. 성에 남아있던 얼마 안 되는 병사들과 포졸들을 주축으로, 남경으로 진군해 오는 과정에서 농민들을 대대적으로 징집하여 숫자만을 늘려놨던 것이다.

"우선, 후방부터 튼튼히 해놓고 황성을 공략하기로 하자."

유광세 상장군은 여문덕 상장군이 거느리고 있는 후속부대를 기다릴 것도 없이, 자신이 거느리고 있는 5만 명의 전위부대를 이끌고 적의 구원군을 상대하기 위해 달려갔다.

구원군은 남경에서 30리나 떨어진 거리에 자리를 잡고 있었다. 그들은 반란군이 황성을 공격할 때, 그 뒤를 치려고 대기하고 있었던 것이다. 그런데 반란군이 예상 외로 황성으로 가지 않고, 갑자기 자신들의 코앞에 나타나자 모두들 깜짝 놀라 웅성거리기 시작했다.

구원군을 이끄는 장수들은 모두 각 성(省)을 책임지고 있는 성주들이다. 그 중에는 황족까지도 포함되어 있었다. 그런 콧대 높은 인물들이다 보니 유광세 상장군의 병력을 봤음에도, 3배나 차이 나는 병사들의 수의 우위만을 믿고 공을 세우기 위해 서둘러 달려들었다.

뿌우우! 뿌우우!

둥! 둥! 둥! 둥!

귀청을 찢을 듯한 나팔소리와 함께 심장을 두드리는 전고(戰鼓) 소리가 벌판에 울려 퍼졌다. 하지만 소리만 요란했지, 진형은 일사분란하지 못하고 개판 일보직전이었다. 성주들의 능력에 비해 너무 많은 병력이 모여 있는 것도 문제였지만, 훈련도 제대로 안된 오합지졸이 태반 이상이다. 더군다나 성주들은 협력해서 싸우려 하지 않고, 먼저 공을 세우기 위해 따로 놀고 있는 형국이다.

이때, 화려한 갑주를 갖춰 입은 성주들 중 한 명이 전열이 정비되는 것을 더 이상 기다리지 못하고 말에 박차를 가하며 앞으로 달려 나왔다. 그는 오만한 표정으로 유광세 상장군 쪽의 진영을 쓰윽 둘러보더니, 거만한 어조로 외쳤다.

"듣거라! 지금이라도 자신들의 죄를 뉘우치고 임지로 복귀한다면, 네놈들의 죄를 묻지 않겠다. 하지만 계속 황상께 패역(悖逆)을 꾀한다면, 본관이 절대 용서치 않으리라!"
 그는 한껏 자신의 위엄을 뽐내고 싶었던 모양이지만, 돌아온 것은 싸늘한 조소뿐이었다.
 "흥! 정말 가지가지 하는구먼."
 유광세 상장군이 거느린 정예들은 북이나 나팔 따위를 불지 않았음에도 이미 오래전에 전투 준비가 끝난 상태였다. 유광세 상장군은 기다리기 지겨운지 크게 하품을 터뜨리며 투덜거렸다. 15만이나 되는 적군이 코앞에 진을 치고 있는데도 불구하고, 그의 얼굴에는 긴장감은커녕 짜증만이 어려 있었다.
 "저런 놈들을 믿고 지금껏 전장에서 싸워왔다니……. 내 자신이 한심하구먼."
 돌진하면 곧바로 무너져 버릴 듯한 구원병들. 아무리 오랜 세월 전란이 진행되었다고는 하지만, 저런 쓰레기밖에 동원할 수 없을 정도로 황실이 몰락했다는 사실이 그의 마음을 아프게 했다.
 아무리 기다려줘도 상대방의 전투 준비가 끝날 기미가 보이지 않자, 그는 더 이상은 기다려 주지 못하겠다는 듯 따분한 목소리로 나지막하게 명령했다.
 "전군 돌격!"
 그와 동시에 각 장수들이 부하들에게 명령했다.
 "모두 돌격하라!"
 "와!"
 우렁찬 함성과 함께 반란군이 거친 폭풍과도 같이 밀려들어 갔다.

챙챙챙.
"으아아악!"
전투가 벌어지자 곧 병기들이 부딪치는 날카로운 쇳소리와 함께 처절한 비명 소리가 사방에서 울려 퍼졌다. 그리고 머리가 아플 정도로 짙은 비릿한 혈향이 전장을 휘감았다.

구원군의 진형은 채 반각도 버티지 못하고 무너졌다. 앞쪽에 서있던 병사들이 순식간에 죽임을 당하자, 그 뒤편에 서있던 농민병들이 공포에 주춤주춤 뒤로 물러서기 시작한 것이다. 대열 뒤쪽에 서서 병사들의 동요를 막고, 이탈을 방지하던 성주의 직속 병사들이 고함을 치며 전열을 유지하기 위해 사력을 다했지만, 한 번 무너지기 시작한 사기는 걷잡을 수가 없었다.

구원군을 휩쓴 죽음의 공포는 빠르게 확산돼 성주의 직속 병사들이 몇몇 이탈자들의 목을 베며 제자리로 돌아갈 것을 명령했지만 소용없었다. 전세가 급격히 기울어지자 농민병들의 이탈을 막아야 할 사병들까지 슬슬 눈치를 보다 도망치기 시작한 것이다.

한 번 둑이 터지자 그 다음은 걷잡을 수가 없었다. 창을 버리며 사방으로 달아나는 병사들 사이로 성주들의 모습이 눈에 띄었다. 당황한 것은 성주들도 마찬가지였다. 그들은 번쩍번쩍 빛나는 화려한 갑주를 입고, 더군다나 말까지 타고 있었다. 전황이 불리해지자 재빨리 안전한 후방으로 도망치고 싶었지만, 온 사방이 병사들로 미어터져 말을 달릴 수가 없었다.

병사들의 머리 위로 불쑥 솟아올라 있는 화려한 모습의 그들을 반란군들이 가만 놔둘 리가 만무했다. 어쩔 줄을 몰라 하며 우왕좌왕하는 성주들 중 한 명의 등판에 어디선가 날아온 화살 하나가 깊숙이 박혔다. 겉모습만 화려할 뿐, 전투용이 아닌 예식용인 그들의 갑옷이 화살을 막아낼 리가 없다.

"크억!"

처참한 비명과 함께 말에서 떨어져 땅바닥에 나뒹구는 성주. 그 모습을 훔쳐본 다른 성주들은 황급히 말에서 내려 갑옷부터 벗어던진 뒤, 도망치는 병사들 사이로 파고들었다.

따분한 듯한 표정으로 전장을 바라보던 유광세 상장군이 부관에게 명령했다.

"징을 울려라."

나팔과 북소리가 전진을 의미한다면, 징소리는 후퇴를 의미한다. 그는 더 이상 싸울 필요성을 못 느꼈던 것이다.

구원병을 박살낸 유광세 상장군은 수하들을 이끌고 다시금 남경으로 돌아왔다. 이제는 뒤를 걱정할 필요가 없어진 만큼, 제대로 전투를 전개할 작정이었다. 우선 그는 여문덕 상장군이 거느리고 있는 본대가 도착하기 전에, 포위망부터 갖추라고 휘하 장수들에게 명령했다.

황성이 위치하고 있는 남경은 수비전을 치루기에 그다지 적합한 곳이 아니었다. 평지에 자리 잡고 있어 지리적인 잇점이 전혀 없을 뿐더러, 도시 외곽을 튼튼한 성벽이 감싸고 있지도 않았다. 도시로 들어오는 길목에 몇 개의 토성(土城)을 쌓아놨을 뿐이다. 문제는 그런 곳임에도 무려 100만이 넘어가는 인구가 북적거리며 살고 있는 초거대 도시였다는 점이다. 남경은 결코 적과 싸우기 위해 만들어진 도시가 아니었다.

그런 초거대 도시로 들어가는 모든 진입로를 반란군이 차단해 버리자, 곧바로 난리가 일어났다. 전란이 언제까지 지속될지 알 수가 없는 만큼, 식량 가격은 폭등하는 것을 넘어서서 돈을 아무리 줘도 살 수가 없게 되었다. 그 외의 각종 생필품들도 구입하기 힘든 것은 마찬가지였다.

민심이 더없이 흉흉해지고 있을 무렵, 여문덕 상장군이 거느린 30만 대군이 도착했다. 그리고 그제야 황군들은 반란군들이 굳이 전쟁을 벌일 필요도 없이, 포위를 하는 것만으로도 이쪽을 아예 말려 죽여버릴 수 있다는 사실을 깨달았다.

* * *

"지금이라도 저들의 요구를 들어줘야만 합니다."

섭평의 주장에 재상 진회는 아무런 대꾸도 하지 않았다. 대신 그의 옆에 앉아있던 참지정사가 도저히 참지 못하고 버럭 외쳤다. 그는 예전에 섭평의 아래에 있었지만, 섭평이 추밀사로 좌천된 후 참지정사로 올라선 사람이었다.

"그건 말도 안 되는 소리외다. 어찌 저런 무식하기 짝이 없는 무부(武夫)들의 허황된 요구를 들어준단 말이오?"

"지금은 황군이라도 남아있기에 협상의 여지가 있습니다. 하지만 황군마저 무너지고 나면, 그 다음에는 저들에게 철저히 끌려가는 수밖에 없습니다. 그렇게 되고 싶으십니까?"

섭평의 말에 다른 신하들은 이리저리 눈치를 본 뒤 슬쩍 고개를 끄덕이며 지지 의사를 밝혔다. 참지정사는 그들을 곱지 않은 시선으로 노려봤지만, 뭐라 하지는 않았다. 자신이 생각해도 섭평의 말에 반박할 만한 뾰족한 수가 없었기 때문이다.
"추밀사는 그들과 제대로 된 협상이 될 거라고 생각하는 거요?"
"협상이 안 될 이유가 있습니까? 악비 대장군의 복권이야 뭐, 그리 어려운 일도 아니지요. 두 번째 조건인 황상의 이목을 가리고 있는 부패한 관료의 척결이라는 부분이 조금 문제가 되긴 합니다만, 그 부분도 협상을 통해 적당한 수준에서 마무리를 지을 수 있다고 생각합니다. 어차피 이번 난리가 벌어지자마자 잽싸게 짐 싸들고 도망가 버린 관료들을 잡아들여 목을 베야 할 터이니 큰 문제는 없을 겁니다."
그제서야 참지정사는 딱딱하게 굳어있던 얼굴이 약간 풀리며 말했다.
"그렇게 쉽게 말할 수 있는 사안이 아니지 않소. 부패한 관료라는 표현은 그야말로 코에 걸면 코걸이고, 귀에 걸면 귀걸이인 말도 안 되는 조항이란 말이오. 좀 더 구체적이고 명확한 표현으로 바꾸지 않는다면 본관은 협상 자체를 허락할 수 없소이다."
에둘러 말했지만 참지정사의 속뜻은 자신들의 안위를 확실히 보장받고 싶다는 말이었다.
그것을 잘 알고 있는 섭정은 비릿한 웃음을 지으며 참지정사에게 물었다.
"그렇다고 협상을 안 하면 어쩌실 겁니까. 겨우 황군 5만으로 저들을 막아낼 수 있다고 생각하고 계신 건 아니시겠지요?"
"……."

"더군다나 남경은 결코 수비하기에 좋은 도시가 아닙니다. 만약 황군이 무너지고, 저들의 손에 황성이 점령되고 나면 협상 자체도 불가능하다는 사실을 모르십니까? 아니, 협상은 고사하고 새로운 황조가 탄생할 수도 있음이지요. 안 그렇습니까? 참지정사 대인."

"허허, 그 무슨 무도한 말을……."

참다못한 참지정사가 버럭 언성을 높이기는 했지만, 그도 알고 있었다. 섭평의 말이 모두 사실이라는 것을. 만약 반란군의 손에 황성이 점령당하게 되면, 그 뒷일은 아무도 예상할 수 없는 방향으로 흘러가게 될 것이다.

지금까지 침묵을 지키던 진회가 입을 열었다.

"이제 그만들 하시게."

그는 섭평을 지그시 바라보며 말을 이었다.

"다른 대안이 없는 듯 하군. 그래, 귀관이 생각하기에 반란군의 수뇌부와 접촉하기 위해 누굴 보냈으면 좋겠는가?"

진회의 말에 섭평이 냉큼 대답했다.

"소관이 의견을 낸 것인 만큼, 소관이 책임지겠습니다."

진회의 얼굴에 냉소가 떠올랐다.

"그것도 괜찮겠지. 그렇게 하게."

진회는 섭평의 농간을 빤히 알고 있었다. 하지만 그는 섭평의 제안을 흔쾌히 수락했다. 더 이상 이 썩어빠진 제국을 억지로 끌고 나가고 싶은 마음도 없었을 뿐더러, 그 외에 다른 대안도 없었다. 반란군이 남경을 포위한 시점부터, 칼자루는 이미 섭평에게로 넘어가 있었던 것이다.

* * *

　서로가 짜고 치는 투전판이다 보니, 협상은 순식간에 종료되었다. 하지만 재상 일파가 반란군에게 지극히 유리한 협상안을 허락해 줄 리가 없었다. 그걸 잘 알고 있었던 섭평은, 협상 결과를 보고하기 위해 진회에게 가는 대신 곧바로 황제에게로 향했다.
　"저들이 원하는 대로 해준다면, 남경 안에는 절대로 병사를 투입하지 않겠다는 확약을 받았사옵니다."
　반란군이 황권을 넘볼 생각은 전혀 없으며, 썩어빠진 관료들의 목만을 원한다는 섭평의 보고에 황제는 크게 만족했다. 아니, 만족하지 못했다고 해도 이미 황제에게는 협상안을 거부할 만한 힘 따위는 남아있지 않았다.
　"경의 협상 결과를 윤허하겠노라. 그들 또한 짐에 대한 충성심에서 거병한 것일 지니······."
　"황은이 망극하옵니다."
　섭평이 중신들 간의 협의도 거치지 않은 채, 곧바로 황제의 윤허를 받아버렸기에 신하들은 크게 분노했다. 하지만 그들의 분노는 그리 오래 지속되지 못했다. 부패한 관료들의 숙청을 반란군들이 직접 수행하는 것이 아니라, 협상하러 나온 섭평에게 위임했다는 것을 알았기 때문이다.
　그들은 일면식도 없는 무식한 무부들에게 자신의 목숨을 맡겨야만 하는 최악의 상황에서 벗어나게 된 것에 내심 안도했다. 어쨌건 팔은 안으로 굽는다고 문신(文臣)인 섭평이라면 공평하게 일을 처리해 줄 것이라고 그들은 믿었다. 거기에는 섭평이 지금까지 쌓아놓은 원만한 인간관계도 한몫했음은 물론이다.

바로 그날, 섭평은 부패한 관료들을 일소하는 전권을 황제로부터 위임받았다. 그리고 며칠 동안은 평온한 나날들이 흘러갔다. 섭평이 장악한 형부에서 여러 관리들의 뒷조사를 하고 있다는 소문이 남경에 떠돌았다.

중신들은 혹여 자신도 숙청의 대상에 포함될까봐 바짝 긴장했다. 하지만 형부에서 관리들을 잡아들이기 시작했을 때, 그 대상의 대부분이 말단관료들이라는 점에 그들은 안도하지 않을 수 없었다. 고관들이 안도하는 반면, 백성들은 환호했다.

평생 얼굴 한 번 보기도 힘든 중신들에 대한 원한보다, 직간접적으로 백성들을 통제하고 수탈했던 말단관리들에 대한 원한이 더 깊었던 것이다. 그러니 포박당해 끌려가는 말단관리들을 바라보는 백성들의 속이 시원하지 않을 리 없었다.

시간이 제법 흘러 중신들이 차츰 마음을 놓을 무렵, 갑자기 재상 진회가 형부에 압송되어 갔다는 소식이 들려왔다. 그리고 진회와 가깝게 지냈던 수백 명의 고관대작들도 한꺼번에 체포되었다. 그들 중에는 청렴하기로 이름이 높았던 사람들도 많았기에 대신들은 경악하지 않을 수 없었다.

"아니, 어찌 이럴 수가 있소? 재상께서 무슨 못된 짓을 하셨다고……?"

"허~, 아직 듣지 못하신 모양이구려. 글쎄 재상이 금나라와 내통을 하고 있었다지 뭡니까."

"내통이라구요?"

"예. 그래서 북벌을 주장하던 악비 대장군을 황성으로 불러들여 참살해 버렸다고 하더군요."

"허어~, 금나라의 대군이 호시탐탐 국경선을 넘보고 있는 와중에 왜 갑자기 군벌이 어쩌니 저쩌니 하는 죄를 뒤집어씌워 대장군을 죽여버렸는가 했더니, 그런 이유가 있었구려. 열길 물속은 알아도, 한길 사람 속은 모른다고 하더니……. 허~ 참! 옛말이 하나도 그른 게 없구려."

"그러게 말이오."

"만약 그 말이 사실이라면 재상을 따르던 관료들도 무사하기는 힘들겠구려."

"아마 그렇게 되지 싶소이다."

말은 이렇게 하고 있었지만 그들 역시 알고 있었다. 권력을 거머쥔 섭평이 재상 일파를 숙청하려 한다는 것을 말이다. 그럼에도 그러한 말을 입 밖으로 내지 못하는 이유는 대세를 거스르다가는 자신의 안위 역시 보장받을 수 없다는 위기감에서였다.

또한 금나라와 내통했다는 반역 혐의가 붙었기에, 중신들은 진회의 구명운동을 할 엄두조차 내지 못했다. 몇몇 중신들이 진회의 구명을 하려고 목소리를 높였다가, 곧바로 반역 혐의에 연루되어 형부에 붙잡혀 들어가자 아예 입도 벙긋하는 자가 없을 정도였다.

결국 며칠 지나지도 않아 진회와 그의 추종자들은 모두 다 목이 잘려 저잣거리에 효수되어 버렸다. 그리고 그와 동시에 섭평은 절대적인 권력을 쥐게 되었다. 재상 진회마저 그의 손에 목이 날아갔는데, 누가 감히 그에게 대적할 수 있겠는가.

재상 진회의 머리가 저잣거리에 효수되던 바로 그날, 추밀사 섭평은 반란군 진영을 방문했다. 유광세와 여문덕 상장군은 약속을 지킨 섭평을 반갑게 맞이했다.

"내 귀관들과의 약속을 지킬 수 있게 되어, 참으로 다행이라고 생각하오."

"원통하게 돌아가신 대장군의 원혼도 기뻐하실 것이옵니다, 추밀사 대인."

그들이 대화를 나누고 있는 와중에도 막사 밖의 장졸들은 모두들 짐을 꾸리느라 바쁘게 움직이고 있었다. 대장군의 복수를 마무리 지은 이상, 남경에 남아있을 이유가 없었기 때문이다.

그 모습을 잠시 바라보던 섭평은 고개를 돌려 여문덕 상장군에게 은근한 어조로 말했다.

"병영의 분위기를 보니, 조만간 국경으로 회군하려는 듯 하구먼."

"예, 추밀사 대인. 대인의 도움으로 대장군의 복수를 이루었으니, 이제 본연의 임무로 돌아가야 하지 않겠사옵니까."

"갑자기 이런 제의를 듣게 되어 당황스럽겠지만, 나를 좀 도와주지 않겠는가?"

두 상장군들은 섭평이 말하는 진의를 이해하기 힘들었다. 지금까지 섭평이 원하는 대로 도와줬지 않은가? 더군다나 모든 일이 마무리된 이 시점에 자신들이 도와줄 일이 뭐가 있겠는가. 설마 이번에는 남경으로 병력을 밀어 넣어 달라는 것일까?

어리둥절해 하는 여문덕의 손을 덥석 움켜잡으며 섭평이 말했다.

"조만간 나는 재상에 임명될 걸세. 그런데 문제는 나를 대신해서 추밀원을 맡아줄 만한 인재가 없다는 것이지. 부탁일세. 귀관이 추밀원을 좀 맡아주면 안되겠는가?"

자신을 후임으로 맞이하고 싶다는 얘기가 아닌가. 설마 섭평이 이렇게까지 자신을 신임하고 있었을 줄 몰랐기에 여문덕은 감동하지 않을 수 없었다.

"소장, 대인의 믿음에 보답하도록 견마지로(犬馬之勞)를 다하겠나이다."

"허헛, 나는 귀관이 거절하면 어쩌나 하고 노심초사 했었는데, 이렇게 시원하게 응해주어 기쁘기 한량이 없구먼. 우리 함께 강한 나라를 만들어 보세. 다시는 오랑캐 따위가 넘볼 수 없는 그런 강대한 나라를 말이야."

그렇게 말한 후, 섭평은 이번에는 유광세 상장군을 향해 시선을 돌리며 말했다.

"유광세 대장군."

상장군인 자신을 섭평이 갑자기 대장군이라 부르자, 유광세의 얼굴에 의아함이 떠올랐다.

"예?"

"조만간 황상께서 귀관에게 첩지를 내릴 걸세. 제국의 북방을 책임질 총사령관으로 임명한다고 말이야."

전혀 상상조차 해본 적이 없었던 섭평의 말에 유광세 상장군은 정신을 차리지 못했다.

"총사령관이라구요?"

"그래, 조만간 나는 황상께 주청을 올려 북벌을 단행할 생각일세. 나와 함께 악비 대장군의 못다 이룬 꿈을 이어나가지 않겠는가?"
 작달막한 키의 섭평에 비해 유광세 상장군은 8척이 넘는 장신을 자랑하는 맹장이다. 마주 서있으면 어른과 아이처럼 덩치 차이가 났다. 하지만 유광세 상장군은 섭평의 덩치가 작다는 생각이 전혀 들지 않았다. 아니, 마치 거인의 앞에라도 선 듯 압도되는 자신을 느꼈다. 유광세 상장군은 자신도 모르게 무릎을 꿇고 엎드리며 외쳤다.
 "대인의 꿈에 소장이 동참할 수 있는 영광을 주셔서 감읍할 따름입니다. 이 목숨이 다하는 그날까지 대인께 충성을 다하겠습니다."
 "허헛, 본인은 귀관이 죽는 걸 결코 원하지 않네. 반드시 살아서 돌아오게. 그리고 잃어버렸던 제국의 대지를 꼭 되찾아 주게."

 우직한 두 장수를 혓바닥으로 흐물흐물하게 녹여 놓은 뒤에야 섭평은 막사를 떠났다. 사실, 섭평이 제아무리 여우같이 교활하다고 해도, 유광세처럼 자신이 신뢰하지도 않는 인물에게 북방의 군권을 떠안길 생각을 한다는 건 불가능한 일이었다. 하지만 그가 그런 생각을 하게 된 것은, 자신을 무영문의 부문주라고 소개했던 매영인이라는 한 계집 덕분이었다.
 "본관이 천하를 얻으려면 어떻게 해야 하겠느냐?"
 상대의 능력을 시험해 보기 위해 꺼내본 말이었다. 하지만 그녀는 코앞의 반란을 성공시키는 것만 해도 버거워하고 있었던 섭평의 눈이 번쩍 뜨이게 해줬다. 그녀는 반란이 성공할 것을 믿어 의심치 않고 있었다. 그녀가 말한 것은, 반란이 성공한 뒤의 일이었다.

　반란군의 양대 축인 유광세와 여문덕을 따로 떨어지게 만들려면, 그 두 사람에게 그럴듯한 직위를 안겨주는 게 최선이라고 그녀는 말했다. 여문덕에게는 추밀사라는 허울뿐인 직책을 안겨줌으로서 그를 황성에 붙잡아 둘 수 있을 뿐 아니라, 다른 대신들에게는 자신이 그만큼 반란군과 친밀한 사이임을 과시할 수 있게 된다.

　그리고 사실상 제국의 군권을 쥐고 있는 것이나 다름없는 유광세 상장군을, 대장군으로 승진시킨 뒤 총사령관으로 임명하라고 그녀는 제안했다.

　그 말에 섭평은 말도 안 된다는 듯 단호하게 외쳤다.

　"그건 말도 안 돼! 지금도 도저히 대적하기 힘들 정도로 막강한 군사력을 손에 쥐고 있는 자인데, 총사령관으로 삼으라니. 그렇게 해놓고 그 뒷감당을 어찌 하라는 말이더냐?"

　그러자 매영인은 상큼한 미소를 지으며 대답했다.

　"그는 강직한 장수입니다. 제대로 된 임무만 맡겨준다면 결코 딴생각을 할 사람이 아니라는 말이지요."

　"제대로 된 임무?"

　"예. 그에게 북벌을 명하십시오."

　북벌이라는 말에 섭평은 무릎을 탁 치지 않을 수 없었다. 과연 그렇다. 단순무식한 그놈에게 대의명분이 확실한 먹이감만 던져준다면, 그자는 딴생각 안하고 그것에만 매달릴 게 분명했다.

　"그가 북벌에 정신이 없는 동안, 지금까지 그의 터전이 되어

왔던 양양성에서 무한에 이르는 방어선에 대인의 사람들을 집어넣으십시오."

하지만 그때, 섭평의 뇌리에 최악의 상황이 떠올랐다. 그와 동시에 활짝 펴져있던 그의 안색이 급격히 흐려졌다.

"흐음, 그러다가 북벌이 성공하면 제2의 악비가 탄생하게 될 텐데, 그때는 어떻게 하지?"

섭평으로서는 도저히 감당이 안 되는 상황이었지만, 그녀는 별것 아니라는 듯 쉽게 대답했다.

"호홋, 그런 사소한 일을 가지고 걱정하시다니……. 양양성에서부터 저 북방의 장성(長城)까지 얼마나 먼지 모르시옵니까? 연운18주까지 몽땅 다 수복하려면, 아마 그의 목숨이 다하는 그 날까지 전투를 벌여도 모자랄 것이옵니다. 아니, 어쩌면 그 전에 끝날지도 모르지요. 격전을 벌이던 와중에 그의 병사들이 다 소모되고 나면, 패전의 책임을 물어 목을 베어버리면 될 게 아니겠사옵니까."

가만히 생각해 보니 그녀의 말이 백번 옳았다. 놈에게는 총사령관의 직위를 줘서 끝없는 전쟁터로 내몰면 그만이다. 그러다 보면 언젠가는 전사하겠지. 그리고 병사들과 떨어져 버린 여문덕은 언제든지 암살해 버릴 수 있지 않겠는가.

"흠, 좋은 계책이군. 하지만 너는 너무 먼 미래만을 본관에게 고하는구나. 한치 앞을 내다보기 힘든 본관에게 말이다."

침울한 표정으로 섭평이 말하자, 매영인은 얼른 활달한 어조로 대꾸했다.

"조만간 대인께서는 천하를 쥐게 되실 것이니, 그런 사소한 것은 심려치 마시옵소서."

"허허, 말이라도 고맙구나."

그날 이후 섭평은 매영인을 만나지 못했다. 그녀는 반란이 이런 식으로 결말이 날줄 이미 알고 있었던 것일까?

"크흐흣, 그 계집을 만난 것은 정말 천운이었어."

한바탕 웃음을 터트린 섭평은 갑자기 고개를 갸웃하며 중얼거렸다.

"그러고 보니 그 계집은 왜 이렇게 소식이 없지? 진회를 처형했던 바로 그날 밤에 나를 다시 찾아올 줄 알았는데 말이야. 거참, 이해할 수가 없군."

하지만 매영인은 섭평을 만날 정신이 없었다. 그녀는 저 머나먼 십만대산을 향해 달려가고 있었으니까.

여우와 너구리의 지략 대결

28

장백산의 괴인

무영문 총단이 마교의 기습공격에 의해 파괴되었다는 급보는 최창 분타주를 통해 무림맹에 전해졌다. 이에 무림맹의 수뇌부는 경악하지 않을 수 없었다.
　"과연 큰소리를 칠 만도 하군요."
　"지금 감탄하고 있을 때가 아니외다. 마교에게 무영문을 공격하는 것을 허락한 것은, 설마 그들이 그걸 해낼 거라고는 생각하지 않았기 때문이 아니었소. 그런데 이런 일이 벌어지다니……. 지금이라도 무영문을 보호해야만 하오이다."
　"그건 그렇소이다만……. 하지만 보호하고 싶어도 뭘 알아야 보호할 게 아니오. 최창 분타주도 무영문의 총단이 공격당했다는 사실만 알려줬지, 그곳이 어딘지는 알려주지 않았소이다."
　무림맹의 장로들은 이 뜻밖의 사태에 급히 대책회의를 열었지만 아무런 결론도 내지 못하고 있었다. 공격을 당한 무영문의 총단이 어딘지를 알아야 뭘 도와주든, 지원군을 보내든 하지 않겠는가.
　갑작스럽게 총단으로부터 무림맹 분타로 황색인장이 날아온 후 모든 연락이 두절되었다. 최창 분타주는 무림맹에 지원을 요청하고 싶었지만, 그럴 수가 없었다. 믿기 어려운 일이었지만 분타주인 그조차도 총단이 어디에 있는지 알지 못했던 것이다.

이런 어처구니없는 일이 벌어질 수밖에 없었던 이유는 무림맹 분타가 외부에 너무 노출되어 있다는 점이었다. 외부와의 접촉이 잦아지면 그만큼 변질될 가능성이 높다. 그리고 두 번째 이유는 무림맹을 완벽하게 신뢰하지 못했기 때문이다. 자칫 무영문과 무림맹의 사이가 악화되었을 때 분타주가 포로로 잡히게 될 상황을 가정하지 않을 수 없는 것이다. 고문에 장사는 없다. 또 고문이 아니더라도 정신을 혼미하게 만드는 약물이라던지, 정신을 굴복시키는 무공들도 있지 않은가.

그리고 가장 마지막으로 오랫동안 철저히 총단의 위치를 숨겨온 무영문의 비밀주의가 가장 큰 이유였다. 무영문의 문도라 하더라도 총단의 위치를 알고 있는 사람들의 숫자는 그리 많지 않을 정도였으니 말이다.

그렇기 때문에 최창 분타주가 무림맹에 도움을 청하고 싶어도, 청할 수가 없는 모순점이 드러난 것이다.

"설사 총단의 위치를 안다고 해도, 대체 어떤 명분으로 그들을 돕겠다는 말이오? 우리는 이미 저들에게 무영문에 대한 공격을 허락했다는 것을 벌써 잊으신 게요?"

그건 맞는 말이었다. 무림맹이 무사들을 동원한다고 해서 마교가 순순히 물러날 리는 없을 테니까 말이다. 자칫하면 또 다른 분쟁의 시작이 될 수도 있는 일이었다.

"그렇다고 이대로 손 놓고 있을 수도 없는 일이 아닙니까?"

"일단은 습격을 받았다는 총단 위치부터 찾는 게 먼저인 듯 싶소이다."

"찾고 난 다음에는 어찌실 요량이십니까?"

"무사들을 파견해 마교의 대응을 살피는 것이 좋지 않겠습니까. 물론, 마교와의 충돌은 될 수 있으면 피하는 것으로 하고 말입니다."

* * *

습격을 받았다는 무영문 총단의 위치는 예상과 달리 그리 어렵지 않게 파악해 낼 수 있었다. 무영문 총단이 자리잡고 있는 곳이 깊은 산중이라고는 하지만, 바로 그 옆에 관도가 있었기 때문이다. 무제산맥으로 인해 단절되어 있는 복건성과 강소성을 연결해 주는 가장 중요한 도로였던 만큼, 평소에도 수많은 행인들이 넘나들었다. 그들의 입을 통해 깊은 산맥 속에서 뭔가 괴변이 벌어졌다는 소문이 인근에 급속히 퍼져나갔던 것이다.

예상보다 빨리 총단의 위치를 파악하기는 했지만, 개방의 조사 결과 무림맹에서 끼어들기에는 시기를 놓친 후였다. 이미 모든 게 끝나있었던 것이다. 그렇기에 당초의 계획과 달리 맹에 집결되어 있던 무사들을 그곳으로 파견시키는 계획은 자연스럽게 철회되었다.

"무영문의 피해는 어떤 것 같소이까?"

"당사자가 아닌 이상 정확히 알 수는 없겠습니다만, 개방에서 보내 온 보고서에 따르면 거의 치명타에 가까운 타격을 입지 않았을까 사료된답니다."

공수개 장로의 말에 다른 장로들 역시 수긍한다는 듯 고개를 주억거렸다. 각 문파가 지니고 있는 가장 소중한 것들이 집결되어 있는 곳이 바로 총단이다. 그런 만큼 총단은 언제나 그 문파의 최고의 정예들이 지키고 있었다. 따라서 총단이 박살나 버렸다는 소리는 그동안 수집해 놓은 모든 유형적인 자산들을 약탈당하고, 지키고 있던 정예들이 모두 죽임을 당했다는 소리나 마찬가지였다.

그 정도의 피해를 입게 된다면 아무리 거대한 문파라 할지라도, 기둥뿌리가 흔들리게 될 것은 자명한 사실이다.

개방에서 폐허가 된 무영문 총단을 발견했을 때, 그들은 그곳에서 시체를 발견하지 못했다. 하지만 개방도들은 대규모 학살극이 벌어졌을 것임을 믿어 의심치 않았다. 왜냐하면 지금까지 마교가 적이라 간주한 문파를 어떤 식으로 멸문을 시켜왔는지 잘 알고 있었고, 무림에는 시체를 없애는데 뛰어난 효용을 가진 약물들이 많았기 때문이다.

"허어, 이거 참. 무영문은 이제 완전히 끝장이 났다고 봐도 과언이 아니겠구려."

"설마 그렇기야 하겠습니까. 총단이 무너졌다고 하나 중원 곳곳에 분타가 남아있고, 옥화 봉공께서 살아 계시다면 어떻게든 꾸려 가실 겁니다. 물론, 예전과 같은 수준의 정보력은 기대하기 힘들겠지만 말입니다."

한참 회의가 진행되고 있을 때, 무영문의 무림맹 분타주인 최창이 회의에 참석할 수 있기를 청한다는 전갈이 들어왔다.

"새로운 정보가 입수된 게 있는 모양입니다."

장로들의 의견에 따라 최창 분타주의 참석이 허락되었다. 최창 분타주는 침통한 어조로 무영문의 피해를 보고했다.

"상부에서 전해온 소식에 따르면, 본문은 회복하기 힘들 정도로 치명적인 피해를 입었다고 합니다. 그동안 수집해 놓았던 방대한 양의 자료들이 약탈당한 것은 물론이고, 2천명에 가까운 인원이 사로잡혀 압송해 가기까지 했답니다. 문제는 그들 중 일부가 정보 분석 임무에 종사하던 자들이었다고……."

최창 분타주의 말은 더 이상 이어지지 못했다. 놀란 장로들이 저마다 대책을 요구하며 떠들어대기 시작했던 것이다. 도대체 얼마나 많은 비밀 정보가 마교에게로 넘어갔을까? 아니, 장로들의 주된 관심사는 각자가 소속되어 있는 문파의, 비밀을 요하는 정보가 그 안에 끼어 있을지도 모른다는 공포심이었다. 모두들 직접적으로 말을 꺼내지는 못하고 있었지만, 그 비밀 정보라는 게 절대 외부에 밝혀져서는 안 되는 치부(恥部)라는 것을 모르는 이는 없었다.

"그래서 노부는 마교가 무영문을 치도록 허락하는 걸 반대했었던 거요."

"나중에는 귀하도 찬성표를 던져놓고 무슨 말이오?"

"닥치시오. 내가 언제 그랬다고……."

회의장은 더 이상 제대로 된 토의를 이어나가기가 힘들 정도로 난장판이 되어버렸다. 맹주는 어쩔 수 없이 내일 다시 회의를 개최하자며 장로회의를 끝마칠 수밖에 없었다.

* * *

곤륜무황이 맹주로 즉위하며 곤륜파에서 데려 온 최고위급 장로는 2명이다. 무량(戊樑) 대장로와 무정(戊正) 장로다. 무자 배분을 지닌 고수 중 남은 한 명인 무원(戊元) 장로는 곤륜에 남겨뒀다. 연륜이 모자라는 장문인 보다는 아무래도 그가 훨씬 더 믿음직했으니까.

회의실에서 나온 맹주는 집무실에서 곤륜파 장로들과 대화를 나눴다.

"상황이 예상보다 훨씬 더 심각한 듯 합니다."

무량 대장로는 심각한 표정으로 말했지만, 맹주는 별것 아니라는 듯한 표정으로 대꾸했다.

"뭐, 이것도 다 원시천존님의 뜻인 게지. 무량수불······."

"피해 상황을 듣고 보니 그렇게 속 편하게 생각하고 계실 때가 아닌 듯 합니다."

"속 편하게 생각하고 있다?"

맹주의 떨떠름한 반문에 무량 대장로는 황급히 고개를 조아리며 사죄했다.

"제가 말이 너무 과했습니다, 맹주님. 용서해 주십시오."

"허허, 하산한지 얼마나 됐다고, 그새 세속에 물이 든 것이더냐?"

"······."

고개를 조아리며 어쩔 줄 몰라 하는 무량 대장로의 모습을 자애로운 표정으로 잠시 바라보던 맹주는 다시금 입을 열었다.

"마지막 정사대전이 벌어진지 그리 오랜 세월이 흐른 것도 아니건만, 너희들은 벌써 다 잊어버린 것이더냐."

"······?"

두 장로가 의문어린 시선으로 바라볼 때, 맹주의 부드러운 목소리가 이어졌다.

"중원에 허다한 문파들이 존재하고 있다 하나, 본문만큼 커다란 고난을 많이 겪은 문파도 없을 게다. 곤륜산이 불바다가 된 것이 어디 한두 번이더냐."

맹주의 말에 두 장로는 마치 망치로 뒤통수를 한대씩 얻어맞은 것 같은 표정을 지었다. 그렇다. 상청각(上淸閣)이 불타오르고, 문파를 대표할 만한 정예고수들이 죽임을 당해 이대로 멸문당하는 게 아닌가 할 정도의 커다란 피해를 겪은 게 한두 번이 아니었다. 주건물인 상청각만 해도 불타 파괴된 것을 새로 지어 올린 게 일곱 번은 된다. 워낙 자주 불타오르다 보니, 곤륜파에서 가장 중요한 건물임에도 불구하고 그 규모는 볼품없다 싶을 정도로 작았다. 그건 상청각을 문파의 위명에 걸맞게 짓기보다는 차라리 그 돈으로 다른 시설에 분산해서 가급적이면 피해를 줄이려고 한 고심의 결과였다.

한중길 교주, 장인걸 교주, 그리고 현임교주인 묵향에 이르기까지 꽤나 오랜 세월 평화가 지속되어 왔다. 하지만 그 누구도 상청각을 지금보다 더욱 큰 규모로 다시 건립하자는 의견을 내지는 않았다. 지금 이곳에 모여 있는 인물들만 해도 상청각이 불타는 것을 2번씩이나 목격한 산증인들이었다. 그들은 교주의 마음이 바뀌는 그 순간, 또다시 상청각이 불타오를 것임을 추호도 의심하지 않고 있었던 것이다.

"물론 단시일에 회복하기 힘들 정도로 커다란 피해를 입은 건 사실일 게다. 하지만 무영문처럼 저력 있는 문파가 겨우 이 정도로 존망의 기로에 섰다는 말은 왠지 어폐가 있다고 생각되는구나."
"맹주님의 말씀이 옳으신 듯 합니다."
"아직까지도 사물의 근본을 꿰뚫지 못하고 있는 미흡한 저희들을 용서해 주시기를……."
"허허, 그것이 어찌 너희들의 잘못이겠느냐."
사실 맹주가 이렇게 빨리 옥화무제의 농간을 눈치 챌 수 있었던 것은 곤륜파가 지금까지 당해온 환난과 무관치 않았다. 아직까지 총단이 박살나는 경험을 겪어본 적이 없는 문파들이야 이게 엄청난 피해라고 생각하겠지만, 막상 당해보면 그것도 그리 큰일이 아닌 것이다. 어쨌거나 그런 물질적인 피해쯤은 시간만 지나면 복구가 되는 법이었으니까. 더군다나 곤륜파처럼 항상 총단이 박살나는 것에 대한 대비까지 해놓은 상태라면, 그 피해는 더욱 줄어들 게 분명했다.
그리고 맹주가 옥화무제의 농간을 간파하게 된 것은 조금 전 최창 분타주의 피해 상황을 들었을 때였다. 지금까지 자신이 알고 있었던 옥화무제의 대처 방법과는 큰 괴리감이 있었던 것이다.
"그나저나 그녀가 아직까지도 복수를 꿈꾸고 있다는 것은 분명 커다란 우환거리로구나."
"예? 복수를 꿈꾸고 있다니, 그건 무슨 말씀이십니까."
"한 번 생각을 해보거라. 자신들의 문파가 얼마나 커다란 피해를 입었는지 맹에 자세하게 보고할 필요가 있겠느냐?"
"그거야 맹에 지원을 요청하기 위해서가 아니겠습니까?"

"그렇게 간단하게 생각할 일이 아니니라. 무림은 약육강식의 세계지. 약하게 보이면 잡아먹히게 되는 법이란 말이다. 그렇기에 실제보다 더욱 강하게 보이려고 모두들 허세를 부리고 있지 않더냐. 그런데도 불구하고 자신들이 입은 피해를 과장되게 선전한다는 것은 뭔가 다른 목적이 있다고 밖에는 생각이 들지 않는구나."

그제야 납득이 간다는 듯 무량 대장로가 고개를 주억거리며 중얼거렸다.

"안 그래도 얼마 전에 맹에서 마교의 무영문 침공을 허락했다는 걸 옥화 봉공이 뻔히 알고 있음에도, 계속해서 자신들의 피해 상황을 전해오는 것이 의아하다고 생각했었습니다. 무영문에 대한 판단을 전면적으로 재수정 해야겠군요."

"그럴 필요까지는 없다."

"예? 그건 무슨 말씀이신지······."

"지금 나눈 얘기는 한동안 너희들만 알고 있으라는 말이니라. 어차피 우리 문파로서는 맹이 적당히 마교와 긴장관계를 형성하고 있는 게 좋으니 말이다. 더군다나 무영문이 살아남아 있어야 마교가 다른 곳으로 시선을 돌리지 못할게 아니더냐."

무량 대장로는 왠지 온몸에 소름이 쫘악 끼치는 걸 느꼈다. 곤륜파에 있었을 때야 아군과 적의 구분이 명확했지만, 맹에 들어와 보니 자신의 이분론적인 생각이 틀렸다는 걸 알게 된 것이다. 살아남기 위해서는 아군도 속이고, 때론 속는 척 해야 하며 적과도 태연히 손을 잡을 수 있는 흉험한 세상이라는 걸 새삼 느낀 무량 대장로는 침중한 음성으로 대답했다.

"예. 깊이 명심하도록 하겠습니다, 맹주님."

    *   *   *

 소기의 목적대로 무림맹을 시끌벅적하게 만들어 놓긴 했지만, 옥화무제의 심사는 그리 편하지 못했다. 왜냐하면 이번에 마교의 기습에 대한 조사보고서를 추밀단주가 가져왔기 때문이다. 보고서를 찬찬히 훑어보던 옥화무제의 눈에 일순 놀라움이 떠올랐다.
 "설마 첩자가 스며들었다는 말인가요?"
 "예, 그렇습니다."
 물론 옥화무제도 그런 생각을 안 해본 건 아니다. 하지만 그녀가 그런 의심을 애써 지워버렸을 정도로 무영문의 통제는 확실했다. 아무리 생각해 봐도 첩자가 침투해 들어올 구석이라고는 단 한 군데도 없었던 것이다.
 "그렇게 자신있게 말씀하시는 걸 보니, 뭔가 의심이 가는 인물이라도 있는 모양이군요. 첩자라는 걸 밝힐 만한 증거를 찾았습니까?"
 "……."
 옥화무제의 물음에 추밀단주는 침묵했다. 옥화무제는 황급히 보고서의 뒷장을 넘기며 첩자에 대해 적힌 것이 있는지 찾아봤다. 하지만 아무리 찾아봐도 그런 내용은 전혀 적혀있지 않았다. 옥화무제는 보고서를 탁자 위에 내려놓으며, 추밀단주를 바라봤다.

추밀단주는 더 이상 침묵을 지키기 힘들었는지, 침중한 표정으로 어렵사리 입을 열었다.
"증거는…, 없습니다."
"그런데 첩자가 있을 거라 생각하게 된 이유가 뭐죠?"
"그것 외에는 도저히 다른 이유를 생각해 낼 수가 없었기 때문입니다."
"……."
잠시 침묵이 흘렀다.
뭔가를 골똘히 생각하는 것 같던 옥화무제가 문득 입을 열었다.
"용의선상에 두고 있는 사람이 누군가요?"
"비영단의 장길수 선임조장입니다."
예상치도 못했던 추밀단주의 말에 옥화무제의 눈이 휘둥그레졌다.
"장길수 선임조장이요?"
"예. 대금전쟁에서 마교와의 연합작전을 주도했던 인물입니다."
"그건 나도 알고 있어요. 그런데 그가 왜……?"
"그 당시 본문은 필요에 의해 마교와 가깝게 지냈었습니다. 그 덕분에 마교쪽 인물들 중 몇몇을 포섭하는데 성공하기는 했습니다만, 역으로 우리측 문도들이 마교에 포섭되었을 가능성도 충분하다는 생각이 들더군요."
옥화무제는 약간 비아냥거리는 듯한 어투로 중얼거렸다.
"그래서 지목된 인물이 바로 장길수 선임조장이다 이거군요. 그가 첩자라는 증거는 하나도 없이……."
"일단 총단의 위치를 알고 있는 간부급들 중에서 마교와 접촉이 있었던 자들을 추려보았습니다. 그런데 그들 중 아무리 찾아봐도 미세한 흔적조차 남기지 않을 정도로 일을 은밀히 처리할 수 있는 능력이 있는 자는 그 뿐이었습니다. 첩자가 스며든 것은 확실하고, 아무리 찾아도 그 흔적을 찾을 수가 없다면 그만한 능력이 있는 자가 바로 첩자가 아니겠습니까? 비영단의 선임조장인 그가 만약 마교에 포섭되었다면 증거 따위는 티끌만큼도 남길 리가 없을 테니까요."

충분히 가능성이 있는 추론이었다. 하지만 옥화무제는 추밀단주의 추측을 믿고 싶지 않았다. 선임조장이라면 임무에 따라 몇 개, 혹은 몇십 개의 조를 할당받아 그 일을 추진해 나가는 총책임자였다. 그런 만큼 실력도 실력이지만, 문파에 대한 충성심도 확실했다. 그런 자가 배신을 하다니…….

"그는 지금 어디에 있지요?"

"아직 금나라에 있습니다. 금나라 남쪽에 파견되어 있는 6개 조를 지휘하며 정보를 수집하고 있는 중입니다."

"뭔가 수상한 점은?"

추밀단주는 딱 잘라 대답했다.

"전혀 없습니다."

"크흠……."

그야말로 난감한 상황이었다.

잠시 고심하던 옥화무제는 이내 고개를 가로저었다. 아무리 생각해 봐도 뭔가 의심스럽다 하여 증거도 없이 간부급 문도를 붙잡아 족칠 수는 없지 않겠는가.

"그 일은……."

옥화무제가 증거가 나타나기까지 좀 더 시간을 두고 지켜보자는 말을 하려 할 때 추밀단주가 신중한 표정으로 말했다.

"물론 그가 범인이 아닐 수도 있습니다. 하지만 이건 염두에 두셔야 합니다, 태상문주님. 비영단의 선임조장인 그가 만약 배신을 했다고 하면 그 어떤 증거도 남기지 않았을 거라는 사실을 말입니다. 그리고 더 큰 문제는 오랜 시간 그를 따랐던 조장들이나 조원들 중 마교에 포섭된 인물이 없을 거라 자신할 수 없다는 점입니다."

"그래도 무턱대고 그를 죄인으로 몰수는 없잖아요. 조심스럽게 뒷조사를 더 해보는 게 좋지 않을까요?"

"자신이 만약 조사를 당하고 있다는 것을 눈치라도 채게 되면 곧바로 마교로 투항할 가능성이 큽니다. 그렇게 된다면 문파 내에 미치는 파급이 너무 커집니다."

지속적으로 말꼬리를 잡고 늘어지자 옥화무제는 짜증스런 어조로 물었다.

"그렇다면 단주는 지금 이 사태를 어떻게 처리하자고 말씀하시고 싶은 건가요?"

"의심스러운 싹은 하루라도 빨리 미련을 두지 말고, 아예 제거해 버리는 게 좋다고 생각합니다. 물론 그가 거느리고 있는 직속 조원들도 모두 다. 본문을 위해서는 그것이 제일 좋은 방법입니다."

곧바로 살기 띈 어조로 대답하는 추밀단주였다.

옥화무제는 장시간 고심했지만 추밀단주의 말대로 현 실정에는 그 방법밖에 없었다. 불안요소를 안고 갈 만한 여력이 없었던 것이다. 그리고 만약 그가 추밀단주의 말처럼 마교의 첩자라면 지금이야 조심스럽게 마교쪽에 제한된 정보밖에 전해주지 못하고 있겠지만, 정체가 발각나 마교에 투항이라도 하는 날에는 무영문이 치명적인 피해를 입게 된다. 안 그래도 고정 첩자망 및 분타의 연락망이 무너져 버린 상태가 아닌가. 이런 비상 시국에 유일하게 정상 가동되고 있는 비영단까지 타격을 입게 된다면 끝장이라고 봐야 했다.
 장고에 장고를 거듭하던 옥화무제가 문득 입을 열었다.
 "비영단주는 지금 어디에 있죠?"
 "감찰부에 맡기시는 게 확실하지 않겠습니까?"
 "그의 수하에요. 비영단주에게 처리를 맡기는 게, 그에 대한 최대한의 배려겠지요. 그는 그만한 대접을 받을만한 사람이니까요."
 추밀단주는 밖에 대고 비영단주를 불러오라고 명령했다. 그런 다음 다시 제자리로 돌아와 앉으며 말했다.
 "외부에 출타하지는 않은 것으로 알고 있으니, 곧 도착할 겁니다."
 잠시 무거운 침묵이 흐르다가, 옥화무제가 갑자기 뭔가 떠올랐다는 듯 입을 열었다.
 "참, 일전에 만통음제를 발견했다는 보고가 올라오지 않았던가요?"
 "아직 제대로 확인되지 않은 정보입니다."
 "그건 중요하지 않아요. 어쨌건 그 정보를 그의 제자에게 전하도록 하세요. 그 이름이 뭐였더라……?"

"만통음제를 찾고 있는 제자의 이름은 유운비화(遊雲飛花) 설취(薛璨)라고 합니다."

"맞아요. 그 아이에게 빨리 전하도록 하세요."

왠지 서두르는 듯한 옥화무제의 태도에 추밀단주가 고개를 갸우뚱거리며 물었다.

"자신의 사부의 행적을 찾아달라는 의뢰를 받은 건 사실입니다만, 굳이 확인되지도 않은 정보를 서둘러 전할 필요가 있겠습니까?"

"교주와의 연락이 단절된 만큼, 그 아이와 인연을 만들어둘 필요가 있어서예요."

"하지만 만약 그곳에 만통음제가 없다면 오히려 역효과가 나지 않겠습니까?"

"없어도 상관없어요. 아예 엉터리 정보는 아니니까요. 무엇보다 그녀에게 우리 무영문이 호의를 가지고 수색 작업을 진행하고 있다는 점만 느끼게 해주면 되요. 제가 원하는 건 그것이에요."

"아, 그런 식으로 인연을 맺어놓은 뒤 나중에 교주와의 연결 통로로 활용하실 생각이시군요."

"바로 그거예요. 마침 지금 그녀는 만통음제를 찾지 못해 애를 태우고 있을 테니, 이럴 때 약간만 도움을 줘도 쉽게 인연의 고리를 만들 수 있을 거예요. 그러니 설사 어설픈 정보를 줬다 해도 고맙게 받아들일 테죠. 제 뜻을 알아들으셨으면 시간 끌지 말고 바로 전달해 주라고 지시하세요."

"예, 잘 알겠습니다. 그럼 똘똘한 놈으로 한 명 그 아이에게 붙여 수색 작업의 진척 상황을 수시로 알려주도록 조치하겠습니다."

"호호, 그것도 괜찮겠군요."

얼굴은 웃고 있었지만 눈빛만은 싸늘한 옥화무제를 보며 추밀단주는 온몸에 한기가 느껴지며 소름이 돋았다. 여자가 한을 품으면 오뉴월에도 서리가 내린다고 하지 않던가. 더군다나 자신의 주군은 당하고는 못사는 여자였다. 아무래도 설취를 이용하여 뭔가 좋지 않은 음모를 꾸미려는 의도가 있는 게 분명했다.

"무슨 할 말이라도 있나요?"

지시를 내리기 위해 움직여야 할 추밀단주가 왠지 꾸물거리며 자리에 그대로 앉아있자 의아하다는 듯 옥화무제가 물었다.

"그렇게 말씀하시니, 여쭈어 볼 게 있습니다. 혹시 혈교를 이용하실 생각이십니까?"

추밀단주의 단도직입적인 물음에 옥화무제는 피식 미소 지으며 대답했다.

"난 또 뭐라고……. 그럴 생각이에요."

"아무리 혈교가 장백산에 엄청난 세력을 밀집시켜 놨다 하더라도 교주가 이끄는 마교의 정예를 상대하기에는 부족함이 많지 않겠습니까?"

"그건 나도 알고 있어요. 그렇지만 정보란 써먹기에 따라서 얼마든지 그 쓰임새가 변하기 나름이니 단순하게만 생각할 게 아니죠. 어쨌든 혈교에 관한 정보는 절대로 외부에 유출되지 않도록 주의하도록 하세요. 언젠가는 우리가 내밀 수 있는 최고의 패가 될 거 같다는 생각이 드니까요."

"명심하도록 하겠습니다."

결국 추밀단주는 태상문주에게 더 이상 교주를 자극하지 말 았으면 하는 말을 꺼내지 못했다. 자칫하다가는 복수는커녕, 무영문이 완전히 개박살이 날 수도 있는 일이었다. 하지만 그는 말을 꺼내지 못했다.

왜냐하면 태상문주인 옥화무제가 교주처럼 결코 당하고는 못 사는 여인임을 그는 잘 알고 있었던 것이다. 이미 꼭지가 돌아버린 상황에서, 자신의 조언이 먹혀들어갈 리가 없었다. 그래서 괜히 긁어 부스럼을 낼 필요가 없기에 추밀단주는 하고 싶은 말을 애써 속으로 집어삼킨 것이다.

옥화무제의 집무실을 나서는 추밀단주의 얼굴에는 불투명한 무영문의 앞날에 대한 근심이 짙게 깔려 있었다.

'에휴~, 잘 되어야 할 텐데······.'

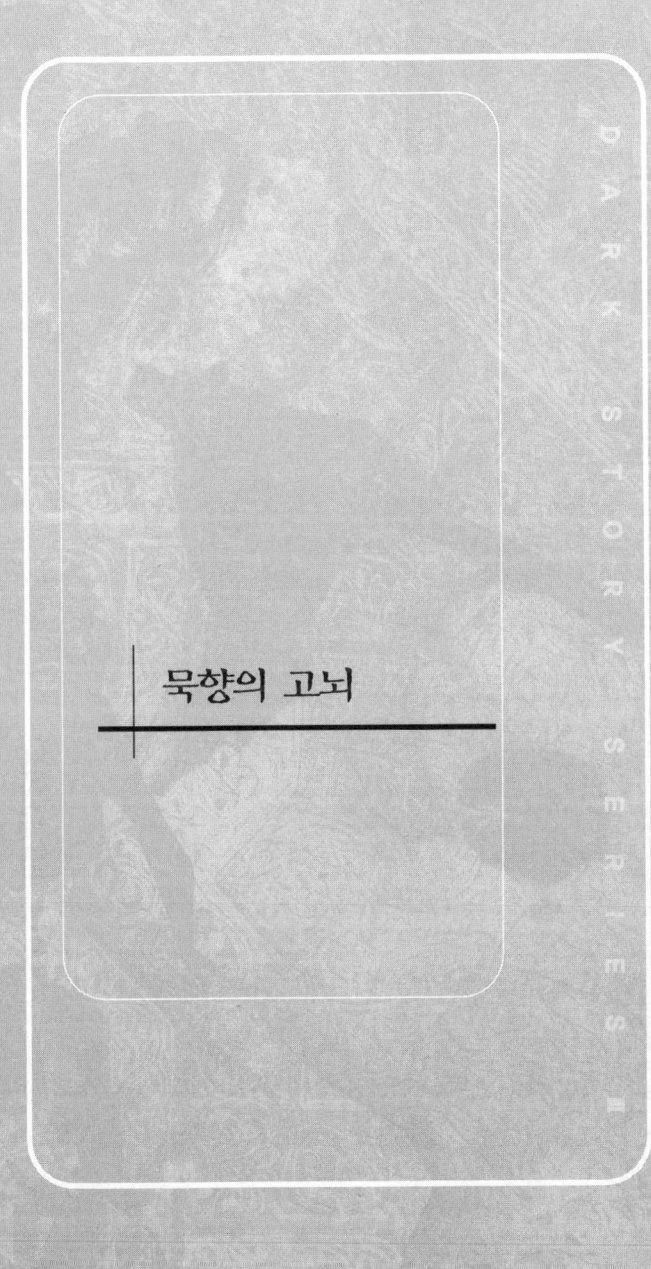

묵향의 고뇌

장백산의 괴인

무영문의 총단이 위치하고 있던 곳은 불타버린 건물들의 폐허만이 남아있을 뿐, 인기척이라고는 단 하나도 찾아볼 수가 없었다. 마교는 그곳에서 완전히 철수해 버렸다. 아니, 이곳의 동태를 감시하고 있던 개방은 그렇게 믿었다. 하지만 그게 아니었다.
"드디어 꼬리를 드러냈습니다, 교주님."
총단쪽으로 경계를 나갔던 철영이 돌아오며 두 명의 사내를 붙잡아왔다.
"두 명밖에 없던가?"
철영은 가소롭다는 듯 두 사내를 노려보며 대답했다.
"예. 이놈들이 자신들은 무영문도가 아니라며 박박 우기고 있습니다만, 조금만 주리를 틀면 모든 걸 토설할 겁니다."
일순 사내들의 얼굴이 새파랗게 질렸다. 가만히 보니 그렇게 심지가 굳은 놈들처럼 보이지는 않았다. 그렇기에 묵향은 그들의 아혈을 풀어주며 질문을 던졌다.
"순순히 털어놓는다면 목숨만은 살려주마."
두 사내는 억울하다는 듯 일제히 외쳤다.
"저분께도 말씀드렸지만, 저희들은 무영문도가 아니라 개방도입니다요. 제발 믿어주십시오, 교주님."

거지 복장을 하고 있는 사내들은 묵향의 신분을 알아본 모양이다. 하기야 철영이 교주라고 했으니, 묵향의 신분이 뭔지는 금방 눈치 챌 수 있지 않겠는가.
"개방도?"
그러고 보니 사내놈들이 입고 있는 복장이 개방도들이 흔히 입고 다니는 낡아빠진 누더기였다. 하지만 복장만 보고 개방도라고 단정할 수는 없었다. 무영문도가 그렇게 위장할 수도 있는 노릇이니까.
"예, 교주님. 저희들은 개방에서 나왔습니다."
"개방에서 여기는 어떻게 알고?"
"저 옆에 관도가 뚫려있는데 당시 오고가던 사람들이 보고 이곳에 무영문의 총단이 있고, 또 그들을 치기 위해 천마신교의 고수들이 출동했다는 소문을 퍼트려 지금 중원에 모르는 사람이 없을 정도입니다."
"모르는 사람이 없다면, 이미 맹에서도 알고 있다는 말이렷다?"
"물론입지요. 맹에서 이곳을 조사해 달라고 본방의 방주님께 기별을 넣었습니다."
그러면서 개방도는 자신들이 이곳에 도착한 것은 10일쯤 전이며, 그때까지는 이곳의 동정만을 살피고 있었다고 했다. 그러다가 마교가 완전히 철수한 것 같아 총단의 피해 상황을 정확히 알아보기 위해 접근했다가 철영에게 사로잡혔다는 것이다.
"하기야, 무영문도일 가능성은 그리 크지 않은 게 사실이지."
정탐을 위해 밖으로 파견된 놈들치고는 무공이 너무 낮았기 때문이다.

"너희들 외에 이곳에 온 개방도는 몇 명이나 되느냐?"
 묵향의 질문에 개방도는 순순히 대답했다.
 "아마도 천 명쯤 될 겁니다, 교주님."
 "꽤나 많이 왔군."
 "혹시 귀교의 고수들이 남아있을지도 모른다는 생각에 저희 조장께서 우리들 보고 먼저 탐색해 보라고 해서……."
 "너희 조장이라는 녀석에게 이곳에 와서 조사해도 좋다고 전하거라."
 묵향은 철영에게로 고개를 돌리며 명령했다.
 "저 녀석들을 따라가서 방금 전에 녀석들이 한 말이 사실인지 확인해라. 그 조장이라는 놈이 없다면 저놈들 다시 이리로 데리고 오고 말이야."
 "알겠습니다."

 한참 후에 철영은 혼자 돌아왔다.
 "사실이었던 모양이지?"
 "예. 거지들이 득실거리고 있더군요."
 그렇게 대답한 철영은, 잠시 머뭇거리다가 이윽고 결심했다는 듯 묵향에게 공손히 말했다.
 "더 이상은 시간낭비인 듯 합니다, 교주님."
 "그래도 꼴에 총단인데, 겨우 그 정도 밖에 인원이 없다는 건 말이 안 되잖나?"
 "그렇긴 합니다만 이미 몽땅 다 도망쳐 버렸을 가능성도 있습니다. 얼마나 많은 땅굴을 파놨는지, 그리고 그 땅굴들이 어디로 연결되어 있는지 조차 예상할 수 없다는 게 문제입니다."

"그건 자네의 말이 옳구먼."

이곳에서 숨어있는 놈들이 밖으로 기어 나오기를 기다리며 허송세월한 게 벌써 1개월이나 되었다. 만약 적들이 숨어있는 게 맞다면 한 번쯤 정찰을 하기 위해서라도 몇 놈이 밖으로 기어 나왔어야 정상이었다. 그런데 그런 낌새조차 보이지 않으니 묵향은 허탈할 수밖에 없었다.

"자네 생각이 그렇다면 어쩔 수 없지. 그 부분에 대해서는 다른 장로들과 합류해서 상의해 보도록 하세. 그게 좋지 않겠나?"

결정을 내린 묵향은 철영과 함께 혈랑대와 수라마참대가 매복하고 있는 지점으로 달려갔다. 그들이 도착했다는 기별을 받은 동방뇌무 장로와 한중평 장로가 급히 달려 나왔다.

"어서 오십시오, 교주님. 얼마나 고생이 많으셨습니까."

"겨우 감시하는 것 뿐인데, 고생은 무슨 고생……."

증원을 요청하기 위해 온 것이라면 둘 중 한 사람만 이쪽으로 달려와도 충분했을 것이다. 그런데도 그쪽을 비워두고 둘 다 이리로 왔다는 것은 이제 더 이상 매복 작전을 하지 않겠다는 게 아니겠는가.

"철수하시는 겁니까?"

"자네들 생각은 어떤가?"

묵향은 이곳으로 오기 전에 개방도들을 붙잡았던 얘기를 했다. 그리고 철영의 생각을 이야기해 주었다. 묵향이 하고 싶은 토의는 과연 이곳에 계속 남아있을 필요가 있는가 였다.

"속하의 의견도 부교주님과 같습니다."

"본좌도 그렇게 생각하기는 하지만…, 그래도 아무런 성과도 없이 이대로 철수할 수는 없지 않겠나?"

"그건 그렇지요."

"뭐, 좋은 계책이라도 떠오르는 게 없나?"

하지만 모두들 서로의 눈치만 살필 뿐, 입을 여는 사람은 없었다. 사실, 무공만을 익혀온 그들에게 군사로서의 재능까지 바란다는 것은 무리이리라.

"갑자기 계책을 내놓으라 하시니 뭐라 드릴 말씀이……."

"괜찮아, 괜찮아. 괜찮은지 아닌지는 본좌가 판단할 테니 아무거나 생각나는 대로 말해 봐."

그러자 한중평 장로가 조심스럽게 입을 열었다.

"한 가지 떠오르는 게 있긴 합니다만……."

"그게 뭔데?"

"조금 비열한 방법이라서……."

그 말에 묵향은 환히 웃으며 대꾸했다.

"비열한 거 조~옿지! 말해 봐. 효과만 확실하다면, 나는 그런 거 안 따지니까."

"일단 더 이상의 분쟁은 그만두자고 제의를 하는 겁니다."

"분쟁을 그만두자니……. 그래서 어떻게 하자는 거지?"

"평화협정을 맺자고 하는 거지요. 교주님께서 직접 조인식에 참석하시겠다고 하신다면, 저쪽에서도 늙은 여우가 기어 나오지 않겠습니까?"

"오호, 그러니까 자네 말은 평화협정을 맺는 자리에서 그녀의 목을 베어버리자 그거로군."

묵향은 제법 그럴듯한 계책이라고 고개를 주억거렸지만, 다른 사람들은 그렇게 받아들이지 않았다. 특히 철영 부교주의 반대가 심했다. 다른 장로들이야 감히 교주의 의견에 대놓고 반대할 수 없었겠지만, 철영은 명색이 부교주였다.

"말도 안 됩니다, 교주님. 만약 그 계책을 실행하셔서 설혹, 옥화무제의 목을 벨 수 있다 해도 교주님의 명성이 땅바닥까지 추락할 겁니다."

"그게 뭐 어때서? 안 그래도 그놈의 '암흑마제'에 얽힌 유언비어로 인해 갈 때까지 간 상황인데 말이야."

"그래도 춘릉대회전 이후 교주님에 대한 세인들의 평판이 많이 바뀌지 않았습니까. 지금까지의 그 어떤 교주님보다 공명정대하시다고……."

"쯧, 그놈의 공명정대가 밥이라도 먹여주나?"

뚱한 표정으로 묻는 묵향에게 철영은 황급히 대꾸했다.

"그, 그건 아닙니다만……."

"됐어. 한중평 장로의 방법을 쓰기로 하지."

그 말에 철영 부교주는 머리를 굴리며 다급히 입을 열었다.

"교주님. 그런 치졸한 계책보다는 좀 더 확실한 방법이 있습니다."

"그럼 어디 한 번 말해보게. 본좌가 어디 의견을 제시하지 못하게 강제한 적이 있던가."

"본교에서 말 안 듣는 군소방파들을 상대로 흔히 써먹던 방법인데 말입니다. 무영문에 사신을 보내어 최후통첩을 하는 겁니다. 옥화무제만 축출한다면, 더 이상의 공격 행위는 없을 거라고 말이지요. 지금껏 이 계책에 넘어가지 않은 문파는…, 거의 없었습니다."

 전혀 없다고 말하려던 철영의 뇌리에 굴복하지 않은 문파가 하나 있다는 게 떠올랐다. 그렇기에 그는 황급히 말을 바꿨던 것이다.

 굴복하지 않은 문파는 바로 곤륜파였다. 곤륜무황이 문주였던 시절, 그를 중심으로 곤륜파가 급성장하는 것이 탐탁지 않았던 마교에서는 문주의 목만 가져온다면 곤륜을 치지 않겠다고 회유했었다. 대를 위한 소의 희생을 노린 악랄한 수법이었다. 하지만 그 계략은 통하지 않았다. 왜냐하면 마교로부터 워낙에 많은 침공을 당했던 곤륜파였기에, 문주의 목을 베어다가 바친다고 해봐야 상황이 좋아질 리가 없다는 것을 잘 알고 있었기 때문이다.

 물론 그런 깊은 내막까지는 묵향이 알리가 없었다. 하지만 철영 부교주의 계책이 마음에 들지 않았던 묵향은 콧방귀를 뀌며 이죽거렸다.

 "쿵, 무영문은 옥화무제 그 계집 하나로 인해 유지되는 문파라 해도 과언이 아닌데, 과연 그런 계책이 통하기나 할까?"

 "본교의 힘을 아는 한, 굴복할 수밖에 없을 겁니다. 제아무리 일인문파라 해도 과언이 아닌 무영문일지라도 소속된 문도들의 생명을 아예 무시할 수는 없지 않겠습니까? 그녀 한 사람의 목숨만 내준다면 다른 문도 모두가 무사할 수 있을 텐데, 그걸 단호히 거절하기는 힘들 거라 생각합니다."

 "네 녀석은 옥화무제가 닭대가리일 거라고 생각하나?"

"……."

묵향의 질문에 철영은 선뜻 대꾸를 하지 못했다. 그녀에게 따라붙는 수식어가 바로 '뱀처럼 지혜로운 여인'이라는 것이었으니까. 그녀를 뱀에 비유한 이유는 가까이 하면 물리기 때문이었다.

"그런 멍청한 수법에 걸려들려면 우선 상대가 위기감에 빠져 있어야 해. 이걸 받아들이지 않는다면 곧바로 망한다는 생각을 가지고 있어야 한다구. 하지만 지금 무영문도들이 그런 생각을 가지고 있을 것 같나? 우리는 놈들이 어디에 숨어있는지조차 전혀 모르는데 말이야."

"그, 그건 그렇습니다만, 그래도 교주님이 사람들로부터 손가락질을 받는 것보다야……."

"본교가 언제부터 세인들의 눈치나 살피며 살았던가? 철영, 명심해라. 역사는 승리하는 자만을 기억한다는 것을. 허례허식에 빠져 남들의 이목을 따지면서 살았다면, 본좌가 지금까지 살아남지 못했을 게야."

묵향의 질책에 철영은 고개를 푹 숙이며 대답했다.

"속하가 실언을 했습니다."

철영의 얼굴은 창피함으로 인해 붉게 달아올라 있었다. 부하들 앞에서 이런 개망신을 당하다니…….

"한 장로의 계책을 쓰기로 할 테니, 그리 알고 준비들 하게."

철영이 입을 다물자, 이번에는 천진악 장로가 조심스럽게 묵향의 눈치를 살피며 반론을 제기했다.

"그런데 만약 이런 사실이 세상에 알려지게 되면 본교와 협정을 맺으려고 할 문파가 있을까요?"

"안 맺으면 그만이지. 우리 쪽에서 아쉬울 건 하나도 없잖아?"

묵향의 뻔뻔스런 대꾸에 수하들은 입을 다물 수밖에 없었다. 저렇게까지 강하게 밀어붙이면 도저히 설득할 방법이 없는 것이다.

이때, 묵향이 아쉬운 듯 입맛을 다시며 말을 이었다.

"그런 문제보다는 그 계집이 워낙에 영악해서 이 계책에 걸려들 가능성이 거의 없다는 것이겠지. 뭐, 그래도 어쩌겠나. 다른 방법이 없는데 말이야."

"성공할 가능성이 거의 없다는 걸 아시면서 굳이 실행하실 필요가 있겠습니까? 차라리 일단 십만대산으로 돌아가 군사와 상의를 한 뒤 좀 더 좋은 계책을 짜보는 게 낫지 않겠습니까?"

그러자 묵향이 쾌활하게 대답했다.

"길게 내다 보자고. 어차피 계책을 짜더라도 이리저리 복선을 깔아둬야 할 테니 말이야. 그러니 한 장로의 계책을 우선 시행하면서 그 계집의 반응을 보는 것도 괜찮을 게야. 게다가 지금까지 본좌가 그 계집을 직접 만난 게 몇 번인가 있었지. 자신이 안전하다고 판단되면 기어 나올 게 분명해."

"그렇게까지 말씀하신다면 속하들이 더 이상 말릴 방법이 없겠군요."

"물론이지. 그런데 문제는 무영문에 어떻게 연락을 넣느냐 하는 건데 말이야."

여기까지 말하던 묵향은 뭔가 떠올랐다는 듯 손가락을 딱 튕기며 철영 부교주에게 물었다.

"참, 무영문의 지단을 몇 개 정도 추적하고 있지 않았던가?"
"그렇긴 합니다만 이번 사태로 인해 무영문은 완전히 잠적한 것으로 사료됩니다. 홍진 장로에게 보고를 받았는데, 지금까지 무영문과 관계있는 자들이 아닐까 싶어 몰래 감시하고 있던 자들 중 일부가 갑자기 행방을 감춰버렸다고 하더군요."
"미행에 실패한 모양이군."
"정예고수들을 투입한 것도 아니고, 분타에 소속된 무사들의 실력으로는 그 정도가 한계입니다."
"그럼 남은 놈들이라도 모두 다 잡아들여서 족쳐보는 것은 어떨까?"
"아마 소득이 없을 겁니다. 행방을 감춘 놈들이 진짜고, 나머지는 엉뚱한 놈들일 테니까요."
"쯧, 어쩔 수 없지. 일단 홍진 장로에게 찾아보라고 하고, 도저히 안 되면 무림맹에 사람을 보내는 수밖에."

묵향의 말에 철영이 의아하다는 듯 물었다.
"무림맹에 말입니까?"
"그곳에 무영문의 지단이 있지 않았나. 설마하니 그곳의 지단까지 잠적했으려고."
"아, 그렇군요. 그게 좋겠습니다."

*   *   *

묵향의 생각과 달리 무영문과의 엉킨 실타래를 푸는 해결책은 의외로 가까운 곳에 있었다. 하지만 그게 되려 묵향의 골치를 아프게 했다.
 묵향이 무사들을 이끌고 십만대산으로 돌아오자, 설민이 급하게 달려 나왔다.
 "무영문의 부문주가 교주님을 뵙기를 청하며 기다리고 있습니다."
 "뭣! 영인이가 이곳에 와 있다고?"
 "예, 교주님."
 설민의 말을 옆에서 함께 들은 한중평 장로가 반색하며 외쳤다.
 "호박이 넝쿨째 굴러들어왔군요. 이건 기회입니다, 교주님!"
 한중평 장로가 하고자 하는 말이 무슨 뜻인지는 뻔한 것이었다. 하지만 묵향의 표정이 급격히 어두워졌다.
 심약한 설민이었기에 상대방의 감정 변화를 살피는데 있어서는 꽤나 예민했다. 급격히 어두워진 교주의 표정을 보자 뭔가 일이 있다는 걸 느끼고는 한중평 장로에게 슬쩍 물었다.
 "그게 대체 무슨 말이십니까? 한 장로님."
 한중평 장로는 십만대산으로 돌아오기 전에 교주와 협의했던 계책에 대해서 설민에게 설명해줬다. 그 계책을 생각해 낸 게 자신이었기에, 그의 얼굴에는 자부심이 가득 했다.
 교주가 그의 계책에 찬성했다고는 하지만, 문제는 그 계책을 써먹기 위한 상대로 매영인은 적합하지 않았다는 점이다. 다른 사람이라면 몰라도, 매영인은 교주가 꽤나 마음에 들어하는 사람이다. 자신이 좋아하는 사람에 대해서는 모질지 못한 교주의 성격상, 이대로 한 장로의 계책을 밀어붙이기에는 무리가 있다고 볼 수 있었다. 그걸 잘 알고 있는 설민이었기에 급히 입을 열었다.
 "그 부분에 대해서는 조금 더 생각해 봐야 하겠습니다."
 "생각해 보고 자시고 할 게 뭐가 있겠습니까, 군사."
 노회하기 짝이 없는 장로들은 모두 다 설민을 밥으로 보고 있었지만, 그래도 지금 이곳은 교주의 앞이었다. 공식 서열상 자신보다 윗줄에 놓여있는 설민에게 반말을 할 수는 없었다.
 "뼈대만 대충 잡혀있는 계책이잖습니까. 그러니 효과적으로 운용하기 위해서는 보다 세심하게 다듬을 필요가 있다는 말입니다. 그 전까지는 섣불리 행동하지 않는 게 좋겠다고 사료되는군요. 일단, 무영문의 부문주에 대한 건은 교주님께서 그분과 만나보신 후, 그쪽에서 원하는 것을 들어본 다음에 결정하는 게 순서일 듯 합니다."
 "흠…, 군사의 말이 옳은 듯 하구면."
 하지만 설민이 주위의 눈치를 슬쩍 보니 부교주나 다른 장로들은 그 말에 납득을 하는 기세가 아니었다. 교주의 체통을 운운하며 반대를 했음에도, 오히려 면박에 가까운 비웃음을 당하지 않았던가. 그리고 그런 면박을 준 사람이 바로 교주였다. 그런데 왜 이렇게 좋은 기회가 제 발로 찾아왔는데 주저하는 모습을 보인다는 말인가. 그들로서는 이해하기 힘든 일이었다. 더군다나 교주에게 망신을 당한 철영이 가만히 있을 리가 없었다.
 하지만 설민이 조금 더 빨랐다. 그는 철영 부교주가 말을 꺼내기도 전에 급히 묵향에게 말을 건넸던 것이다.
 "주모(主母)께서 기다리고 계십니다. 부문주에 관한 얘기는 나중에 천천히 하시고, 먼저 주모님부터 만나시는 게 순서가 아니겠습니까?"

 신혼인 교주가 마교를 비운 채 몇 달씩이나 밖에 있다가 모처럼 돌아왔다. 그래서 우선 신부를 만나러 가는 게 좋겠다고 군사가 조언하는데, 그걸 반대할 수 있는 사람이 누가 있겠는가. 다른 사람들도 급히 교주에게 찬성의 뜻을 비쳤다.

 "군사의 말이 옳습니다. 주모님께서 교주님이 돌아오시기를 얼마나 기다리고 계셨겠습니까."

 묵향은 마지못한 듯 고개를 끄덕이며 대꾸했다. 속마음은 그렇지 않았지만, 왠지 부하들한테 자신의 속내를 보이는 듯해 민망했던 것이다.

 "그…, 그럴까?"

3가지 조건

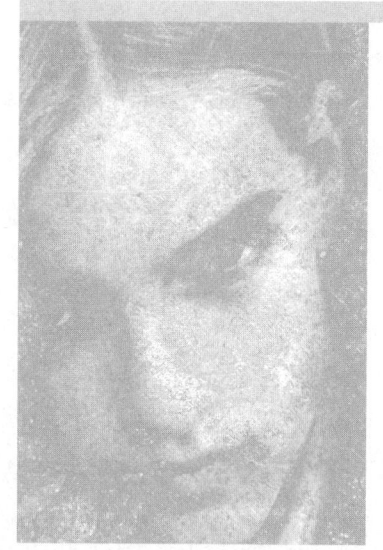

장백산의 괴인

"다녀왔어."
 쑥스러운 듯한 미소를 지으며 들어오는 묵향을 향해 마화는 활짝 웃으며 반겼다.
 "잘 다녀오셨어요?"
 "미안해. 예상보다 좀 오래 걸렸어."
 원래 무뚝뚝한 성격의 묵향인 만큼, 대화를 이끌어 나가는 쪽은 언제나 마화였다. 마화는 묵향이 자리에 앉자마자 옆에 달라붙어서 그동안 교내에서 있었던 자잘한 얘기들을 하기 시작했다. 그건 치열한 전투를 치르고 돌아온 사람에게 하는 것이 아닌, 마치 아침에 출근했다가 저녁에 돌아온 낭군에게 하는 듯한 그런 편안함이었다.
 어디서 그 많은 이야기들을 주워들었는지 마화는 쉴 새 없이 조잘거렸고, 묵향은 그저 말없이 고개를 끄덕이거나 미소로서 받아들였다.
 "그런데 참, 저 영인이하고 만났어요. 그 왜 있잖아요? 지금은 무영문의 부문주가 되어있는 아이 말이에요."
 매영인은 현재 묵향의 머리를 아프게 만들고 있는 당사자였다. 물론 마화와 대화의 주제로 삼고 싶지 않은 인물이기도 했다. 그녀가 여자라는 것도 한 가지 이유이기도 했고.
 그래서 묵향은 그다지 관심이 없다는 듯 슬쩍 받아넘겼다.
 "그랬어?"
 "어머, 반응이 왜 그래요? 제가 보기엔 정말 미인이던데, 당신도 그렇게 생각하시죠?"
 무슨 의도로 이런 말을 꺼내는지 알 수가 없었던 묵향이었기에 떨떠름한 표정으로 대꾸했다.
 "그, 글쎄……?"
 "이제는 제법 나이를 먹었는데도 어떻게 그렇게 예쁜지 모르겠어요. 몸매도 좋고, 피부도 깨끗한 걸 보면 세상은 참 불공평해."
 다른 사람이 들었다면 말도 안 된다며 따지고 들었을 정도로 마화 역시 상당한 미모를 지니고 있었다. 하지만 그런 마화조차 가벼운 질투를 느끼게 할 정도로 매영인의 미모는 탁월했다. 무림에 소속된 수많은 여고수들 중에서 그 미모와 재능이 특출난 4봉 중 한 명으로 꼽힐 만큼 말이다.
 "그런데 하고 싶은 말이 뭐야?"
 "무영문을 살려보겠다며 단신으로 이곳까지 달려온 걸 보니, 좀 안되어 보여서요. 어떻게 좋은 방향으로……."
 하지만 그녀의 말은 묵향의 무뚝뚝한 말투에 가로막혔다.
 "그건 당신이 참견할 사안이 아니야."
 묵향이 이렇게 단호하게 말할 때는, 이미 무영문을 어떻게 처리할지 결정이 난 상태이리라. 이럴 때 누가 무슨 말을 한다고 해도, 한 번 결정한 것을 번복하는 사람이 아님을 그녀는 잘 알고 있었다. 그렇기에 마화는 황급히 화제를 바꿨다.

"그건 그렇죠. 참, 당신 아직 식사를 안 하셨죠?"

* * *

오랜만에 다정하게 잠자리를 함께 한 두 사람. 마화는 상쾌한 기분으로 아침을 맞이했다. 하지만 아직도 적응이 안 되는 것은, 눈을 떴을 때 남편이 곁에 없다는 점이었다. 그래서인지 언제나처럼 그녀의 옆자리는 온기 한 점 없이 싸늘하기만 했다.
"쳇! 좀 옆에 누워있어 주면 누가 잡아먹나? 달콤한 말로 사랑을 속삭여 달라는 것도 아니고, 그냥 누워만 있어 달라는 건데 그게 그렇게 힘드나?"
입으로는 연신 투덜거리면서도 잠자리를 정돈하는 마화의 손길은 재빨랐다. 깔끔하게 잠자리 정돈을 끝낸 뒤, 가볍게 화장을 하고 옷을 갈아입는다. 이미 반복 숙달이 되다 보니 예전처럼 시간이 그리 많이 걸리지도 않았다.
밖으로 나가보니, 묵향은 아침 식사를 앞에 두고 마화가 일어나기를 조용히 기다리고 있었다.
"잘 잤어?"
부드러운 묵향의 목소리에 마화는 언제 짜증을 냈냐는 듯 활짝 웃으며 조잘거렸다.
"예. 기다리지 마시고, 그냥 절 깨우시지 그러셨어요?"
"곤히 자고 있는 걸 왜 깨워. 난 괜찮으니까 자, 이리와 앉아."
지존의 아침식사였지만, 음식은 매우 간소했다. 마교라는 단체 자체가 허례허식에 물들어 있는 곳이 아니었던 데다, 묵향

자신이 그런 걸 별로 따지지 않는 성격이었기 때문이다. 그래도 마화와 결혼을 하고 난 뒤, 예전에 비해 음식의 질과 양이 많이 나아진 상태였다.

식사를 마친 마화는 차를 마시며, 왠지 의미심장한 미소를 지은 뒤 질문을 툭 던졌다.

"당신은 아들이 좋아요? 아니면 딸이 좋아요?"

"푸우~!"

마화의 전혀 예상치 못한 질문에 느긋한 표정으로 차를 마시고 있던 묵향은 입안의 내용물을 내뿜고 말았다. 묵향은 빠르게 마화의 배 쪽을 살펴보며 급하게 물었다.

"서, 설마 아기를 가졌다는 거야?"

당황스러워 하는 듯한 묵향의 반응에 마화의 표정이 일순 새침하게 바뀌었다.

"설마, 우리들의 아기를 원하지 않는다는 건 아니겠죠?"

"무, 물론 아니지. 그냥 당황했을 뿐이야."

묵향은 힐끔 마화의 눈치를 살피며 조심스럽게 물었다.

"임신한 게 확실해?"

처음 질문을 던졌을 때의 따사롭던 마화의 표정이 언제부터인가 싸늘하게 굳어있었다. 아니, 어쩌면 냉기가 풀풀 날리는 싸늘함보다, 서러워 보인다는 표현이 맞으리라.

"아뇨, 그냥 해본 말이었어요."

"아, 그래?"

왠지 안심했다는 듯한 묵향의 표정이 마화의 기분을 더욱 언짢게 만들었다. 그럴 리는 없다. 양녀인 소연을 그렇게 살뜰하게 아끼는 모습을 옆에서 지켜봐 온 마화였지 않은가. 그렇다면 임신을 했느냐며 왜 저렇게까지 깜짝 놀라는 것일까? 혹시 자신과의 아이를 원하지 않는 건가? 그것도 아닐 것이다. 묵향의 성격상 싫어하는 여인과 억지로 결혼했을 리는 없으니까. 그렇다면 대체 이유가 뭘까?

"아기를 싫어해요?"

"글쎄…, 싫어하고 자시고는 없어. 단지 내 자식이 태어날 수도 있다는 생각 자체를 안 하고 살아왔기에 조금 당황했을 뿐이야."

"그렇다면 이제부터라도 생각을 해보도록 하세요. 당신은 이제 독신이 아니라구요."

"그렇게 하지."

대답은 쉽게 했지만, 묵향의 표정은 그다지 밝아지지 않았다.

내 피를 이어받은 아기? 물론 예전에 소연이를 키웠던 경험은 있었다. 하지만 그건 웬만큼 자란 소녀였을 때였고, 자신이 소연이를 선택한 것이다. 그런데 이번 경우는 다르다. 뱃속에서 태어나는 자식을 선택할 권한 따위는 없다. 그냥 태어나는 대로 사랑하며, 키워줘야만 한다. 그 자식이 어떤 모습을 하고 있건.

그런 의미에서 보면 아르티어스는 정말 대단한 아버지라고 할 수 있었다. 종(種)을 초월해서 자신을 사랑해 줬지 않은가. 자신이 별로 살갑게 대해주지 않았음에도 불구하고, 언제나 변함없이 무조건적인 사랑을 쏟아 부어 주었으니…….

'나도 그렇게 할 수 있을까?'

자신이 없었다. 이런저런 생각을 하다 보니 행방이 묘연해진 아르티어스가 은근히 보고 싶었다. 드래곤인 만큼 무슨 큰일이야 있겠느냐 싶긴 하지만, 그래도 이렇게까지 오래 아무런 소식이 없다 보니 슬슬 걱정이 되는 것이다.

'다음에 만나면 제발 한 달에 한 번은 꼭 연락을 하며 살자고 얘기를 해야겠어.'

식사를 마친 후, 묵향은 집무실로 발걸음을 옮겼다. 가는 도중 부하 하나를 시켜 군사 설민을 집무실로 데려오라고 지시를 내렸다. 매영인을 어떻게 하는 게 좋을지 조언을 청하기 위해서다.

가장 좋은 방법은 그녀를 인질로 잡아, 함정을 파서 옥화무제의 목을 베는 것이다. 만약 그게 힘들 것 같으면 이왕에 손에 들어온 그녀를 놔줄 것이 아니라, 주리를 틀어서라도 무영문의 비밀을 토설하게 만드는 것이리라.

하지만 문제는 그녀를 그런 식으로 대하고 싶지 않다는 데 있었다. 물론 주는 것 없이 얄미운 옥화무제의 목을 베고 싶은 마음이야 굴뚝같았지만, 그녀의 손녀 매영인은 그에게 꽤나 좋은 인상으로 기억되고 있었던 것이다.

예전이었다면 이런 사소한 것에 연연하지 않고 단호하게 처리했을 일이었지만, 이계를 다녀오고 난 뒤 묵향의 성격이 약간 변한 것이다.

집무실에 도착한지 얼마 되지도 않았는데 설민이 헐레벌떡 달려 들어왔다. 아마 근처에서 대기하고 있었던 모양이다.

"그녀를 어떻게 하는 게 좋을까?"

설민은 심약한 심성 때문에 상관의 눈치를 살피는데 있어서는 도가 튼 인물이다. 그런 그가 교주의 마음을 헤아리지 못했을 리가 없다. 어제 잠깐 동안의 만남만으로도, 그는 교주가 매영인을 이용하는 것을 썩 내켜하지 않는다는 걸 느낄 수 있었다. 그렇기에 그는 밤새도록 이 일을 어떻게 풀어가야 할지 고심해야만 했다. 그 때문인지 그의 눈은 수면부족으로 인해 붉게 충혈되어 있었다.

"가장 좋은 방법은 한 장로가 제안하고, 교주님께서 허락하신 그 계책에 이용하는 겁니다. 그분이 교주님께 호감을 가지고 있는 만큼, 가장 확실한 결과를 도출해 낼 수 있을 거라고 사료됩니다."

묵향은 살짝 인상을 찡그리며 말했다.

"그것 외에 다른 것은?"

"한 장로님의 계책을 쓰지 않으실 겁니까?"

"그건 묻지 말고 묻는 말에나 대답해 보게."

"그 계책을 사용하지 않는다면, 그분을 고문하여 무영문의 내부 사정을 캐묻는 게 좋겠다고 사료됩니다. 그냥 놔주기에 그분은 아주 쓸모가 있으니까요. 더군다나 무영문과 본문은 전쟁 상황이 아니겠습니까. 불쌍하기는 하지만, 어쩔 수 없는 노릇이지요."

"본좌가 차선책도 쓰지 않겠다고 한다면?"

"교주님께서는 그분을 놔주시기를 원하시는 겁니까?"

잠시 머뭇거리던 묵향은 천천히 대답했다.

"그렇다네. 차마 그녀를 없앨 수가 없구먼."

"그렇다면 두 가지 방법 중에 하나를 선택하실 수가 있겠습니다."

"말해 보게."

"기본 계획대로 원로들에게는 그분을 이용해 옥화무제를 낚겠다고 하시며 풀어주는 겁니다. 다들 납득하겠지요."

원로들을 속이자는 말이다. 하지만 그 제안도 묵향의 마음에 들지 않았다.

"나를 믿고 따르는 수하들을 속이고 싶지는 않군."

"그분에게 상처를 입히는 것도 싫고, 원로들을 속이는 것도 싫으시다면 선택의 폭은 대단히 좁아집니다. 외람된 말씀이오나, 한 가지 조언을 드려도 될런지요."

"말해보게."

"어차피 교주님께서 그분을 풀어준다고 하더라도, 옥화무제를 목표로 하고 있는 이상 그분께 상처를 주지 않을 수 없습니다. 그분은 옥화무제의 손녀이니까요. 지엽적인 선택을 위해 고심하시느니, 좀 더 커다란 가지를 두고 고심하시는 게 낫지 않으실런지요."

"커다란 가지?"

"예. 그분께 상처를 주고 싶지 않으시다면, 이쯤에서 옥화무제를 용서하시는 것은 어떻겠습니까? 무영문도 꽤나 커다란 타격을 입었음에 틀림없는데 말입니다. 역사상 무영문의 총단을 잿더미로 만든 것은 교주님께서 최초로 달성하신 위업입니다. 그것 하나만으로도 세인들은 교주님께서 무영문에 더 이상의 공격은 하지 않겠다고 결정을 내리셔도 충분히 납득할 것입니다."

"수하들도 납득할까?"

"원로분들은 힘들겠지요. 뭐니뭐니 해도 매영인이라는 패를 쥐셨는데, 그냥 물러나신다면 모두들 의심하실 겁니다. 특히 주모님께서……."

"마화가 왜?"

"그분과 혹 수상쩍은 관계이신 건 아닐까 오해하실 수도 있지 않을까……."

묵향은 더 이상 들을 것도 없다는 듯 신경질적으로 외쳤다.

"헛소리! 그딴 건 신경 쓸 필요도 없다. 그런 사소한 걸로 삐질 사람이었다면, 처음부터 결혼도 하지 않았어."

설민이 이런 식의 말을 꺼낸 이유는 단 하나였다. 심약한 설민은 그의 범 같은 부인에게 꽉 잡혀 살고 있었다. 그래서 사소한 일로 부인의 심기를 건드려 봐야 좋을 게 없다는 걸 그는 이미 뼈저리게 알고 있다.

때문에 혹시라도 이번 계책의 발안자가 자신이라는 걸 주모가 알게 된다면, 그 후환이 두려웠기에 미리 짚고 넘어가고 싶었던 것이다.

"그, 그렇게까지 말씀하신다면……. 사실 어젯밤 생각해 둔 계책이 한 가지 있긴 합니다만……."

"그게 뭔가?"

"조건을 제시하는 건 어떻겠습니까?"

"조건이라고?"

"예. 무영문에 자신들의 존재가치를 입증하라고 하는 겁니다. 원로분들 조차도 수긍할 수 있을 정도로 난해한 조건이라면, 그럴듯한 명분이 되지 않겠습니까?"

괜찮은 계책이라고 꺼내놨지만, 묵향은 썩 내키지가 않았다.

"가치를 입증하라고? 도대체 뭘 가지고? 장인걸도 박살낸 만큼 이제 더 이상 놈들의 도움 따위는 필요도 없는데 말이다."

"어차피 교주님이 바라시는 건 무영문 따위가 아닌, 그분에게 더 이상의 상처를 안기지 않고 별 탈 없이 마무리 짓는 게 아니겠습니까? 그러기 위해 적당한 명분을 만들자는 겁니다."

"그, 그건 그렇다만."

"그렇기에 본교에서 수행하기 힘든 사안을 조건으로 제시하는 겁니다. 이를 테면 만통음제 대협을 찾아오라고 한다든지 말입니다. 만약 그분이 죽으셨다면 시체라도 찾아오라고. 그러면 명분이 되지 않겠습니까?"

마교 역시 정보를 관할하는 부서가 있긴 했지만, 전 중원에 촘촘히 깔려있는 무영문에 비할 바는 아니었다. 비록 총단이 박살났어도, 지금까지 보여왔던 그들의 활약을 감안해 본다면 충분히 가능한 일이다.

어찌되었건 만통음제를 찾을 수 있다는 건 확실히 구미가 당기는 일이었던 모양이다. 묵향은 잠시 고개를 갸웃하더니 곧 질문을 던졌다.

"그런데 그런 걸 수하들이 받아들일까? 형님은 본교의 인물도 아니시지 않느냐."

"받아들일 수밖에 없을 겁니다. 조금 명분이 약하기는 합니다만, 교주님과 만통음제 대협과의 우애를 모두들 알고 있지 않습니까. 더군다나 그분은 무명소졸도 아니고 정파의 커다란 별입니다. 그분의 존재가 본교에 커다란 도움이 된다는 것을 모르는 사람이 있겠습니까?"

"허긴……."

고개를 주억거리는 묵향을 향해 설민이 조언했다.

"그 부분은 천천히 생각해 보시고, 일단 부문주부터 만나보신 뒤에 결정하시는 게 좋지 않겠습니까? 만약 결정하기 힘드시다면, 오늘은 대충 시간만 끌다가 헤어지셔도 괜찮을 듯 합니다만."

"그건 자네 말이 옳은 듯 하군."

* * *

"교주님을 뵈옵니다."

"손님은 안에 계시나?"

"옛, 교주님."

갑작스럽게 밖에서 들려온 목소리에 매영인이 당황해 자리에서 일어서려고 하는 순간, 문이 벌컥 열리며 묵향이 들어왔다. 그녀가 인사를 건네기도 전에 묵향은 꽤나 난감한 듯한 표정으로 입을 열었다.

"본좌가 없는 동안에 큰 곤욕을 치렀다고 들었는데……?"

"괜찮습니다. 그나저나 오랜만에 뵙습니다, 교주님."

"아, 그래. 오랜만이야."

묵향은 매영인의 위아래를 이리저리 쳐다본 후에야 겨우 안심이 된다는 듯 말했다.

"그래도 건강해 보여서 다행이군."

매영인은 애써 미소 지으며 대답했다. 하지만 그녀의 미소는 씁쓸하기 그지없었다.

"염려를 해주신 덕분에 별 일은 없었어요."

그 말을 끝으로 잠시 어색한 침묵이 흘렀다. 그런 침묵이 싫었던지 묵향이 급작스럽게 질문을 던졌다.

"본좌가 무영문을 쳤다는 얘기는 들었느냐?"

"예."

묵향은 어이가 없다는 표정으로 중얼거렸다.

"그걸 뻔히 알면서도 혼자 이곳으로 올 생각을 하다니, 도저히 이해할 수가 없구나. 죽고 싶어서 작정을 한 것도 아니고……."

"정말 저희 문파를 멸망할 때까지 공격을 하실 생각이신가요?"

"글쎄…, 어디로 숨었는지 알 수가 없는 상황이니 공격을 할 수도 없는 노릇이긴 하지."

"그럼 위치를 파악하기만 하면 공격하실 건가요?"

묵향은 일부러 한숨을 푹 내쉰 다음 대답했다.

"후우~~, 어떻게 할지는 아직 결정하지 못했어. 이번처럼 무리를 해서 공격한다고 해봐야 별 소득도 없을게 뻔하니까 말이야. 아마, 더 이상의 전투는 없을 거야. 정파놈들처럼 그냥 평행선을 달려가는 정도로 그치게 되겠지."

묵향의 대답에 매영인은 마음을 놓을 수 있었다. 무영문을 적극적으로 공격할 의사는 없는 듯 보였으니까.

"어쨌건, 본좌가 해줄 수 있는 대답은 이 정도로구나."

그러자 매영인은 간절한 소망을 담아 묵향에게 청했다.
"혹시 할머니를 용서해 주실 수는 없으신가요?"
묵향은 어깨를 으쓱하며 말했다.
"용서? 용서고 뭐고, 이제는 갈 데까지 가버린 상태라 원상태로 되돌릴 수도 없는 노릇이야."
"그, 그래도……."
"그럼 한 가지만 물어보지."
"예, 말씀하세요."
"본좌는 신뢰를 가지고 대했건만, 옥화무제는 본좌의 뒤통수를 스스럼없이 쳤지. 그것도 본좌가 가장 취약한 때를 노려서 말이야. 하마터면 본좌는 물론이고, 내 수하들까지 떼몰살을 당할 뻔 했지. 그런데, 그런 그녀를 용서해 주라고? 너는 대체 뭘 믿고 나한테 그런 말도 안 되는 부탁을 하는 거지?"
일순 매영인은 할 말을 잊었다. 그녀도 마화를 만나 모든 얘기를 들어 이미 알고 있었던 것이다. 무영문이, 아니 자신의 할머니인 옥화무제가 어떤 짓을 했는지 말이다. 잠시 어색한 표정으로 고심을 하던 매영인이 갑자기 고개를 치켜들며 입을 열었다.
"그럼 제가 인질이 되어 이곳에 머물겠어요. 그럼 저희 문파가 또 다시 교주님께 허튼 짓을 하지 못할 테니까요."
설마 이런 말까지 듣게 될 줄은 전혀 예상하지 못했던 묵향은 잠시 아무 말 없이 생각에 잠겼다.
한참동안을 고심하던 묵향은 가볍게 한숨을 내쉬며 입을 열었다.

"휴우, 그럴 필요까지는 없다. 그런데 네가 옥화무제라면, 지금 내가 화평을 제의한다고 해서 순순히 받아들일 거 같으냐?"
"……."
일순, 매영인은 대답을 하지 못했다. 그녀는 둔한 사람이 아니다. 묵향의 질문을 받고 보니, 할머니의 의심 많은 성격이 떠올랐던 것이다. 뭔가 확실한 이유가 있지 않은 한, 할머니는 묵향이 화평을 제의했다는 것 자체를 함정으로 볼 게 뻔했다. 왜냐하면 지금 이 시점에서 마교가 화평을 제의할 이유가 없었으니까.
하지만 그래도 매영인은 희망을 버리지 않았다.
"그건 제가 어떻게든 할머니를 설득해 볼게요. 저를 한 번만 믿어주세요."
애절한 눈빛으로 자신을 바라보고 있는 매영인의 모습에, 묵향은 어쩔 수 없다는 듯 설민이 마련해준 해결책을 말해줬다.
"정 그렇게까지 말한다면, 조건을 제시하마."
"예. 말씀하세요."
"행방불명되신 만통음제 형님을 찾아오너라. 만약 죽었다면, 그 시체라도 말이다."
원래는 설민이 조언한 대로 이 한 마디만 하고 끝낼 생각이었다. 하지만 가만히 생각해 보니, 그럴 필요가 없다는 생각이 든 것이다. 이왕지사 일을 시켜먹을 생각이면 철저히 시켜먹는 게 좋겠다는 묵향이었다.
"두 번째는…, 이게 무슨 뜻인지 번역해 오너라."
묵향은 요 근래 언제나 품속에 지니고 있던 비단조각을 꺼냈다. 그 비단에는 북명신공에서 옮겨 적은 해독불가의 문장이 적혀 있었다. 밑져봐야 본전인 만큼, 혹시나 하는 기대를 걸고 그녀에게 부탁하는 것이다.

"마지막으로 본좌의 아버지를 찾아오면 된다."

묵향으로부터 받은 비단조각에 써진 괴상한 기호들을 유심히 살펴보는 매영인. 물론 여기에 적혀있는 문장은 무영문에서 이미 해독이 끝난 상태였지만, 그녀는 그런 사실을 전혀 모르고 있었다.

매영인은 어떻게든 묵향이 제시한 조건을 완수하고 싶었다. 그래야 자신의 무영문이 무사할 수 있을 테니까.

"몇 가지 물어볼 것이 있어요."

"말해보거라."

"우선, 행방이 묘연하다는 그 두 분 말이에요. 어디에 계신지만 알려드리면 되는 건가요? 아니면, 십만대산까지 모시고 와야 한다는 건가요? 제가 왜 이런 말씀을 드리는가 하면, 두 분께서 자의적으로 모습을 감추신 것일 수도 있기 때문이에요. 사실, 만통음제 같은 분이 이리로 안 오시겠다고 버티신다면, 저희들로서는 어떻게 할 방도가 없는 게 사실이거든요."

"일리가 있는 말이군. 그럼 조건을 바꾸기로 하지. 그 두 사람의 행방만 알려줘도 무방하다. 이러면 되겠느냐?"

"예. 그리고 이 비단에 써져있는 문장이 교주님께서 본문에 조건으로 내걸 정도라면 해독하기가 결코 쉽지만은 않으리라 생각되네요. 그러니 알고 계신 것을 뭐라도 말씀해 주신다면 커다란 도움이 되겠어요."

매영인의 요청에 묵향은 망설임 없이 자신이 알고 있는 것들을 다 얘기해줬다.
"이 문장은 북명신공이라는 비급에 적혀있던 것이야. 그런 만큼 어쩌면 발해의 옛 문자일지도 모른다는 게 본좌의 생각이다."
북명신공(北溟神功).
과거 사람들이 천하제일고수로 첫손가락에 꼽기를 주저하지 않았던 신검대협(神劍大俠) 구휘(區揮)가 남긴 희대의 무공비급이었다. 당연히 매영인은 깜짝 놀라지 않을 수 없었다.
"북명…, 신공이 여기에 있었나요?"
"비급의 내용까지 네게 알려줄 수는 없다. 본좌가 말해줄 수 있는 건 이게 전부다. 어떠냐, 이 정도면 도움이 되겠느냐?"
"예, 교주님. 정말 감사드립니다."
희대의 보물인 북명신공이 마교에 있다는 것을 밝혔다는 것만으로도 매영인은 묵향이 제시한 조건이 정말이라는 것을 확신할 수 있었다. 이 3가지 조건만 해결할 수 있다면, 무영문은 예전처럼 마교와 친하게 지낼 수 있으리라. 그리고 묵향하고도……

다시 시작된 옥화무제의 탐욕

28

장백산의 괴인

십만대산을 나선 매영인은 남경으로 달려갔다. 남경분타에 있는 문주 즉, 자신의 어머니를 만나서 교주와의 협상 결과를 알릴 생각에 그녀의 머릿속은 가득 차 있었다. 생각 같아서는 할머니에게 직접 소식을 전했으면 좋겠지만, 지금의 그녀로서는 할머니는 물론이고 어머니조차 어디에 잠적해 있는지 알 수가 없는 상태다. 그녀가 남경으로 달려가는 이유는 자신이 십만대산으로 갔다는 것을 잘 아는 자신의 어머니가 먼저 접촉해 올 것을 기대했기 때문이다.

 몸에 밴 습관대로 매영인은 혹, 누군가 자신의 뒤를 미행하고 있는지 자세히 살펴보며 객잔으로 들어갔다.

 매영인의 미모에 점소이는 잠시 할 말을 잊었다. 자신을 멍하니 바라보고 있는 점소이를 향해 그녀가 먼저 말을 걸었다.

 "깨끗한 방 하나 주세요."

 "어, 어떤 방을 드릴깝쇼?"

 점소이는 객잔에 남아있는 방들의 형태와 그에 따른 가격에 대해 비교적 자세히 설명하려 했지만, 그의 목소리는 더듬더듬 끊기고 있었다. 난생 처음 보는 미모의 여성과 말을 하려고 하다 보니 정신이 하나도 없었던 것이다.

"매화방으로 주세요."

손님이 그 중에서 가장 비싼 방으로 안내해 달라고 하자, 점소이는 고개가 땅에 닿을 정도로 굽신댔다.

"이, 이쪽으로 오십시오, 손님."

매영인은 그 객잔에서 잠을 잤지만 식사는 아침만 그곳에서 먹고, 점심과 저녁은 밖에 나가서 해결했다. 시간이 날 때마다 여기저기 돌아다니고는 있었지만, 딱히 누군가를 만나기 위해 애쓰는 것 같지는 않았다. 매영인은 자신의 모습을 노출시켜, 무영문쪽에서 찾아오기를 바랬던 것이다.

무영문과의 접촉은 5일 만에 이뤄졌다. 5일째 되던 날 밤, 그녀의 방으로 자그마한 암기 한 개가 날아와 박혔다. 암기에 새겨져 있는 섬세하고 독특한 문양. 그것은 분타주급 이상의 무영문도들만이 지니는 것이었다. 그것을 확인한 매영인은 흑록색의 야행복으로 갈아입었다. 두건까지 써 두 눈동자만을 드러낸 얼굴. 그녀는 혹시 자신을 감시하고 있는 인물이 있는지 다시 한 번 살펴본 다음, 창문 밖으로 몸을 날렸다. 곧이어 그녀의 몸은 어둠 속으로 녹아들어갔다.

* * *

매영인이 십만대산에 다녀오는 동안, 이미 그녀의 어머니는 완전히 끊어져 버렸던 옥화무제와의 연락망을 다시 연결해 놓은 상태였다. 전서구 망까지 구축하려면 훨씬 더 오랜 시간이 걸려야 하겠지만, 아쉬운 대로 연락은 가능한 상황이었다.

어머니에게 교주와의 면담 결과를 보고한 매영인은, 곧바로 할머니를 만나기 위해 모처로 달려갔다.

 매영인이 무사히 도착했다는 보고를 접한 옥화무제는 그 기쁨에 잠시 말을 잊을 정도였다. 그녀는 손녀가 이미 죽었을 거라고 생각했으니까.

 지하로 숨어든 남경분타를 비영단원들이 찾아낸 후에야, 옥화무제는 손녀가 교주를 만나겠답시고 십만대산으로 달려갔다는 소식을 들을 수 있었다. 평소 냉철했던 아이였기에, 이토록 앞뒤 가리지 않고 행동할 줄은 미처 예측하지 못했던 옥화무제였다. 그제서야 옥화무제는 교주와의 불화에 대해, 그리고 교주가 무영문을 멸하기로 마음먹었다는 것에 대해 손녀에게 사실대로 말해주지 않은 것을 후회했다.

 지금 이 상황에서 손녀가 마교로 갔다면, 그 이후에 벌어질 결과는 뻔했던 것이다. 그런데 멀쩡히 살아서 돌아 왔으니.

 옥화무제는 매영인을 꼭 껴안으며 중얼거렸다.

 "세상에, 네가 살아있었구나. 살아있었어······."

 "걱정을 끼쳐드려 죄송합니다, 할머니."

 격한 감정의 소용돌이가 지난 후에야, 옥화무제는 겨우 정신을 차렸다.

 "다행히 십만대산으로는 가지 않았던 모양이구나. 잘했다, 잘했어."

 매영인의 눈이 동그래진다.

 "예? 그건 무슨 말씀이세요?"

 "십만대산에 가지 않은 게 아니냐? 그렇지 않고서야 그 흉악한 놈이 너를 그냥 놔줬을 리가 없지 않느냐?"
 "무슨 말씀을 하시려는지 알겠지만, 저는 십만대산에 갔어요. 물론 처음에는 조금 문제가 있었지만, 그곳의 군사를 맡고 있는 사람이 잘 대해주더라고요. 그리고 교주님도 만났지요."
 "그, 그자를 만났다고? 그럴 리가……."
 옥화무제는 화들짝 놀라며 밖에 대고 외쳤다.
 "부문주를 데리고 온 대원을 찾아 즉시 이리로 오라 하거라. 그리고 추밀단주에게도 내가 보잔다고 전하고."
 "옛, 태상문주님."
 "그는 왜 찾으세요?"
 "혹시 미행을 당한 것은 아니더냐?"
 "조심했는데, 미행 같은 건 없었어요."
 매영인이 단호하게 부정했음에도 옥화무제는 전혀 믿는 눈치가 아니다. 그럴 만도 한 것이 총단을 습격 받은 게 얼마 전이지 않은가.
 "이상하네. 그럴 리가 없는데……?"
 "너무 걱정하지 마세요. 미행은 당하지 않았으니까요. 십만대산을 출발할 때부터 줄곧 조심해서 이동했다고요."
 이때, 문 두드리는 소리가 들려왔다.
 "찾으신 왕석 조장이 도착했습니다, 태상문주님."
 "들라고 해라."
 얼마나 허겁지겁 달려왔는지 조장쯤 되는 인물임에도 불구하고, 호흡이 불안정할 정도였다. 왕석 조장은 깊숙이 고개를 조아리며 부복했다.

"태상문주님을 뵙습니다. 속하를 찾으셨다고······."

옥화무제는 거두절미하고 곧장 본론으로 들어갔다.

"혹여 미행을 당하거나 하지는 않았나요?"

왕석은 자신있는 목소리로 대답했다.

"심려하실 필요는 추호도 없습니다, 태상문주님. 속하, 부문주님을 모시며 만전에 만전을 기했습니다. 이곳까지 오며 그 어떤 이상도 발견할 수 없었습니다."

비영단의 조장급이 하는 장담인 만큼 믿을 수가 있었다. 그래서인지 옥화무제는 더 이상 묻지 않고 고개를 끄덕였다.

"알겠어요. 수고했어요. 그만 가 봐도 좋아요."

왕석 조장이 물러난 후, 옥화무제는 서탁으로 가서 지필묵을 꺼내 명령서를 작성했다. 지금 당장 남경분타의 위치를 다른 곳으로 비밀리에 옮기고, 주변에 대한 경계를 한층 더 강화하라는 명령서였다. 조심해서 나쁠 것은 없었으니 말이다.

그녀는 무사 한 명을 불러 명령서를 전해주며 말했다.

"이걸 지금 즉시 총관에게 전하도록 하세요."

"존명!"

무사가 지시를 수행하기 위해 물러나자 그제서야 옥화무제는 서탁에서 일어서서 매영인이 앉아있는 탁자에 마주 앉았다.

"그래, 교주가 네게 무슨 말을 하더냐?"

매영인은 활짝 미소 지으며 대답했다.

"기뻐하세요, 할머니. 그분께서는 본문과 예전처럼 사이좋게 지낼 수도 있다고 하셨어요."

하지만 옥화무제는 그 말에 콧방귀부터 뀌었다. 영활하게 돌아가는 그녀의 머리는 교주가 뭔가 흉계를 꾸미고 있을 거라 판단한 것이다.
"흥! 정공법으로 안 되니 잔대가리를 굴리는 것이겠지."
"할머니께서는 설마 그분께서 본문과 화해할 생각이 전혀 없다고 생각하시는 건가요?"
"물론이지. 그는 더 이상 본문을 필요로 하지 않아. 더군다나 무림맹과 짜고 총단까지 쳐들어온 그가, 구태여 너를 통해 화해를 청할 필요가 있겠니? 뭔가 다른 속셈이 있다는 뜻이겠지."
"그건 저도 잘 알고 있어요. 이미 그분이 왜 그렇게 행동하셨는지 그분의 부인에게서 이야기를 들었거든요. 하지만 제가 직접 만나본 바에 의하면 아예 가망이 없는 건 아니에요. 그분께서는 만약 본문이 화해를 원한다면 3가지 조건을 완수해 오라고 하셨어요."
이건 분명 옥화무제로서도 의외의 말이었다. 무영문이 마교의 뒤통수를 친 행위를 모르고 있다면 말이 되지만, 매영인이 알면서도 이런 말을 한다는 건 자신의 판단이 틀릴 수도 있다는 말이었으니까.
"조건을 제시했다고? 한 번 말해 보거라."
매영인은 교주가 제시한 조건들을 자세히 설명했다.
과연 매영인의 말 대로 교주가 제시한 조건들은 하나같이 완수하기 까다로운 것들이었다. 하지만 자신이 마음만 먹으면 해내지 못할 조건들도 아니었다. 그걸 잘 알면서도 옥화무제는 슬그머니 말을 돌렸다.
"하나같이 어려운 조건들이로구나. 어쩌면 그는 화평 자체를 원하지 않는 것일 수도 있다. 왜냐하면 만통음제는 그렇다 쳐도, 행방불명된 자신의 아버지를 찾아오라니? 그게 말이 되느냐. 언제 어디에서 없어졌는지 아무 정보조차 없는 상황인데. 이거야 원, 남경에서 왕 서방 찾기지……."

물론 옥화무제는 예전에 교주와 함께 있던 초로의 노인을 본 적이 있기는 했다. 아마도 그자가 교주가 말하는 아버지이리라. 하지만 꽤나 오래 전의 일이어서 지금은 그 노인의 얼굴조차 가물가물하다. 이런 상황이라면 아무리 무영문의 능력이 경천동지(驚天動地)할 만하다 해도 찾아낼 방법이 없는 것이다.

"그건 염려하실 필요 없어요, 할머니. 웬만한 자료는 다 받아왔거든요."

그리고 내민 것은 비마대에서 그린 정밀한 초상화와 아버지가 어떤 상황에서 어떻게 사라졌는지에 대한 정황 등이 자세히 기록되어 있는 보고서였다. 그것들은 다 아르티어스가 행방불명되었을 때, 그를 찾아 헤맸던 왕지륜에 의해 작성된 것들이었다.

"흐음, 이 정도 정보라면 어떻게 찾아보는 시늉은 해볼 만 하겠네."

"교주님의 말씀으로는 이 분은 역용술(易容術)의 대가이시기에 초상화는 별로 도움이 안 될지도 모른다고 하셨어요."

옥화무제의 눈이 실쭉 가늘어진다. 이걸 어떻게 받아들여야 할까?

"그렇다면 어떻게 찾으라는 말이냐?"

"그 분이 볼 수 있도록, 온 천지사방에 방을 붙이는 게 좋을지도 모른다고 하셨어요. 이걸 복사해서요."

매영인은 품속에서 커다란 종이를 한 장 꺼내 탁자 위에 올려놓았다. 옥화무제가 살펴보니, 그 뜻을 전혀 알 수 없을 정도로 이상하게 생긴 지렁이가 꿈틀대는 듯한 문자였다. 그녀도 꽤나 견문이 넓었지만, 이런 문자는 난생 처음 보는 것이었다. 그녀는 이게 마교에서 만든 새로운 암호가 아닐까 추측해 봤다.

"흠, 이 정도로 끝날 수 있는 일이라면 굳이 조건으로 내세울 게 아니라 마교가 직접 해도 되는 일이 아니더냐?"

"그건 그렇지만 조건들을 말씀하시는 교주님의 표정에는 진심이 엿보였다고요. 결코 허언이나 계략으로 이런 제안을 하신 게 아니라고 저는 믿어요."

그러면서 매영인은 두 번째 조건을 해결하기 위해 교주가 말해줬던 비사(秘事)에 대해 얘기했다. 북명신공이 마교에 있다는 것과 그가 건네준 문장이 어쩌면 발해의 옛 문자일 수도 있다는 것에 대해서 말이다. 그걸 가만히 듣고 있는 옥화무제의 표정은 변화가 전혀 없었다.

매영인은 할머니가 꽤나 놀라워 할 거라고 예상했었는데, 별 반응을 보이지 않자 시무룩해졌다. 자신이 아무리 말을 해도 할머니는 이게 모두 교주의 농간이라고 여기는 것 같았으니 그건 당연했다. 그러자 지금까지 했던 자신의 고생이 모두 다 헛것처럼 느껴졌던 것이다.

그렇기에 그녀는 교주에 대해 품고 있었던 자신의 생각을 설명할 수밖에 없었다. 그가 지금까지 얼마나 공명정대하게 행동해 왔는지. 그리고 차가움을 가장한 그의 내면은 얼마나 따뜻한 것이었는지를 말이다. 그러면서 이번에 교주가 내건 조건들도 서로간의 화해를 모색하기 위함이지, 결코 함정은 아닐 것이라고 말했다. 물론 화해를 위한 수순으로, 자신이 인질로 마교에 가 있겠다고 말했다는 것까지.

인질로 마교에 가 있겠다는 부분에는 깜짝 놀랐지만, 열기 띈 어조로 자신을 설득하려 하는 손녀의 얼굴을 지그시 바라보던 옥화무제의 두 눈에는 착잡함이 어려 있었다.

말을 듣던 옥화무제가 문득 입을 열었다.

"네가 그를 마음에 두고 있었을 거라고는 미처 예상하지 못했구나."

그 말에 얼굴이 붉게 변한 매영인은 화를 발칵 내며 소리쳤다.

"아이, 할머니는! 누가 누굴 좋아한다고 그래요. 그냥 사실이 그렇다는 거지요. 그리고 제가 언제 그 사람을 마음에 두고 있다고 한 마디라도 했나요?"

"글쎄다? 꼭 말로 들어야만 알 수 있는 건 아니지."

그 순간부터 왠지 할머니의 눈길이 거북해지기 시작한 매영인이었다. 그토록 고대해 왔던 할머니와의 자리가 바늘방석이 되려는 순간, 다행히도 밖으로부터 구원의 목소리가 들려왔다.

"태상문주님, 추밀단주께서 도착하셨습니다."

"그래? 드시라고 전하거라."

문을 열고 추밀단주가 들어오고 있을 때, 옥화무제는 매영인에게 말했다.

"어쨌거나 그동안 피곤했을 터이니, 가서 휴식부터 취하거라. 이 사안에 대해서는 나중에 다시 얘기하자꾸나."

"예, 할머니."

추밀단주는 밖으로 나가려고 하는 매영인과 인사를 나눈 다음, 옥화무제에게로 다가왔다.

"찾으셨습니까? 태상문주님."

"영인이가 큰일을 해준 거 같아요."

옥화무제는 방금 전에 손녀로부터 들은 얘기를 자세히 들려줬다.

"흠, 저희로서는 그다지 나쁜 조건은 아니군요. 가만히 들어보니 왠지 명분 쌓기라는 생각이 들 정도니까요."

추밀단주의 말에 고개를 끄덕이던 옥화무제는 불현듯 입을 열었다.

"본녀는 장백산에 혈교가 둥지를 틀고 있는 거라고 생각했었는데, 그게 아니었던 모양이에요."

추밀단주는 살짝 인상을 찡그리며 그 말에 동조했다.

"부문주님이 가져오신 정보가 맞다면, 그곳에 북명신공과 관련된 문파가 자리잡고 있을 가능성이 크다고 사료됩니다."

"본녀도 그렇게 생각했어요."

추밀단주는 단호하게 말했다.

"교주는 이미 북명신공을 익혔습니다. 그런 그가 그들과 접촉하게 해서는 절대로 안 됩니다. 어쩌면 그곳에는 북명신공을 상회하는 무공이 전승되고 있을지도 모르니까요. 아니, 그만한 무공이 없다손 치더라도 중원무학과는 뿌리가 틀린 이방인들의 무학인 만큼 교주의 안계를 한층 넓혀줄 위험성이 있습니다."

"그럴 수도 있겠죠."

지금도 감당하기 힘든 교주인데, 그 무공 수준이 더욱 높아진다면 어찌 되겠는가. 지금이야 어찌어찌 정파 쪽과 균형을 이루고 있는 상태지만, 자칫 그 균형추가 완전히 무너져 버릴 위험성이 있었다.
 "교주에게 그 정보를 알려줄 게 아니라, 아예 무림맹에 넘기거나 아니면 태상문주님께서 이어받으시는 건 어떻겠습니까?"
 추밀단주의 갑작스런 제안에 옥화무제의 두 눈이 일순 휘둥그레졌다.
 물론 무림맹에 그런 고급 정보를 넘길 생각은 처음부터 없었다. 필요에 의해 연결되어 있긴 했지만 무영문에게 있어서는 무림맹이나 마교나 그게 그거였으니까. 더군다나 비급 몇 권에 마교가 자신들의 총단을 치는 걸 승낙해 줬다는 사실을 알고 난 뒤 옥화무제는 배신감에 상당히 분노해 있는 상태였다.
 그녀가 깜짝 놀란 것은 자신이 그곳을 이어받는다는 말 때문이었다.
 "본녀가…, 말인가요?"
 "그렇습니다, 태상문주님."
 "이 나이에 제가 더 이상 무공을 익혀서 뭘 하겠어요? 현경의 벽을 돌파한다고 해도, 교주를 이길 수 있을 가능성은 전무한데……."
 그녀는 추밀단주의 제안을 일고의 가치도 없다는 듯 거절해 버렸다.
 장인걸은 교활한 머리는 물론이고, 절대에 가까운 무공까지 지니고 있었다. 더군다나 천마혈검대를 비롯하여 꽤나 많은 숫자의 고수들, 그리고 금나라의 병권까지 쥐고 있었다. 하지만 그런 장인걸 조차도 자신이 지닌 모든 것을 밖으로 드러낸 채, 정면대결만을 고집한 결과 어떻게 되었나? 마교를 상대로 정면대결은 자살행위라는 것을 자신의 목숨으로 증명해야만 했다.
"그게 아닙니다, 태상문주님. 제 말은 무공을 이어 받으시라는 게 아니라, 그들을 회유하시는 게 어떻겠느냐는 말입니다."
"회유라고요?"
"예. 그 동안의 정황들로 미루어 보면 장백산에는 북명신공과 관련된 문파가 존재하고 있음에 틀림없습니다. 고도의 훈련을 받은 비영단원들조차 그들의 존재를 인식하지 못하고 순식간에 당해버렸지 않습니까. 그것도 한두 명도 아닌, 1개 조가 말입니다. 제 생각으로는, 회유하기에 충분한 가치를 지니고 있음에 틀림없다고 사료됩니다."
그건 충분히 말이 되었다. 촌구석에 위치하고 있기에 세상사에 어두울 게 뻔한 시골문파이니만큼 회유할 수 있는 방법은 얼마든지 있다. 무영문이 가진 엄청난 재력과 눈이 돌아갈 만큼 아름다운 여자들. 그리고 그녀의 화려한 화술을 생각해 보면 충분하고도 남음이 있으리라.
"호오, 좋은 점을 지적해 주셨군요. 한 번 생각해 보도록 하겠어요. 그 부분에 대해서는 좀 더 생각해 본 뒤 결정하기로 하고, 우선 교주가 제안한 사안들을 처리해 나가기로 하죠."
그러자 추밀단주는 살짝 눈살을 찌푸리며 물었다.
"저들의 의도를 아직 모르는 상황인데, 벌써부터 조사를 개시할 필요가 있겠습니까? 안 그래도 인력이 모자라는데……."

"이쪽에서 그가 제시한 조건들을 완수하기 위해 움직이고 있다는 것을 알면, 그동안만큼은 우리를 건드리지 않을 게 아니겠어요?"

옥화무제의 심계에 추밀단주는 감탄하지 않을 수 없었다.

"호오, 그렇다면 가급적 표시나게 움직이는 게 좋겠군요."

"우선 영인이가 가져온 종이를 대량으로 복사해서, 전 중원에 붙이는 것부터 하기로 하죠."

"그 작업은 개방을 끌어들여 하는 건 어떻겠습니까? 비용은 좀 들겠지만 우리 측 요원들이 밖으로 드러나서는 곤란하니까요."

"그렇게 하도록 하세요."

"즉시 시행하도록 하겠습니다."

추밀단주가 물러나고 난 뒤, 한동안 그녀는 고심에 고심을 거듭해야 했다. 어떻게 하는 게 최선인지 쉽사리 결정하기가 힘들었기 때문이다.

우선 교주의 의중이 뭐냐는 게 문제였다. 제시한 조건이 어렵고 쉽고의 문제는 아니었다. 어쩌면 뭔가 다른 흉계가 숨어있을지도 모른다. 손녀를 이용해 자신을 밖으로 꾀어내려 한다고 해도 이쪽에서 응하지 않으면 그만이다. 조용히 숨죽이고 있으면, 아무리 마교라 해도 자신들의 비밀 거처를 알아낼 방도가 없을 테니 말이다. 하지만 자신을 보자고 하는 게 아니라, 뜬금없이 수수께끼 놀이라니. 그녀의 상식으로서는 교주의 행동 자체가 이해가 되지 않았던 것이다.

그래도 그나마 다행인 것은, 마교와의 새로운 연결고리가 생겼다는 점이다. 교주는 자신의 마음에 든 사람은 쉽게 내치지 않는 사람이다. 어쩌면 그 점을 너무 자신했기에 자신이 그 자리에서 쫓겨난 것인지도 모르지만······. 하지만 똑같은 실수를 두 번 다시 할 옥화무제는 아니다.
"쐐기를 박는 의미에서 그에게 후처로 주는 것은 어떨까? 그렇게만 된다면 안심하고 살 수 있을 텐데 말이야."
천금과도 같은 손녀를 그런 놈에게 후처로 주다니. 예전 같았으면 누가 그런 말을 꺼내기만 했어도 그놈의 입을 찢어버렸겠지만, 지금은 상황이 달라졌다. 무영문을 반석 위에 올려놓을 수 있다면, 손녀가 대수겠는가. 더군다나 그 아이는 교주를 사모하고 있음에 틀림없으니, 그야말로 누이 좋고 매부 좋은 일인 것이다. 더군다나 영인이가 본처보다 먼저 후계자를 잉태하게 된다면······.
생각을 거듭하던 옥화무제는 고개를 흔들며 한숨을 내쉬었다. 설사 그럴 가능성이 있다고 해도, 아직까지는 아무 것도 확신할 수 없는 상황이기에 그 일은 추진할 수 없었다. 우선은 상황을 지켜보면서, 교주가 제시한 조건을 수행하는 척 해야 한다. 그러면서 영인이와의 결혼에 대해 넌지시 떠보면 될 것이다. 물론 너무 표가 나지 않게. 만약 이 사실이 본처에게 알려지게 된다면, 그녀는 무슨 짓을 해서라도 혼사를 방해하려 들 게 뻔하지 않겠는가.
아직 일어나지 않은 일들이, 그녀의 머릿속에서 한편의 소설처럼 구체화되고 있다. 이렇게 일을 처리하다 보면, 이런저런 문제점이 생길 것이고···, 그걸 해결하려면 이렇게 저렇게······.
평상시 같았으면 이미 결론이 나오고도 남았을 시간이 흘렀음에도 불구하고, 옥화무제의 생각은 자꾸 한 자리를 빙빙 맴돌고 있었다. 그녀의 생각을 방해하고 있는 것은 추밀단주가 던진 말이었다. 발해에 대한 자료를 교주에게 넘기는 게 좋을까, 아니면 자신이 먼저 꿀꺽 하는 게 옳을까? 만에 하나 교주가 손녀에게 한 제안이 진실이었을 경우, 자신이 한 행동을 나중이라도 들키게 된다면 마교와의 화평은 물 건너가게 되는 것이다.

잠시 이리저리 고심하던 옥화무제는 뭘 생각했는지 배시시 웃었다.

'그래, 일단 내가 먼저 가보는 거야. 제대로 된 정보가 있어야 정확한 판단을 내릴 수 있지. 나중에 교주가 이 사실을 알게 된다고 해도, 조건을 수행하기 위해 본녀가 직접 움직였다고 둘러대면 되는 거고. 만약 상황이 악화돼도 꽁꽁 숨어있으면 그만 아니겠어? 혹시 재수가 좋아서 그들을 회유할 수만 있다면 나에게도 막강한 무력이 생기는 일인데, 멍청하게 그걸 그냥 통째로 넘겨줄 수는 없는 노릇이지.'

마음을 굳힌 옥화무제는 밖에 대고 외쳤다.

"총관보고 지금 당장 이리로 오라고 하세요."

"옛, 태상문주님."

잠시 후, 총관이 헐레벌떡 달려와서 고개를 조아렸다.

"찾으셨습니까? 태상문주님."

옥화무제는 매영인이 물고 온 조건에 대해 총관에게 자세히 설명해줬다.

"총관은 영인이를 도와 만통음제와 교주의 아버지라는 사람을 찾는 데 전력을 다하도록 하세요."

총관은 걱정스런 표정으로 물었다.
"그분의 제의를 받아들이실 겁니까?"
"일단 준비는 해두는 게 좋겠다는 생각이 들어서 그러는 것뿐이에요. 본녀는 요동에 좀 다녀올 테니, 그동안 영인이를 잘 부탁해요."
"심려하지 마십시오. 최선을 다하도록 하겠습니다. 하지만……."
"하지만, 뭔가요?"
총관은 걱정스럽다는 듯 조언했다.
"태상문주님이 하시는 일에 속하가 감히 반대를 하겠습니까만은, 그분의 것을 가로채려고 하는 것은 너무 위험하지 않을까 하는 노파심이 들어서……."
그 말에 옥화무제는 무슨 소리냐는 듯 눈썹을 찡그리며 말했다.
"누가 가로챈다는 거예요? 살짝 한 번 맛만 보겠다는 거죠. 상황을 보고 우리들이 삼킬 수 있으면 삼키고, 그게 힘들 것 같으면 교주에게 넘겨주면 되는 거예요."
"아, 예……."
"뭔지도 모르는데 그냥 교주에게 넘겨주기에는 너무 아깝잖아요. 안 그래요?"
"태상문주님의 뜻이 정 그러하시다면……. 그쪽 토속어에 능한 자들로 몇 명 준비시키도록 하겠습니다."

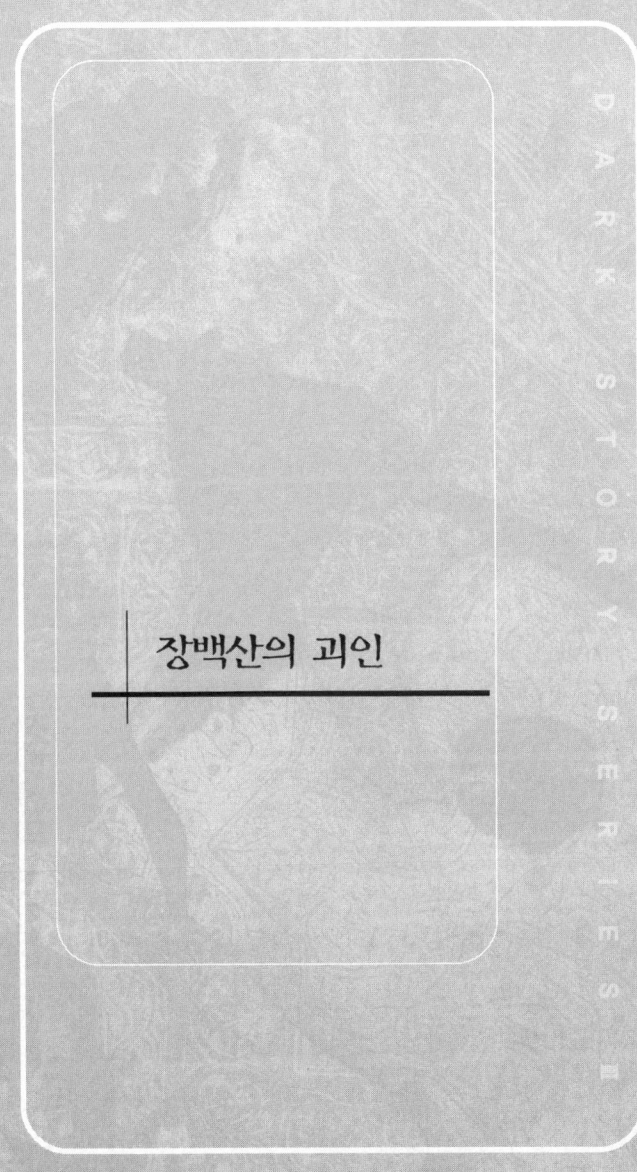

장백산의 괴인

28

장백산의 괴인

옥화무제는 수하들을 거느리고 단숨에 장백산이 있는 요동까지 달려갔다. 그녀는 장백산 인근에서 그 일대를 근거지로 활동하고 있던 고정 첩자 셋과 접선했다. 그 세 명은 총관이 섭외한 인물들로, 셋 다 장백산 인근에서 사용되는 토착어에 능했다.

옥화무제는 그들을 데리고 장백산에 숨어 살고 있는 비밀문파에 대한 자세한 정보를 수집하기 위해 이리저리 돌아다녔다. 하지만 고생한 것에 비해 얻은 소득은 거의 없었다. 그저 장백산에 신선이 살고 있다는 소문이 무성하다는 것 말고는.

그러던 어느 날, 진척없는 수색 작업에 지친 옥화무제가 차라리 직접 장백산에 올라 부딪쳐볼까 고심하고 있을 때였다.

「요즘 백두산(白頭山)의 신선에 대해 수소문하며 다니고 있는 자가 바로 자네인가?」

등 뒤에서 갑작스레 들려온 목소리. 꽤나 매력적인 부드러운 저음의 목소리였음에도 불구하고 옥화무제는 온 몸에 소름이 돋는 걸 느꼈다. 화경에 오른 자신이 아무런 기척도 느끼지 못했다. 심지어 목소리가 들려온 지금까지도. 과연 목소리의 주인이 자신의 등 뒤에 서 있는지, 아니면 목소리만 그렇게 들리도록 유도한 것인지 알 수도 없다. 하지만 한 가지는 확실했다. 상대는 그녀보다 월등한 고수라는 사실 말이다.

옥화무제는 천천히 뒤로 돌아섰다. 그곳에는 신선이라고 해도 믿을 정도로 단아한 인상의 사내가 서 있었다. 중원의 것과는 색다른 이국적인 복색, 더군다나 말도 이곳 토착민들이 사용하는 언어다.

그녀는 정중하게 고개를 조아리며 인사부터 건넸다.

"저는 무영문이라는 작은 문파를 이끌고 있는 매향옥이라고 합니다, 대인."

서로 말이 통하지는 않겠지만, 상큼한 미소와 정중한 인사만으로도 그녀가 원하는 게 싸움 따위는 아니라는 것을 사내가 눈치 챘으리라. 아니, 적어도 그녀는 그렇게 믿고 싶었다. 안 그러면 자신은 말도 꺼내보지 못한 채 목이 날아가야 할 테니까.

"저는 이곳 토착어를 알지 못합니다. 통역사를 불러도 괜찮을런지요?"

사내는 옥화무제의 말에 아무런 응답도 하지 않았다. 그리고 그녀가 밖에 대기하고 있던 통역을 맡고 있는 수하를 부르는 것에도 전혀 개의치 않았다. 아마도 그녀가 하는 그 어떤 행동도, 자신에게 해를 입힐 수 없다고 확신하고 있는 모양이었다.

똑똑….

"들어오세요."

그녀의 응대에 통역을 맡고 있는 수하가 들어왔다. 그는 방에 옥화무제 외에도 이방인이 한 명 서 있는 것을 보고 흠칫하기는 했지만, 더 이상의 반응은 보이지 않았다. 그는 옥화무제 앞으로 다가가 고개를 조아렸다.

"찾으셨습니까? 태상문주님."

"저분과의 통역을 부탁해요. 최대한 공경을 다하도록 하세요."

"명심하겠습니다."

통역사가 준비되자 그녀는 사내를 향해 말했다.

"귀인께서 이곳에 계시다는 소문을 저 멀리 중원에서 듣고, 흠모하는 마음에 잠시라도 뵙는 영광을 누릴 수 있지 않을까 하여 불원천리하고 찾아왔습니다."

여인이 하는 말을 통역사가 발해어로 통역하여 전해주는 것을 듣고, 사내는 생각을 바꿔먹었다. 계속 자신을 귀찮게 한다면 지금 당장이라도 죽여버릴 생각이었지만, 그렇지 않다면 적당히 대화를 나눠보고 내쫓는 것으로…….

『꽤나 말을 잘하는 여아로구나. 내가 여기에 있다는 것을 소문을 듣고 알았다고? 혹, 일전에 이곳을 서성이던 녀석들과 한패더냐?』

"그들은 제 수하들이었사온데, 혹여 대인께 무슨 실례라도 범했습니까?"

그러자 사내는 냉정한 어조로 대꾸했다.

『되놈 주제에 나의 행방을 수소문하고 다닌 것 하나만으로도 죽어 마땅하다고 봐야겠지.』

통역사가 말한 되놈, 그것은 이곳의 토착민들이 중원인을 낮춰 부르는 표현이라고 했다. 북명신공을 이어받은 후인들이 어쩌면 중원인에 대해 좋지 않은 감정을 가지고 있을지도 모른다고 예상은 하고 있었지만, 대놓고 되놈이라고 칭할 줄은 예상조차 하지 못했던 그녀다.

원래 옥화무제는 북명신공을 전수받을 수 있는지, 그게 안 되더라도 최소한 자신들과 손을 잡을 수 있는지를 타진해 보러 이곳으로 달려왔다. 하지만 사내의 말투로 미뤄보아, 지금은 그런 말을 꺼낼 단계가 아님이 확실했다. 지금은 저 무뚝뚝한 성격의 사내와 신뢰관계를 쌓아나가야 할 때였다. 그녀가 원하던 것들은 그 이후에나 가능하리라.

그 전에는 잘 몰랐는데, 되놈 어쩌구 할 때 발해인의 표정이 너무나 섬뜩하여 소름까지 쭉 끼친 옥화무제였다. 왠지는 모르겠지만 고수치고는 감정의 기복이 너무 심하다고 할까? 중원에서는 '소살(笑殺)'이라고 하여 겉으로는 미소를 지으며 불시에 손을 쓰는 사람을 가장 까다로운 상대로 생각했다. 그만큼 자신의 감정을 밖으로 드러내지 말라는 뜻이리라. 물론, 옥화무제처럼 손꼽히는 고수들의 경우 그런 얄팍한 수단 따위는 쓸 필요 없이 자신의 감정을 다 드러냈다.

하지만 발해인은 그 정도가 너무 심했다. 어떻게 보면 자신의 감정을 제대로 제어하지 못한다고 해야 할까?

그걸 느낀 순간 옥화무제의 마음속에는 요란한 경종이 울려퍼졌다. 오랫동안 말을 섞어서 좋을 게 하나도 없는 상대다. 이런 상대의 경우, 요점만 간단히 얘기를 나누면서, 최대한 이쪽의 인상을 좋게 유지시키는 게 중요했다.

옥화무제는 사내를 향해 표정을 최대한 온화하면서도 밝게 꾸미려고 애쓰며 말을 걸었다.

"실례가 되지 않는다면, 대인께 한 가지 여쭤볼 수 있겠습니까?"

『뭐냐?』

"대인께서 북명신공과 관련이 있으신지, 그것을 묻고 싶었습니다."

사내는 고개를 갸웃하며 중얼거렸다.

『북명신공? 글쎄다. 처음 들어보는 말이로구나.』

"북명신공은 중원에서 천하제일대협으로 추앙받았던 구휘라는 고수가 요동지역을 떠돌며 그 지역에서 찾아낸 발해의 무공이라고 들었습니다. 확실하지는 않으나 대략 12가지 정도의 무공들이 기록되어 있다고 들었는데, 하나같이 상승의 무공이라고……."

옥화무제는 여기에서 갑자기 말을 멈췄다. 그녀는 확신할 수 있었다. 저 사내가 북명신공과 관련이 있다는 것을. 12가지의 무공이라는 말에 온화하던 사내의 눈빛이 마치 불이라도 뿜듯 무섭게 번쩍였던 것이다.

『허어~, 발해의 후예들에게 이어지기를 간절히 원하며 안배해 뒀던 것이건만, 그걸 되놈이 도둑질해 가다니…….』

분노를 주체하지 못하고 몸을 부들부들 떨기까지 하는 발해인. 감정의 기복만으로 봤을 때는 전혀 고인(高人)처럼 보이지도 않는다. 하지만 그가 화를 내자 옥화무제는 숨을 죽일 수밖에 없었다. 감정을 드러낼 때마다 그에게서는 공포스러울 정도로 무시무시한 기운이 뿜어져 나왔기 때문이다.

망연자실 잠시 말없이 서있던 사내가 문득 입을 열었다. 그의 표정에서 진득한 살기가 느껴졌다. 마치 손에 잡힐 듯 그런 끈적끈적하기 그지없는 짙은 살기가.

『그걸 북명신공이라고 부른다고?』

"예."

『내 노력을 헛되게 만든, 그 구휘라는 놈이 지금 어디에 살고 있는지 혹시 알고 있느냐?』

대화의 방향이 자신이 원하는 것과 완전히 동떨어진 것으로 흘러가고 있었지만, 옥화무제로서는 사내의 질문에 즉시 대답하지 않을 수 없었다. 화경의 그녀로서도 감당하기 힘들 만큼, 사내가 일으키는 위압감과 살기가 엄청났던 것이다.

"오래 전에 행방불명되었습니다, 대인."

『행방불명되었다고? 그자가 행방불명된 것이 언제쯤이더냐.』

"그건 저도 잘 모르겠습니다, 대인."

옥화무제의 대답에 사내는 한동안 멍하니 생각에 잠겼다. 그러던 그는 잠시 자신의 허리에 차고 있는 검을 힐끗 쳐다봤다. 그리고 그의 시선을 따라서 옥화무제의 시선도 그 검쪽으로 쏠렸다.

뭘 생각하는지 살기등등하던 사내의 기세가 순식간에 차갑게 굳는 것을 느끼며, 옥화무제는 저 검에 뭔가 사연이 있음을 직감했다. 구휘에 대한 얘기를 하던 도중이었던 만큼, 저 검이 혹시 구휘의 것이었던 것일까? 아니면 저 검으로 구휘를 벴다는 것일까? 전해지기로는 구휘가 만년에 사용했던 검은 10대 기병 중 서열 1위에 꼽히던 흑묵검(黑墨劍)이다.

사내의 허리에 걸려있는 검을 바라보는 옥화무제의 눈빛이 날카롭게 빛났다. 검신을 직접 보기 전에는 저 검이 흑묵검인지 확신할 수는 없지만, 한 가지는 분명했다. 검집에 새겨진 아름다우면서도 고상한 문양만 봐도 범상치 않은 장인이 제작했음에 틀림없다. 당연히 그 속에 감춰져 있을 검신 또한 범상한 물건은 아니리라.

'저게 흑묵검일까? 아닐까?'

골똘히 생각하고 있는 그녀의 귀에 사내의 나지막한 목소리가 들려왔다. 그의 목소리에는 더 이상 아무런 감정도 실려있지 않았다.

『혹, 구휘라는 자 말고, 북명신공을 익힌 자가 또 있느냐?』

"자세히는 알지 못하나, 현재 마교의 교주가 그것을 익혔을 가능성이 있습니다. 북명신공이 기록된 비급을 마교가 가지고 있다고 들었으니까요."

『호오, 비급이 존재한다는 말이지? 그 비급이란 것도 구휘라는 녀석이 만든 것이겠구나.』

"예, 대인."

『비급이 존재한다면, 더 많은 인물이 그 무공을 익혔을 수도 있겠구먼.』

"그럴 가능성은 없습니다. 북명신공은 오로지 교주만이 익힐 수 있다고 들었으니까요."

잠시 말없이 서 있던 사내가 다시금 입을 열었다.

『그 녀석을 이리로 데리고 오너라. 북명신공이라는 비급과 함께.』

사내의 말에 옥화무제는 황당할 수밖에 없었다. 교주가 뉘 집 똥개도 아니고, 오란다고 올 사람인가. 게다가 마교의 보물이라는 비급까지 가지고 말이다. 또한 자신 역시 무영문의 태상문주였다. 그런데 자신을 언제 봤다고, 저런 시건방진 명령을 내린다는 말인가.

하지만 옥화무제는 부글부글 끓어오르는 분노를 애써 감추며 입을 열었다. 오랜 세월 무림에서 쌓아온 그녀의 직감에 사내의 말에 반했다가는 위험해질 수 있다는 점을 깨달았기 때문이다.

"송구한 말씀이지만, 그는 현재 중원제일의 고수입니다. 저로서는 그를 이리로 데리고 올 능력이 없습니다, 대인."

『무슨 일이 있더라도 그놈을 이리로 데리고 와야 할 게다. 안 그러면 네가 죽을 테니까.』

아무렇지도 않게 말하는 사내. 하지만 그 말 속에 숨어있는 엄청난 살기에 옥화무제의 안색이 일순 창백하게 질렸다.

"예? 그, 그건 무슨 말씀……."

하지만 그녀의 말은 더 이상 이어지지 못했다. 사내가 무시무시한 속도로 그녀를 덮쳐왔기 때문이다.

휘휘휙!

그녀는 황급히 사내의 손아귀에서 벗어나려 했지만, 그건 아예 불가능했다. 상대가 너무나도 빨랐던 것이다.

퍽퍽퍽퍽!

몸의 몇 군데에선가 강한 압력이 느껴진다. 옥화무제가 소스라치게 놀라 내력을 운용해 봤더니, 심장을 중심으로 몇 군데의 혈에서 강한 이질감이 느껴지고 있었다.

어느 샌가 원래 자리로 되돌아간 사내가 무감정한 어조로 말했다.

『네 몸에 두 달의 시간을 새겼다. 그 사이에 이리로 놈을 데리고 온다면 금제(禁制)를 해제해 주마. 하지만 내 말을 어기고 돌아오지 않는다거나, 시간이 지체된다면 너는 심장이 터져 죽게 될 것이니라.』

다짜고짜 손을 쓰고는 저런 말도 안 되는 주문을 하다니, 이건 교주보다 더한 놈이었다. 저런 놈을 회유해 보겠다고 불원천리 이곳까지 달려온 자신이 너무나도 멍청하게 느껴지는 옥화무제였다.

"두, 두 달은 너무 짧습니다, 대인."

하지만 사내에게서 돌아온 대답은 단호하고 차디차기만 했다.

『잊지 마라. 두 달이다. 두 달 내로 백두산 정상으로 오너라.』

그 말을 끝으로 사내는 창밖으로 날아오르더니, 순식간에 어둠 속으로 사라져 버렸다. 한순간에 긴장이 풀려버린 그녀는 의자에 털썩 주저앉았다. 한바탕 악몽을 꾼 것만 같았다. 하지만 그녀의 몇몇 혈도에서 느껴지는 강한 이질감이 이게 꿈이 아니라는 것을 대변해 주고 있었다.

더 이상 다른 것을 생각하고 있을 여유가 없었다. 그녀는 급히 가부좌를 틀며 수하에게 명령했다.

"호법을 부탁해요."

"예, 태상문주님."

지금은 저 망할 발해놈의 행방을 찾는다고 시간을 허비하고 있을 때가 아니다. 옥화무제는 운기조식을 통해 상대방의 금제를 해제해 보려고 노력했다. 하지만 혈도에 자리잡고 있는 상대방의 내공은 너무나도 강력하고 오묘해서, 그녀로서는 도저히 해소할 수가 없었다.

자신의 능력으로는 도저히 금제를 풀 수 없다는 것을 깨달은 옥화무제는 허탈하지 않을 수 없었다.

'교주와 같이 엄청난 실력을 가진 인물이 여기에 있을 줄이야.'
 화경에 오르면 더 이상 적이 없을 줄 알았다. 비록 문파의 힘은 약하더라도, 일대일로 그녀를 핍박할 사람이 누가 있겠는가. 하지만 그런 그녀의 기대는 무참히도 꺾였다. 세상에 이렇게 손쉽게 그녀의 목숨을 가지고 장난칠 인물이 있을 줄이야. 옥화무제는 참담한 기분을 억누를 수가 없었다.
 운기조식이 끝난 뒤에도 한동안 멍하니 그 자리에 앉아있었던 옥화무제가 힘없이 일어섰다.
 "중원으로 돌아가야겠어."
 힘을 얻으려고 온 길이었지만, 오히려 목숨만 날리게 생겼다. 살고 싶다면 교주를 이리로 끌고 오는 것 외에 다른 방법은 없었다. 그것도 2개월 내로.

  *   *   *

 "무영문으로부터 전령이 도착했습니다, 교주님."
 설민이 건네주는 봉서를 받아들며 묵향은 희희낙락했다. 예상보다 훨씬 빨리 응답이 왔기 때문이다.
 "오오, 굉장히 빠르군. 과연 무영문이야. 처음부터 이 일을 무영문에 부탁했어야 했는데……."
 두툼한 봉서를 개봉하니, 묵향이 매영인에게 제시했던 3가지 조건들 중 만통음제와 아르티어스의 수색 작업에 관한 진행 상황들이 상세히 기록되어 있었다. 그리고 봉서의 마지막에 기록되어 있는 글은 놀랍게도 옥화무제가 묵향과의 대면을 원한다는 것이었다. 2번째 조건에 대한 단서를 잡았는데, 그걸 알고 싶다면 북명신공이 기록되어 있는 비급을 지참하고 나오라며 말이다.

'이게 미쳤나?'

자신하고 만나는 바로 그날이 제삿날이 될 것을 뻔히 알 텐데, 이따위 주문을 해오다니. 간덩이가 커진 건지, 아니면 총단이 박살난 것 때문에 영활하던 그녀의 머리통이 살짝 맛이 가버린 건지 헷갈릴 정도였다.

"자네는 어떻게 생각하나?"

설민은 묵향이 건네주는 봉서 안의 내용을 황급히 읽었다. 일단 뭔 내용인지 알아야 교주의 물음에 제대로 된 조언을 해줄 수 있을 테니까.

"혹, 함정일 수도 있지 않겠습니까?"

설민의 말에 묵향은 가볍게 콧방귀를 뀌었다.

"흥! 함정? 자네 제법 재미있는 말을 하는군. 무영문이 전력을 다 기울인다 해서 본좌의 옷깃 하나 건드릴 수 있을 거라고 생각하나?"

"그, 그건 그렇지만 아무래도 조심을 하시는 게……."

그런 모습이 마음에 들지 않는지 슬쩍 눈쌀을 찌푸리던 묵향이 다시 물었다.

"하여튼 자네는 이게 함정이라고 생각한다, 이거지?"

"만약 그게 아니라면 저쪽에서 뭔가 확실한 열쇠를 쥔 게 틀림없다고 사료됩니다, 교주님."

의외의 대답에 묵향이 고개를 갸우뚱하며 다시 물었다.

"열쇠라고?"

"예. 교주님의 앞에 나선다고 하더라도 목이 떨어지지 않을 거라는 확실한 자신감을 그분에게 안겨준 뭔가가 있다는 말이지요."

"호오, 그게 바로 열쇠라는 말이로군."

설민은 고개를 조아리며 대답했다.

"예, 교주님."

묵향은 고개를 갸웃하며 말했다.

"글쎄, 그런 게 있을 수가 있을까? 내가 만약 듣고자 하는 대답을 다 듣고 난 뒤 약속을 지키고 않고, 그대로 그녀의 목을 뎅겅 잘라버릴 수도 있잖아?"

"그러니까 속하의 말은, 교주님께 2번째 조건에 대한 대답을 드린 후에도 목이 안 잘릴 자신이 있다는 게 아니겠습니까."

"흠, 과연 그런 게 있을 수가 있을까?"

묵향은 한동안 이리저리 머리를 쥐어짜 봤지만, 아무리 생각해 봐도 알 수가 없었다. 결국 모든 열쇠는 북명신공 비급 서문에 적혀있던 발해어가 쥐고 있음에 틀림없다. 그리고 그건 어딘가에 보물이 묻혀있다는 것 같은 그런 간단한 것은 아닌 모양이다. 만약 그런 거였다면 그녀가 벌써 꿀꺽해 버렸지, 구태여 자신에게 알려주려고 하지는 않을 테니까.

'북명신공의 원본이 보관되어 있는 위치일 수도 있다고 생각했었는데, 그게 아니었던 모양이군.'

한참을 고심하던 묵향은 설민에게 심드렁한 표정으로 말했다.

"아무래도 잠시 다녀와야겠어."

"만나실 생각이십니까?"

"대답을 들으려면 그럴 수밖에. 일단 여우의 말을 들어보고 나서, 결정하는 게 빠르겠어. 목을 칠건지, 아니면 그쪽의 제안을 들어줄 건지……."

* * *

묵향이 약속 장소로 나가보니, 놀랍게도 그곳에는 옥화무제 혼자 자리에 앉아있었다. 그녀가 앉아있는 탁자 위에는 맛있어 보이는 안주 3접시와 술병이 하나 놓여 있었다. 자신을 만나기에 앞서 홀로 술을 마시고 있었다니, 지금까지 이런 모습은 단 한 번도 보지 못했던 묵향이다. 어쩌면 죽기 전에 마지막으로 술을 한잔 하고 싶었던 것일까?

묵향은 성큼성큼 걸음을 옮겨 그녀의 앞자리에 털썩 앉았다. 그러자 점소이 한 놈이 쪼르르 달려와, 그의 앞에 수저와 술잔을 놓으며 주문을 더 하시겠느냐고 물었다.

"됐어."

퉁명스럽게 대꾸하는 묵향을 향해, 옥화무제는 억지로 미소 지으며 인사를 건넸다.

"안녕하세요? 정말 오랜만이네요."

할망구라고 불릴 나이임을 뻔히 알고 있음에도, 그 사실이 얼토당토않게 느껴질 정도로 그녀는 아직 앳된 미모를 지니고 있었다. 갸름한 얼굴을 떠받치고 있는 것은 새하얗고도 긴 목이다. 그녀의 아름다운 목을 바라보는 순간, 묵향은 문득 심한 갈

증을 느꼈다. 군침을 꿀꺽 삼키는 묵향. 불문곡직하고 저 목을 그대로 비틀어 버리고 싶은 강한 유혹을 느꼈던 것이다. 그런 생각이 들만큼 그녀에게 호되게 당했기 때문이다.

"이제는 인사조차 안 받아 주는 건가요?"

옥화무제의 가벼운 질책에 묵향은 그제야 겨우 제정신을 차릴 수 있었다.

"아, 정말 반갑군. 총단에 쳐들어갔을 때 만났으면, 더 반가웠을 텐데……."

삐딱한 묵향의 대답에 옥화무제는 새침한 어조로 대꾸했다.

"흥! 뚫린 입이라고…, 허세는."

"본좌가 무영문을 어떻게 생각하고 있는지는 뻔히 알 텐데, 그쪽에서 먼저 만나자고 연락을 하다니. 솔직히 이번만큼은 그대의 배포에 놀랐다고나 할까?"

"걱정하지 말아요. 죽으려고 온 건 절대로 아니니까요."

"호오, 그래? 그럼 대체 무슨 말을 하고 싶은 거지? 일단 본좌에게 북명신공을 가지고 오라 한 이유부터 듣고 싶구먼."

이때, 옥화무제는 교주에게 자신의 혈도에 심어져 있는 발해인의 내공을 해소할 수 있을지 물어볼까 하는 생각이 강하게 들었다. 하지만 그녀는 애써 그 유혹을 억눌렀다. 상대는 구휘를 죽였을지도 모르는 인물이다. 교주가 아무리 무공이 강하다고 하지만, 절대로 그를 이길 가능성은 없다고 그녀는 판단했다.

어쨌거나 자신이 살려면, 교주를 그가 있는 곳으로 끌고 가야만 했다. 이런 상황에서 혈도 얘기를 꺼낸다면, 교주가 아무리 둔감하다고 해도 의심할 게 뻔했다. 그녀로서는 그런 위험을 감수할 수가 없었다.
 그녀는 일부러 새침한 표정을 지으며 말했다.
 "뭐가 그렇게 급해요? 그나저나 검이 바뀌었군요. 전에는 짤막한 걸 차고 다니더니……."
 "아, 어찌 하다 보니 부서져서 이걸로 바꿨지. 피차 바쁜 사이니까, 쓸데없는 잡담으로 시간 낭비는 하지 말자고."
 "아차, 그러고 보니 십만대산에는 당신이 오기만을 눈 빠지게 기다리고 있는 부인이 있었지요? 신혼이라 한참 깨가 쏟아지고 있었을 텐데, 불러냈으니 이거 미안해서 어쩌죠?"
 "본좌의 인내심을 시험하겠다는 건가?"
 묵향의 인상이 왈칵 일그러지기 시작한 후에야 옥화무제는 본론으로 들어갔다. 그녀가 노린 것은 상대가 제대로 된 사고를 하지 못하게 만드는 것. 그 때문에 그녀는 일부러 묵향의 성질을 건드리는 모험을 감행했던 것이다.
 "이게 당신이 영인이에게 전해준 게 맞나요?"
 옥화무제가 품속에서 꺼내 든 것은, 발해어가 적혀있는 비단 조각이었다.
 "맞아. 그걸 가지고 온 걸 보면, 거기에 적혀있는 문자의 뜻을 알아냈다는 것이겠지?"
 "물론이에요."
 "흐음……."
 3가지 조건 중 하나이지만, 문자의 뜻을 알아냈으면 그냥 인편으로 알려줬어도 충분했다. 하지만 위험을 무릅쓰고 옥화무제가 직접 나와서 자신과의 대화를 청한 것을 보면, 뭔가 있음에 틀림없다. 그게 뭘까?
"원하는 게 뭐지?"
"이걸 알려주면 나한테 뭘 줄 것인지 그걸 알고 싶어요. 설마, 날로 꿀꺽할 생각은 아니겠죠?"
잠시 옥화무제의 아름다운 눈을 지그시 노려보는 묵향.
'저 능구렁이가 무슨 생각으로 이런 말을 꺼낸 것일까?'
그때, 묵향의 뇌리를 번쩍 스치는 것이 있었다.
"이미 그곳에 가봤군?"
마치 따지기라도 하듯 묵향의 어조는 딱딱하게 굳어 있었지만, 그녀는 별로 신경 쓰지 않는다는 듯 뻔뻔스럽게 대꾸했다.
"그래요. 가봤어요. 설마 내가 얌전히 그쪽에 정보를 넘겨줄 거라고 생각했던 건 아니겠지요?"
"그곳에서 뭘 본거지?"
"비단에 적혀있었던 문자는 '천하제일을 논하고 싶다면 백두산으로 오라' 라는 뜻이었죠."
"백두산?"
"예, 발해인들이 가장 신성시하던 성산(聖山)이지요. 그리고 그곳에는 북명신공을 만든 발해인의 후예들이 살고 있었어요."
묵향은 그제야 이해가 된다는 듯 손가락을 탁 튕기며 물었다.
"이제야 알겠군. 그들이 북명신공을 원하던가?"
"눈치가 정말 빠르군요. 맞아요. 그들은 다짜고짜 북명신공을 원했어요. 그걸 가지고 있지 않은 사람과는 대화조차 거부하겠다고 하더군요. 힘으로 누를 수 있었다면 좋겠지만······."
옥화무제의 말에서 묵향은 자신에게 왜 북명신공의 비급을 가지고 오라고 했는지 그 이유를 유추할 수 있었다.
"그자가 나보다도 고수던가? 그렇지 않다면 구태여 비급까지 가지고 올 필요는 없을 테니까 말이야."
"맞아요. 제대로 겨뤄보지 않아서 잘 모르겠지만, 분위기로 봤을 때 최소한 당신에 버금가는 고수처럼 느껴졌어요. 그렇기에 순순히 물러난 거죠."
공공대사에 이어 또 다른 현경급 고수를 만날 수 있다는 말에 묵향의 가슴은 세차게 두근거렸다. 중원의 무학과는 또 다른 방향의 무학. 북명신공 자체가 워낙에 손실된 부분이 많아 제대로 익힐 수가 없었지만, 그자와 겨뤄볼 수만 있다면 자신의 무공 증진에 커다란 도움이 될지도 모른다.
"좋아, 당신 말이 맞다면 지금까지 무영문과 있었던 안 좋은 일들은 모두 잊어주지. 그럼 되겠지?"
"받아드리죠. 당신 말을 믿겠어요."
"결론이 났으니 여기서 이러고 있을 게 아니라…, 어서 일어서지! 백두산이라고? 흐흐흣."
새로운 무공을 접할 수 있을 거라는 흥분에 도저히 참을 수 없었던 모양인지 묵향은 자리를 박차고 일어섰다. 밖으로 성큼성큼 걸음을 옮기는 교주의 뒷모습을 바라보며, 옥화무제는 몰래 가벼운 한숨을 내쉬었다.
'어느 쪽이 이기든, 내가 살 길이 겨우 열린 셈인가?'

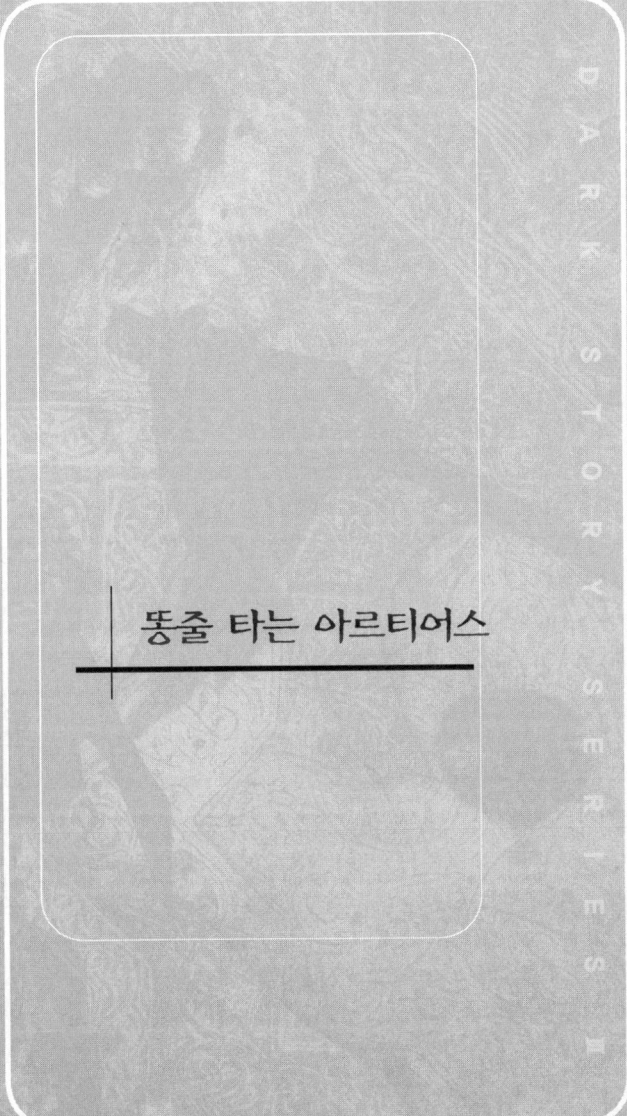

똥줄 타는 아르티어스

28

장백산의 괴인

뚱따당, 뚱땅.

거문고의 은은한 선율이 그의 귀 주위를 계속 맴돌고 있었지만, 아르티어스의 마음은 전혀 유쾌하지 않았다.

"젠장, 이걸 어떻게 처리한다?"

요즘 들어 하루에도 수백 번씩 그의 골치를 아프게 만들고 있는 주제였다.

"잘못될 가능성도 거의 없는데, 그냥 확 실행해 버려?"

하지만 말처럼 쉽게 그러지는 못했다. 아무리 자신이 마법에 능통한 존재라고 해도, 기억을 지우는 정신계 마법까지 전능하지는 않았다. 만에 하나 작은 실수로도, 최악의 상황을 맞이할 가능성이 아주 컸다. 그 최악의 상황이라는 것은 만통음제가 음악적 재능의 일부를 상실하게 되는 것이었다.

아르티어스는 만통음제의 음악적 재능에 푹 빠져있는 상태다. 그렇기에 만의 하나 잘못될지도 모른다는 불안감에 쉽사리 결정을 못 내리고 있었던 것이다.

아마 그의 아버지였다면 실패하건 말건 과감하게 실행했을 것이다. 문제가 생긴다고 해도 그에게는 원상태로 돌려놓을 수 있는 리라이프(Re-life)라는 최후의 보루가 남아있었으니까.

하지만 유감스럽게도 아르티어스는 그 마법을 쓸 줄 몰랐다.
 최악의 사태까지 발생한다면 과감하게 모험을 감행하겠지만, 아직은 시간적 여유가 있었다. 아들놈하고 헤어진지는 이제 겨우 몇 달도 채 되지 않았지 않은가. 기나긴 드래곤의 삶에 있어서 몇 달 정도는 순간에 불과했다.
 "저걸 못 듣게 된다면, 너무 아쉬울 거야."
 이때, 하인 하나가 슬그머니 다가와서 아르티어스에게 물었다.
 "대인, 식사는 어떻게 준비해 드릴깝쇼?"
 내친김에 아르티어스는 이곳에 한 살림을 차려놓은 상태였다. 돈이야 없으면 아무데나 가서 훔쳐도 된다. 중원에서 그의 도둑질을 막을 수 있는 존재는 아무도 없었으니까. 그렇게 마련한 돈으로 그는 이곳에 커다란 저택을 한 채 샀고, 솜씨 좋은 요리사와 하인, 하녀들까지도 고용했다.
 평상시에는 집에서 식사를 했지만, 간혹 마을의 객잔에 가서 식사를 하기도 했다. 그곳의 숙수(熟手; 여기서는 요리사를 그렇게 부른다)가 자신이 고용한 숙수에 비해 솜씨가 훨씬 뛰어났기 때문이다.
 "오랜만에 밖으로 나가서 먹어볼까 하는데."
 "예, 그렇게 전하겠습니다요, 대인."
 아르티어스는 하인이 물러나자 골치가 아픈지 머리를 가볍게 저으며 중얼거렸다.
 "저놈에 대한 건 다음에 생각하기로 하지. 아직은 시간 여유가 있으니까."
 말이 끝나기가 무섭게 아르티어스는 공간이동 마법을 전개하여 한순간에 마을 외곽에 도착했다. 사람들이 잘 다니지 않는 으슥한 골목. 그는 이곳의 좌표를 기억해 뒀다가 별식을 먹고 싶을 때면 종종 애용하고 있었다. 골목을 나서는 아르티어스의 입가에는 곧 맛있는 음식을 먹을 수 있을 거라는 기대감 때문인지 흐뭇한 웃음이 걸려있었다.

"오늘은 뭘 먹어볼까? 흐흐훗, 여기 음식은 정말 마음에 든단 말씀이야."

아르티어스가 외출하자마자 하인은 곧바로 만통음제에게 이 사실을 알렸다.

"대인께서 외출하셨습니다."

대인이라고 불리는 이 집 주인은 만통음제에게 그 어떤 신체적인 금제도 가하지 않았다. 하지만 만통음제는 그를 어떻게 하지 못했다. 화경급 고수인 그가 손도 대지 못할 상대가 이 세상에 존재할 줄이야 어찌 상상이라도 해봤겠는가. 물론 상대가 강한 측면도 있긴 했지만, 도대체 놈이 무슨 사술을 부려놨는지 그를 공격하려고만 하면 내공이 흩어져 버리는 괴변이 발생하니, 그로서도 미칠 지경이었던 것이다.

물론, 그 괴변은 대인이라는 놈에 국한되어 발생하는 현상이었다. 대인을 제외한 하인들은 만통음제 앞에서 밥이나 다름없었다. 그렇기에 대인이 외출하자마자 그에게 달려와 이렇듯 보고를 하고 있는 것이다.

하인의 보고를 접한 만통음제는 즉시 자리에서 일어나 저택 외곽으로 갔다.

"진법일까?"

그가 그렇게 추정하는 것은 족쇄를 차고 있는 것도 아닌데 이 근처에서 한 발자국이라도 더 밖으로 나가면, 순식간에 몸이 저택에 있는 자신의 방으로 이동해 버리는 변괴가 발생하고 있었던 것이다. 명호에 만통이라는 글자가 붙을 정도로 해박한 그였지만, 이런 해괴한 진법이 존재한다는 얘기는 풍문으로 조차도 들어본 적이 없었다.

"진법일 수밖에 없겠지. 그거 말고 뭐가 있겠어? 하지만 왜 나만 이 진법에 영향을 받는 게지? 이해할 수가 없구먼."

집안의 하인들은 진법에 전혀 영향을 받지 않고 밖을 들락거리고 있었다. 그들은 진법 자체가 존재한다는 생각조차 하지 않고 있을 정도다. 그런데도 불구하고 만통음제 자신만 이런 해괴한 일을 당하고 있으니, 미치고 팔짝 뛸 수밖에.

혹시 자신의 몸이나 몸속에 뭔가를 설치해 놓은 게 아닌가 하고 의심한 적도 있었다. 그래서 온 몸을 주무르며 혈맥을 촉진해 봤고, 내공을 이용하여 몸속 구석구석에 걸쳐 살펴도 봤다. 또한 하인 하나를 불러들여 혹시 등 뒤에 문신 같은 걸 파놓지 않았는지 물어보기까지 했을 정도였다. 하지만 그 모든 것에도 불구하고, 자신의 몸에는 그 어떤 이상도 찾아낼 수가 없었다.

"어허, 이거 참. 이런 불가사의한 진법이 이 세상에 존재할 줄이야. 평생을 하늘 높은 줄 모르고 살았거늘, 오늘에야 내가 제대로 된 임자를 만났구나."

만통음제는 자신이 기억하고 있는 모든 진법들을 떠올리며, 어떻게 하면 이곳에서 벗어날 수 있을지를 궁리했다. 그게 요즘 들어 매일매일 행하고 있는 그의 일과였다.

이때, 기가 막힌 생각이 문득 떠올랐다.

"그래! 지하를 통해 밖으로 나가면 어떨까? 땅 속 저 깊은 곳까지 영향을 미치는 진법이 있다는 소리는 아직 들어본 적도 없으니 말이야. 그래, 바로 그거야!"

생각을 정한 그 순간, 만통음제의 몸이 무섭게 회전하기 시작했다. 그의 주위를 맹렬하게 회전하는 강기의 막. 고난도의 무공을 이용하여, 만통음제는 단숨에 지하 깊숙이 파고 들었다.

충분한 깊이까지 파고 들어왔다고 생각한 그는 옆으로 방향을 돌렸다. 뛰어난 무공 실력을 갖춘 만큼, 땅을 파나가는 속도 또한 무시무시했다. 그의 후방으로 전방으로 뚫고 지나가며 생긴 돌가루와 흙가루가 거칠게 휘날렸다.

"엥?"

어느 순간, 만통음제는 흙투성이가 된 채 자신의 방에 서있는 자신을 발견했다.

"으아아아아! 이게 도대체 어떻게 된 거야?"

한참동안 방안을 돌며 발광을 하던 그는 이제 모든 것을 포기한 듯 자리에 퍼질러 앉아 중얼거렸다.

"그래, 죽자! 이렇게 살아서 뭣하리."

이곳에 잡혀 와서, 하루에 골백번도 더 떠올려 보는 생각이었다.

하지만 죽음을 생각하니 의동생 묵향의 얼굴이 떠오른다. 그리고 맹파천과 설취 등등 자신이 아끼고 사랑했던 얼굴들이 줄줄이 나타났다가 사라졌다.

결국 그는 자신의 생각을 실행에 옮길 수가 없었다. 자유가 제한되어 있는 것 외에 자신에게 가해진 금제는 전혀 없었다. 물론 하루 중 일정 시간동안은 악기를 연주해야 한다는 제약이 있긴 했다. 딱히 할 일도 없었던 만통음제였기에, 대인이라는 놈의 압력이 아니더라도 미친 듯이 악기를 연주했다. 그것 외에 자신의 이 비참한 현실을 잊게 해줄 방도가 없었으니까.

"제 아무리 완벽한 진법을 설치해 놨다 하더라도, 인간인 이상 어딘가에 빈틈이 있을 거야. 시간을 들여 천천히 궁리해 보자. 너무 조급하게 생각하지 말자. 너는 할 수 있어."

스스로를 위로하는 만통음제였다. 물론 이것도 다 상대가 인간이라고 생각했기에 가지게 된 부질없는 희망이긴 했지만······.

* * *

자신이 자주 애용하는 객잔을 향해 걸어가던 아르티어스의 발걸음이 흠칫 멈췄다. 평소 감정의 동요를 찾아보기 힘든 그였지만, 지금 그의 두 눈은 휘둥그레져 있었다. 그가 발길을 멈춘 곳은, 평소 관에서 현상수배자들의 방을 붙이는 곳이었다.

그곳에는 마치 어린아이들이 장난이라도 쳐놓은 듯 지렁이가 꿈틀거리는 듯한 괴상한 문자로 기록되어 있는 방이 하나 붙어 있었는데, 그것이 아르티어스의 눈길을 잡아끌었던 것이다. 그것은 바로 자신의 레어가 위치한 말토리오 산맥 인근에 자리잡고 있는 크라레스 제국이 사용하는 문자였다.

『사랑하는 아버지.

도대체 어디에서 뭘 하고 계신지는 잘 모르겠지만, 빨리 집으로 돌아오세요. 뭐, 저랑 같이 살기 싫으시다면 어쩔 수가 없겠지만, 그렇지 않다면 하루라도 빨리 돌아오시는 게 좋으실 겁니다. 봐서 한동안 여행을 떠날까 하는데, 안 오시면 저 혼자 떠날 겁니다.

다크 올림』

다른 사람들은 그 방에 그려져 있는 괴상한 기호들을 보고는 누군가가 장난을 쳐놨다고 생각하겠지만, 방을 읽는 아르티어스의 가슴은 세차게 요동치기 시작했다. 사랑하는 아버지. 너무나도 달콤한 말이다. 그리고 둘이서 오붓하게 여행을 떠나자니? 안 그래도 그놈의 의형이라는 놈을 모르고 두들겨 팬 것 때문에 노심초사 하고 있던 차에, 이런 가족적인 정이 듬뿍 배인 글을 보자 울컥 감정이 치밀어 오른 것이다.

"흑흑……."

자신도 모르게 뜨거운 눈물이 주르륵 흘러내린다. 조금 전까지는 교활한 호비트놈에게 낚여, 이렇게 이계까지 와서 개고생하고 있는 거라고 생각했다. 호비트놈은 자신을 아버지라고 생각도 하지 않는데, 자신만 미친 듯 짝사랑하고 있는 거라고 말이다.

하지만 그게 아니었다. 얼마나 보지 못했다고, 이런 식으로 사방에 방을 붙여 자신을 찾다니. 게다가 방의 첫 문장이 사랑하는 아버지가 아니던가. 그리고 그 다음에 이어지는 문장들 또한 얼마나 따뜻한 내용인가. 여행을 갈 테니, 빨리 돌아오라고…….

엥? 훌쩍거리며 방의 문장들을 읽고 또 읽던 아르티어스의 표정이 묘하게 바뀌었다. 처음에는 몰랐는데, 읽을수록 그 뜻이 오묘(?)했던 것이다.

아르티어스는 고개를 갸웃하지 않을 수 없었다. 문장을 곧이곧대로 해석한다면 어딘가로 여행을 떠날 일이 생겼는데, 아버지와 함께 가고 싶으니 빨리 돌아오시라는 것이었다. 빨리 오지 않으면 혼자 떠난다는 말과 함께…….

얼핏 생각해도 이 문장이 이해가 되지 않았다. 이 세계에 와서 아들놈이 자기를 내팽개치고 혼자서만 여행을 다닌 게 어디 한두 번이던가. 그리고 겨우 여행 한 번 같이 가자고, 온 천지에 방을 도배해 놨다는 것도 수상쩍다.

"이게 대체 무슨 말이지? 뭔가 내용이 이상해?"

이때, 아르티어스의 뇌리에 번쩍 하고 스치는 게 있었다.

"그래! 이건 최후통첩이야."

그 순간 아르티어스의 머릿속에서 방의 내용이 새롭게 재구성되기 시작했다. 여행이라는 말을 이별과 같은 뜻으로 해석해 본다면…….

『빨리 십만대산으로 돌아오지 않는다면, 나하고 같이 살기 싫은 것으로 받아들이겠습니다. 빨리 튀어 와서 싹싹 빈다면 모르겠지만, 그렇지 않는다면 아빠와 나는 영원히 이별이니 그리 아십쇼.』

아르티어스는 저도 모르게 비명을 질렀다.

"으아악! 이런 떠그랄! 내가 네 녀석 하나 믿고, 이 물설고 낯선 곳까지 따라왔는데, 나를 이렇게까지 괄시하다니. 이 못된 녀석!"

 말은 그렇게 하면서도, 그는 서둘러 마법진을 그리기 시작했다. 저택에 만통음제가 갇혀있다는 것 따위는 그의 머릿속에서 이미 잊혀진지 오래였다.

 십만대산의 교주 전용 연공실 안에는 예전에 그가 그려둔 수신마법진이 있다. 교주 전용 연공실이 워낙 안전한 곳이었기에 혹시나 써먹을 수 있을지도 모른다고 생각해 그려둔 것이었는데, 이런 상황에서 그게 도움이 될 줄은 그도 전혀 예상하지 못했었다.

 "수신마법진을 그려두기를 정말 잘했어. 거기까지 달려갈 걸 생각하면, 에휴~~."

 한숨을 내쉬며 아르티어스는 마법진을 구동시켰다.

*　*　*

 "크, 큰일 났습니다. 수석장로님!"

 헐레벌떡 달려 들어오는 왕지륜을 바라보며 수석장로는 눈살을 찌푸렸다. 장로원 수석참모라는 놈이 저렇게 경망스러워서야…….

 "에잉~, 무슨 일인데 그러느냐?"

 "바, 방금 천마동에서 급전이 도, 도착했습니다."

 "천마동?"

 천마동이라면 교주 전용의 연공실이다. 혹시, 그곳이 무너지기라도 했다는 말인가?"
"허어, 답답하구나. 어서 속 시원하게 빨리 좀 말해 보거라. 천마동이 어찌 되었다고?"
"어, 어르신께서 천마동에서 나오셨답니다."
"어르신이?"
왕지륜의 말에 수석장로의 안색이 홱 바뀠다. 어르신이라면 교주의 아버지 말고 다른 사람이 또 있겠는가.
"행방불명되었다던 어르신께서 왜 천마동에서 나오신다는 말이냐?"
매서운 질책에 왕지륜은 면목이 없다는 듯 고개를 푹 숙이며 대답했다.
"그건 속하도 잘 모르겠습니다. 정말 귀신이 곡을 할 노릇이 아니겠습니까."
수석장로는 주먹을 꽉 쥐며 으르렁거렸다.
"천마동 경비를 섰던 놈들을 철저하게 문초하도록 해라. 녀석들이 긴장을 늦췄을 때, 어르신이 들어가신 거겠지."
"하, 하지만 수석장로님. 그렇게 따진다면 본교에서 문초를 받지 않을 고수가 누가 있겠습니까. 외곽에서 천마동까지 들어가려면 교내의 거의 모든 경계망을 돌파했다고 봐야 하는데……. 그건 수석장로님께서도 잘 아시지 않습니까?"
왕지륜의 말에도 일리가 있었다. 더군다나 아르티어스가 언제쯤 들어왔는지 그것조차 파악하지 못하고 있지 않는가.
"어쩔 수 없지. 그분께 직접 물어보는 수밖에. 썩을 놈들. 어르신께서는 천마동에 계셨거늘, 행방불명되셨다고 보고해서 교주님께 심려를 끼치게 만들다니. 내가 이런 실수를 저지르다니, 허어, 참! 이런 망신이 있나."

이때, 뭔가 생각났다는 듯 수석장로는 짜증스런 어조로 외쳤다.

"그러고 보니 이 모든 게 어르신께서 행방불명되셨다며 호들갑을 떤 네놈 잘못이 아니더냐!"

왕지륜은 바닥에 납쭉 엎드리며 사죄했다. 불문곡직하고 단숨에 때려죽인다고 해도 할 말이 없는 상황이었다. 그걸 잘 알고 있는 그였기에, 그의 얼굴은 공포로 새하얗게 질려있었다.

"요, 용서를……."

"네놈의 죄는 급한 일부터 처리한 후에 묻기로 하겠다."

수석장로는 왕지륜을 그냥 놔둔 채 급히 자리에서 일어나 천마동을 향해 달려갔다. 어르신을 맞이하기 위해서였다.

아르티어스도 수석장로를 찾아서 걸어오고 있던 중이었기에, 얼마 가지 않아 수석장로는 어르신을 만날 수 있었다. 수석장로는 아르티어스를 향해 고개를 깊숙이 조아리며 몸 둘 바를 몰라 했다.

"어르신, 그동안 평안하셨습니까? 어르신께서 천마동에 계신지도 모르고, 실종되신 줄 알고……."

아르티어스는 상대의 말을 자르며 약간은 짜증스런 어조로 물었다.

"아, 그건 됐고, 내 아들은 지금 어디에 있느냐?"

전혀 예상치 못했던 뜻밖의 물음에 멍한 표정을 짓는 수석장로. 하지만 그는 재빨리 기억을 더듬어 보고했다.

"예? 아, 예. 교주님께서는 지금 출타하셨습니다."

"출타했다고? 어디로?"

아르티어스의 얼굴이 순식간에 창백하게 질린다. 최후통첩. 어쩌면 아들놈은 최후 통첩대로 자신만을 남겨두고 그냥 떠나 버렸는지도 모른다. 다시는 보지 않을 생각으로.

하지만 그런 아르티어스의 내심을 알 리 없는 수석장로는 교주가 옥화무제와 만나기로 한 장소를 말해주었다. 사실, 교주가 옥화무제와 만나기 위해 출타했다는 것과, 만나는 장소는 특급 기밀 사항이었다. 그럼에도 수석장로가 주저없이 입을 연 것은 아르티어스가 심령에 압박을 가해 입을 열게 만든 것이다.

"혹시 여행을 간다거나 한 건 아니겠지?"

아르티어스의 속 타는 마음과 달리 수석장로는 당치도 않다는 듯 대꾸했다.

"예? 여행이라니, 말도 안 되는 억측이십니다. 제 목을 걸고 장담합니다만, 교주님께서는 공무 때문에 출타하신 게 틀림없습니다."

공무 때문이라는 말에 아르티어스는 저으기 안심했다. 핏기 없던 얼굴에 혈색이 돌아오기 시작한다.

"공무라고는 하지만, 그래도 오랜만인 만큼 아들을 만나보고 싶군. 아무래도 내가 직접 거기에 가보는 게 좋겠어."

"교주님께서는 며칠 내로 돌아오실 겁니다. 지금 교를 나서신다면, 괜히 길만 어긋나실 수도 있습니다, 어르신."

"거기까지 얼마나 된다고 길이 어긋나? 지명 따위는 필요 없고, 대략 어디쯤에 위치하고 있는지 정확한 거리를 말해 봐."

"그러시다면 여기서 설명을 들으시는 것보다, 일단 제 집무실로 가시는 게 어떻겠습니까? 그곳에 비교적 정확하게 그려져 있는 지도가 있는데 말입니다."

"오호, 그거 좋군. 앞장 서라."

"예."

수석장로가 아르티어스를 모시고 자신의 집무실에 도착했을 때, 왕지륜은 아직도 부복한 자세 그대로 엎드려 있는 중이었다.

"이놈은 왜 이러고 있냐?"

"아, 잘못을 저질러서 기합을 좀 주고 있던 중이었습니다. 왕지륜, 너는 빨리 나가 봐."

왕지륜은 아르티어스와 수석장로에게 인사를 건넨 후, 후다닥 밖으로 도망쳤다. 아르티어스 덕분에 목숨을 건진 것을 감사해 하며…….

수석장로는 탁자 위에 놓인 지도의 한 점을 손가락으로 짚으며 말했다.

"교주님께서는 이곳으로 가셨습니다, 어르신."

하지만 아무런 대답이 들려오지 않았다. 수석장로가 지도에서 시선을 돌려 아르티어스쪽으로 향했을 때, 그는 놀라운 장면을 목격할 수 있었다. 갑자기 어르신의 몸에서 희뿌연 빛이 뿜어져 나오더니, 그 빛이 멈춘 순간 어르신의 모습이 감쪽같이 사라져 버렸던 것이다.

산전수전 다 겪은 노회한 수석장로였지만, 이번만큼은 경악감을 감추지 못했다. 그는 자신도 모르게 바닥에 털썩 주저앉았다.

"허억! 이런 변괴가!"

한평생을 무공 수련에 몸바쳐온 수석장로다. 무공을 이용해서 한순간에 몸을 빼는 요령쯤은 이미 숙달하고 있었다. 극마급 이상의 고수로 발전한다 해도, 그 속도가 좀 더 빨라진다는 것이지 요령은 똑같다. 그렇기에 그는 방금 전에 아르티어스의 몸이 사라진 게 결코 무공이 아니라는 것을 확신하고 있었다.

수석장로는 자신의 눈을 몇 번이고 비빈 다음, 주위를 두리번거리며 중얼거렸다.

"내, 내가 귀, 귀신이라도 본 것일까?"

*   *   *

이곳 세계의 미개하기 짝이 없는 호비트들은 마법이라는 것을 쓸 줄 몰랐다. 대신 그 반대 급부인지는 모르겠지만, 무술 쪽으로는 과거 자신이 살았던 세계에 살던 호비트들에 비해 훨씬 더 체계적인 발전을 보이고 있었다. 서로가 장단점이 있긴 해도 지금과 같은 상황에서는 그게 너무 불편하게 느껴지는 아르티어스였다. 왜냐하면 마법이 발달해 있지 않은 만큼, 공간이동 좌표를 기록해 놓은 책자를 구할 방법이 없었기 때문이다.

그 때문에 아르티어스는 가장 단순무식한 방법을 쓸 수밖에 없었다. 일단 시야를 통해 멀리 보이는 지평선 위쪽의 한 지점을 정한 다음, 그곳으로 단거리 공간이동을 연속적으로 시행하는 방법을 택한 것이다.

"크으윽! 이런 개망신이 있나. 여기에 드래곤이 살고 있지 않다는 게 정말 다행이군."
 아마도 다른 드래곤들이 있어서, 아르티어스가 장거리 이동을 함에 있어 이토록 멍청한 짓거리를 했다는 것을 알게 된다면 모두들 비웃을게 뻔했다. 물론, 그놈들도 여기에 데려다 놓으면, 똑같은 짓을 할 수 밖에 없을 테지만. 공간이동 좌표를 모르는 한, 시야를 벗어난 장거리 공간이동은 자기 무덤을 파는 거나 다름없는 행동이었기 때문이다.
 "저긴가?"
 멀리 보이는 도시. 도중에 계속 길을 물으며 이동해 왔기에 착오가 있을 리가 없었다. 도시 안으로 들어간 아르티어스는 곧바로 묵향과 무영문주와의 접선장소인 객잔으로 달려갔다.
 "어서 옵쇼, 손님. 혹시 동행이 있으십니까?"
 "물어볼 말이 있는데…, 대략 일주일 전에……."
 설명을 하려던 아르티어스는 갑자기 입을 다물었다. 아들놈의 생김새에 대해 자세히 설명하자니, 꽤나 답답했던 것이다. 그렇다고 방법이 없는 것도 아니고.
 "손님 접대는 자네 혼자 하나?"
 "아뇨. 저 말고 한 명 더 있긴 합니다만……."
 "그럼 너 잠시 이리로 와봐."
 아르티어스가 슬쩍 손을 흔드는 순간, 점소이의 눈빛이 몽롱하게 바뀌었다. 마치 몽유병에라도 걸린 듯 비틀비틀 다가오는 점소이. 아르티어스는 그런 점소이의 머리 위에 자신의 손바닥을 올렸다.
 점소이의 기억을 살펴보는 데는 그리 오랜 시간이 걸리지 않앉다. 운 좋게도 이 점소이의 기억 속에서 아들의 영상을 찾아낸 순간, 아르티어스의 입가에 미소가 떠올랐다.
"운이 좋……."
하지만 그의 말은 거기에서 딱 멈췄다. 녀석이 아들을 본 건 사실이지만, 더 이상 쓸 만한 정보는 찾을 수 없었던 것이다. 놈의 기억을 통해 그날 객잔의 정경까지는 파악할 수 있었다. 그 영상에 따르면, 아들놈 근처에서 대화를 엿들을 만큼 가까운 위치에 자리잡은 놈이 없었다는 게 문제였다.
"이놈, 설마 공무를 보는 척 하며 여행을 떠난 거 아냐? 예전에도 저쪽 세상에서 이런 일이 몇 번 있었잖아. 물론 그 아랫것들이야, 개고생을 했지만."
그런 생각이 들자 아르티어스는 마음이 더 다급해졌다. 아들 녀석이 마음먹고 흔적을 감추기라도 한다면, 아무리 자신이 드래곤이라고 해도 찾을 방법이 없으니까 말이다.
이때, 아르티어스의 머리를 번쩍 스치는 게 있었다. 점소이놈은 아들과 함께 대화를 나누던 여자의 얼굴을 몰래몰래 훔쳐보고 있었다. 아르티어스의 기준에서 본다면 이곳에 서식하는 호비트들의 겉모습은 거의 다 비슷비슷했다. 검은 눈, 검은 머리, 약간 갈색을 띠고 있는 피부……. 그 중에서 바깥일을 하는 놈들의 피부색이 좀 더 짙다는 것 외에 별 차이점이 없었다.
"겨우 그런 계집이 뭐 그리 볼 게 있다고 정신을 못 차려. 하지만 덕분에 좋은 걸 얻었어."
대화는 들리지 않았지만, 입모양에 대한 영상은 얻었다. 물론 놈의 촛점이 계집에게 맞춰져 있었기에, 제대로 된 대화를 파악한다는 것은 불가능했다. 어쨌거나 계집이 떠든 말이 뭔지는 대충 파악이 가능했던 것이다. 그녀가 말한 내용들 중에서 가장 그럴 듯해 보인 것은 바로 백두산이라는 지명이었다.

"백두산이라……?"

이곳에서 습득한 지식에는 포함되어 있지 않은 지명이었다.

객잔을 나온 아르티어스는 마을을 돌아다니며, 혹시 백두산이라는 산이 어디에 있는지 수소문해 봤다. 하지만 아무런 성과가 없었다. 모두들 그런 산 이름은 처음 들어봤다는 것이다. 몇몇 사람이 백두(白頭)라는 명칭이 붙은 것으로 봐서, 산꼭대기에 만년설이 쌓여있는 대단히 높은 산일 거라는 추측만을 내놨을 뿐이다.

산세가 높고 험한 것으로 따진다면, 중원의 서쪽이나 동쪽으로 가야 했다. 그곳에 높은 산들이 즐비하다는 것은 상식이었으니까. 아르티어스는 그쪽을 향해 또다시 단거리 공간이동을 시행하려고 했다. 하지만 만에 하나 아닐 경우 고생은 고생대로 하고, 아들과의 거리는 더욱 멀어지는 사태에 직면할 우려가 있었다.

아르티어스는 손바닥을 탁 치며 외쳤다.

"참, 이럴 때는 아들 녀석이 쓰던 방법을 쓰는 게 좋겠군. 뭔가 알고 싶은 게 있으면, 거지를 찾아서 족치면 된다고 했지, 아마?"

선무당이 사람 잡는다고, 그날 마을에 살던 거지들의 입에서는 곡소리가 흘러나왔다. 구걸로 밥 빌어먹는 거지들이 다 개방에 몸을 담고 있을 리 없었지만, 아르티어스는 그 사실을 모르고 있었던 것이다.

수백 명이 넘는 거지들을 족쳤을 때쯤, 재수없는 개방도가 한 명 걸려들었다. 물론 이것도 아르티어스가 그를 찾아낸 게 아니라, 거지를 괴롭히는 미친놈이 있다는 소문을 접한 호기심 많은 개방도가 스스로 찾아온 것이었지만.

"거지를 괴롭힌다는 변태 놈이 바로 네놈이냐?"

사실 이 말은 물어볼 필요도 없었다. 아르티어스 앞에는 이미 걸레쪽이 되어 있는 거지 몇 명이 엎어져서 신음하고 있었으니까.

"어? 이번에는 제법 마나의 기운이 느껴지는 놈이로군. 지금까지는 성과가 없었지만, 저놈은 가능성이 있겠는데?"

괴인이 무공을 익힌 것처럼 보이지는 않았지만, 그렇다고 해서 방비할 시간을 주는 것은 오히려 자기 무덤을 파는 행위였다. 특히나 저런 변태 놈은. 생각을 정한 편두개(扁頭丐)는 즉시 선제공격을 날렸다. 서로간의 거리는 4보(步). 웬만한 고수가 아니고서는 그의 일격을 막아낸다는 것은 거의 불가능했다.

"허억!"

편두개의 두 눈이 휘둥그레진 것은 괴인이 자신의 공격을 막아냈기 때문이 아니었다. 도대체 무슨 변괴인지 알 수 없지만 자신의 주먹이 괴인의 코앞에서 딱 멈춰버렸기 때문이다. 마치 허공에 뭔가 보이지 않는 벽이라도 있는 것처럼.

"무슨 사악한 술법을 부린 것이냐?"

이제는 몸이 딱딱하게 굳어버렸는지, 움직이지도 않았다. 하지만 이건 혈도를 제압당한 것 같지는 않았다. 뭔가 눈에 보이지 않는 밧줄에라도 포박당한 것 같은 느낌이었다. 눈을 아래로 깔아보니 자신의 손가락이 마음먹은 대로 움직이고 있지 않은

가. 만약 혈도를 제압당했다면 절대로 손가락을 움직일 수 없었을 것이다.

난데없는 괴변에 편두개가 공황상태에 빠져있건 말건, 괴인은 비릿한 미소를 지으며 말했다.

"그런 것까지 네놈이 알 필요는 없고, 내가 묻는 말에 대답부터 해줘야겠다. 백두산이라는 산에 대해서 알고 있느냐?"

자존심이라는 게 있지, 겨우 구속 정도 당한 것 가지고 순순히 대답을 해줄 수는 없는 노릇이 아닌가. 편두개는 고집스럽게 외쳤다.

"흥! 내가 왜 그런 걸 대답해 줘야 하느냐?"

괴인의 미소가 더욱 짙어진다.

"호오, 대답해 주는 게 신상에 좋을 텐데?"

"개소리 하지 마라!"

호기롭게 외친 편두개였지만, 강도 높은 고문을 당한 후에는 생각이 바뀔 수밖에 없었다.

정신계 마법을 꽤나 깊은 부분까지 섭렵하고 있는 아르티어스인 만큼, 마법으로 간단히 해결할 수 있을 거라고 생각할 수도 있다. 하지만 마법이라는 게 전능한 것은 아니었다. 매혹의 주문을 통해 상대를 현혹하여 친구로 인식시켜 물어보는 방법이 가장 좋기는 했지만, 아쉽게도 그는 그런 것은 배우지 않았다. 고문만 해도 충분히 파악해 낼 수 있는데 뭐하려고 귀찮게 그런 쓸데없는 마법을 배우겠는가. 더군다나 아르티어스는 고문이라는 무식한 행위를 그리 싫어하지도 않았다. 아니, 오히려 즐기고 있다고 보는 게 옳았다.

매혹 외에 그가 잘 하는 것은, 상대의 머릿속을 통째로 읽어 버리는 것이었다. 문제는 호비트의 머리통 속에 기억된 데이터의 양이 워낙에 방대하다 보니 그거 하나 읽어내자고 시간을 보내느니 차라리 고문을 가하는 게 빠를 수도 있었던 것이다.

"어때? 이제는 생각이 바뀌었나?"

"배, 백두산이라니. 그런 산 이름은 처음 들어 봅니다요."

편두개는 공손하게 대답했다. 하지만 꼭 도둑놈처럼 생긴 험악한 두상에 억지 미소까지 짓고 있다 보니 영 꼴이 말이 아니다.

"헛소리 하지 마. 방금 전에는 말해주지 않겠다고 했잖아. 순순히 실토하지?"

"알면 제가 알려드리지요. 저는 결단코 모른다니까요."

시간이 흐를수록 아들놈과의 거리가 벌어질 것을 염려한 아르티어스는 가차 없이 편두개에게 고문을 가했다. 예전에 아들놈이 모른다고 뻗대는 놈들도 이렇게 고문을 가하면, 모든 걸 털어놓는다는 말을 철떡 같이 믿기에.

"모르긴 왜 몰라?"

"크아아악! 저는 모릅니다. 몰라요!"

"이놈이 아직 고문이 부족한 모양이군."

"제, 제발 살려주십쇼. 제가 돌아오기만을 손꼽아 기다리는 늙으신 부모님과 토끼 같은 자식들이……."

아르티어스는 피식 미소 지으며 말했다. 그걸 듣는 독두개에게는 악마의 음성처럼 들렸지만.

"거지주제에 토끼 같은 자식들? 아직도 정신을 못 차렸군."

"으아아악!"

강도 높은 고문에 한동안 비명을 질러대던 편두개는 마침내 마지막 수단을 제시하는 수밖에 도리가 없었다. 그건 다른 놈을 팔아먹는 것이었다.

"저, 저는 모르지만, 알 만한 사람이 하나 있습니다."

"누군데?"

"저희 분타주님이요. 아마 분타주님이라면 잘 아실 겁니다."

아르티어스의 눈동자가 실쭉 가늘어진다.

"아마? 나는 불확실한 걸 싫어해. 잘 알지?"

독두개는 필사적으로 대꾸했다.

"아, 아니요. 소인이 말을 실수했습니다요. 틀림없습니다! 분타주라면 틀림없이 알고 있습니다. 소인이 보장하겠습니다!"

아르티어스는 마지못해 부탁을 들어준다는 듯 능청스레 말했다.

"허, 그렇게까지 말한다면야 내가 참고하도록 하지. 그래, 그 분타주라는 놈은 어디에 있는데?"

"저쪽으로 가시다 보면……."

편두개는 분타의 위치를 알려주는 수밖에 도리가 없었다. 물론 분타의 위치를 외부인에게 발설했다는 게 알려지면 문책이야 당하겠지만, 우선 자신부터 살고 봐야 할 게 아니겠는가. 그리고 한편으로는 분타에 뒹굴거리고 있는 고수들과 분타주가 이 망할 놈을 처치할 수 있을 거라는 희망도 있었고.

아르티어스는 편두개의 설명대로 산 2개를 넘은 다음, 행인들에게 물어물어 그놈의 분타가 위치하고 있다는 도시를 찾아갔다. 물론 개방의 분타는 그 도시의 내부에 있지 않고, 시 동북

방에 위치한 작은 산 중턱에 위치해 있었다. 반쯤 무너진 버려진 장원, 그곳이 바로 개방의 분타였다. 많은 식구들이 도시 쪽으로 구걸을 나갔지만, 그래도 아직 60여 명의 거지들이 남아 있었다.

낯선 손님의 접근에 한 거지가 혐오감을 조성하기 위해 일부러 더욱 추접한 짓거리를 해댔다. 다 헤어진 낡은 옷섶 사이로 손을 넣어 북북 긁으며 중얼거렸다.

"에이, 이놈의 이! 간지러워서 못살겠네. 그렇다고 옷을 버릴 수도 없고……."

상대가 가까워지자 그는 '카아아악' 하며 가래를 끌어 모아서 퉤! 하고 상대의 발치 근처에 내뱉었다. 싯누런 가래덩어리였다.

하지만 거지의 바램과는 달리 상대의 표정에는 아무런 변화가 없다. 보통 이 정도만 해도 마치 전염병자라도 본 듯 얼굴이 헬쑥하게 질려서는 주춤주춤 도망쳐 버렸었는데 말이다.

"무슨 일이슈?"

"분타주라는 놈은 어디에 있느냐?"

"분타주? 이건 또 무슨 개 잡소리야. 거지 떼에 들어와서 분타주를 찾다니!"

녀석은 일부러 큰 소리로 외쳤다. 주위에 있는 거지들에게 들으라고 하는 소리다. 아니나 다를까, 둘이 나누는 대화에 주변의 거지들이 귀를 기울이기 시작한다.

"여기가 개방의 분타 아니냐?"

그와 동시에 사방에서 몰려나오는 떼거지들. 타구봉(打狗棒)을 들고 튀어나온 그들의 눈빛에서 진한 살기가 뿜어져 나온다.

흉악한 살기를 흘리는 수십 명의 거지들에게 포위당했음에도 상대의 얼굴에는 전혀 긴장감이 느껴지지 않았다. 오히려 같잖다는 듯 이죽대는 것이었다.

"어쭈? 꼴에 반항을?"

그 뒤에 이어진 일련의 상황은 거지들을 경악케 했다. 도저히 자신들의 상식으로는 이해가 가지 않는 괴변. 이건 사람을 상대하는 게 아니라, 무슨 요괴(妖怪)를 상대하는 게 아닌가 하는 착각마저 불러일으켰다. 일반인들이 고도의 무공을 익힌 무림인들을 보고 신선이라고 착각하듯, 무림의 물을 먹고 있다는 그들이 귀신이라고 생각할 정도라면 과연 어느 정도였겠는가.

"백두산이 어디라고?"

괴인의 물음에 분타주는 공손히 대답했다. 짙은 공포로 인해 그의 몸은 사시나무 떨듯 부들부들 떨리고 있다.

"자, 장백산을 보고, 그 일대 토착민들이 백두산이라고 부르는 것으로 알고 있습니다."

"흠, 그럼 장백산은 어디에 있느냐?"

"요, 요동에 있습지요."

괴인이 무슨 말인지 알아듣지 못하는 듯 하자 분타주는 재빨리 거지 하나를 시켜 지도를 가져오게 했다. 그는 더 이상 괴인과 얼굴을 마주 하고 싶지 않았다. 그러기 위해서는 괴인이 원하는 것은 뭐든지 다 들어주는 것이 최선의 길이었다. 또, 설명도 제대로 못한다며 쥐어 터지는 것도 싫었고…….

"바로 이곳입니다."

"흐음, 대충 동쪽으로 가면 되겠군."

그 말을 끝으로 괴인의 몸에서 희미한 빛이 뿜어져 나오는 듯 싶더니, 갑자기 그의 몸이 사라져 버렸다. 그 모습을 지켜본 거지들은 모두 기절초풍하지 않을 수 없었다.

"으아아악! 귀신이다!"

모든 거지들이 공포에 질려 숨을 곳을 찾아 사방으로 내달렸다. 분타주조차 그 대열에 합류했을 정도니, 더 이상 무슨 말이 필요하겠는가. 그래도 도망이라도 친 거지들은 개중에 담이 큰 편에 속했다. 몇몇 거지들은 아예 그 자리에 주저앉아 오줌까지 지리고 있었으니 말이다.

이것만 봐도 아르티어스가 그들에게 남겨준 공포가 얼마나 엄청났었는지 알 수가 있었다.

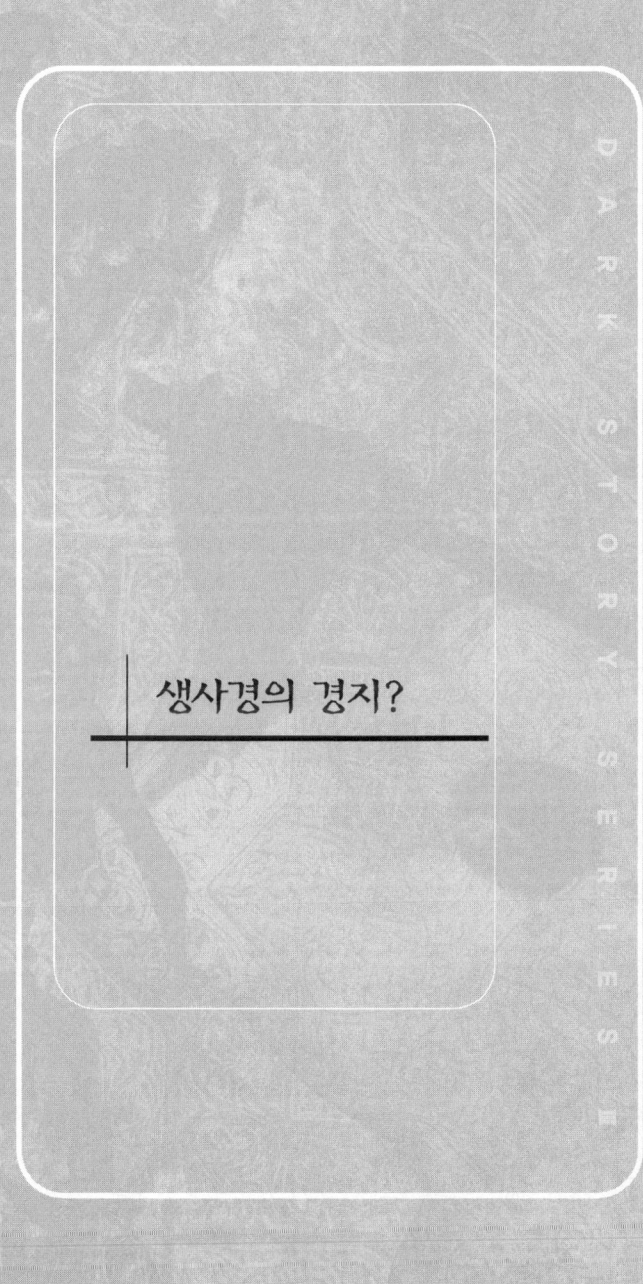

생사경의 경지?

28 장백산의 괴인

묵향은 옥화무제의 안내를 받으며 장백산에 도착했다. 옥화무제가 체력이 딸려서 몇 번 지체된 것을 제외한다면, 이곳까지 쉬지도 않고 줄곧 달려온 셈이었다.

"저 멀리 보이는 저 산이 장백산이에요. 토착민들은 저 산을 백두산이라고 부르지요."

"호오, 과연 대가리가 하얗긴 하얗군."

"여기까지 달려오느라 힘들었을 텐데, 하루 쉬었다가 가는 게 어때요?"

옥화무제의 물음에 묵향은 활기찬 어조로 대답했다.

"괜찮아, 전혀 안 힘들어."

"내가 힘들어서 그래요."

옥화무제의 대답이 의외였던 묵향이다. 물론 먼 거리를 제대로 쉬지도 못하고 달려왔으니 피곤하기는 할 것이다. 하지만 몇 시간 정도 운기조식을 취하는 것만으로도 충분했지, 하루의 휴식을 필요로 할 정도는 결코 아니었다.

정말 함정이라도 파놓은 건가? 하는 생각이 문득 들었지만, 묵향은 시원스럽게 대답했다. 그녀가 마련해 놓은 함정이라는 게 있다면, 구경해 보고 싶다는 호기가 일었던 것이다.

"그래? 그렇다면 어디 쉴만한 데가 있나 찾아보기로 하지."
"그럴 필요는 없어요. 아는 곳이 있으니까요. 나를 따라와요."
앞장 서서 내달리기 시작하는 옥화무제. 그 뒤를 따르며 묵향은 갑자기 옥화무제가 객잔으로 가고 싶다고 하는 진정한 이유가 궁금해졌다. 그 해답은 엉뚱한 곳에 있었다. 옥화무제는 묵향에게 하룻밤만이라도 제대로 된 휴식을 취하게 해주고 싶었던 것이다. 안 그래도 실력차가 클 텐데, 지쳐서 제대로 싸우지도 못한다면 억울하지 않겠는가.
'이게 내가 당신에게 해주는 마지막 배려에요.'
그녀가 안내한 객잔은 중원을 기준으로 본다면 매우 허름했다. 하지만 주위에 있는 다른 건물들에 비교한다면 그래도 개중에 나은 편에 속했다.
놀랍게도 객잔에는 그녀의 수하들이 대기하고 있었다. 그들은 처음에 옥화무제가 이곳으로 왔을 때 이끌고 왔던 수하들이었다. 중원까지 가서 묵향을 만나려면 혼자 움직이는 게 나을 것 같아, 모두 이곳에서 대기하고 있으라고 명령을 내려놨던 것이다.
"다녀오셨습니까, 태상문주님."
인사를 건네는 수하들을 바라보던 옥화무제는 묵향을 향해 살짝 고개를 돌리며 말했다.
"별 다른 뜻은 없어요. 통역이 필요해서 대기시켜 놓은 거니까요."
묵향은 피식 웃으며 대꾸했다.
"별소리를 다하는군. 난 상관없으니 신경 쓰지 마."
중원의 제대로 된 음식과 비교할 수는 없겠지만, 그래도 비교적 괜찮은 음식으로 배를 채운 두 사람은 객잔에 있는 방들 중 가장 좋은 곳에서 하루를 푹 쉬었다.

다음날 아침을 배불리 먹은 두 사람은 장백산을 향해 출발했다. 험악한 산길이었지만, 중원에서도 다섯 손가락 안에 꼽히는 그들이었기에 피곤한 줄을 몰랐다. 두 사람의 발목을 잡는 것은 그녀가 데리고 온 통역이었다. 그녀가 이끌고 온 수하들 중에서 가장 무공이 뛰어난 녀석이었음에도 불구하고, 그의 발걸음은 턱도 없이 느렸다.

두 사람은 통역이 따라올 수 있도록 천천히 산을 올랐다.

"이쪽이에요."

정상에 오르자 놀랍게도 산꼭대기에 드넓은 호수가 펼쳐져 있었다. 그 때문에 다른 산들에 비교한다면 아주 색다른 경치를 만들어 내고 있는 게 사실이다. 하지만 묵향의 표정은 전혀 변화가 없었다. 그는 지금 주변의 경치에 신경을 쓸 여유 따위는 조금도 없었던 것이다.

묵향은 무감각한 어조로 대꾸했다.

"예상조차 하지 못했던 꽤나 색다른 경치로군."

"무슨 대답이 그래요?"

"경치는 됐고, 북명신공을 요구한다는 녀석들은 어디에 있지?"

"여기서 기다리면 올 거예요."

옥화무제의 대답에 묵향은 그제야 그녀가 자신을 이리로 안내한 이유를 알 수 있었다.

얼마나 기다렸을까.

초조한 듯 주위를 두리번거리는 옥화무제와는 달리, 묵향은 무표정한 눈길로 호수만을 응시하고 있다. 딱히 경치가 마음에 들어서 그런 게 아니라, 그냥 시선을 그쪽으로 돌려놓고 있었던 것이다.

그런데 갑자기 어디선가 사내의 목소리가 들려왔다.

『괜찮은 경치이지 않나?』

갑작스럽게 들려온 발해어. 옥화무제는 그게 무슨 소린지 몰랐지만, 그 목소리가 들려오는 방향을 향해 황급히 고개를 돌렸다. 하지만 묵향은 상대가 뭐라고 말한 것인지 알아들었다. 오래 전에 북명신공을 읽어보겠다는 일념 하에 발해어를 공부한 적이 있었으니까. 물론 발음은 어눌한 그였지만, 상대의 말을 알아듣는 데는 크게 지장이 없었다.

묵향은 멀리 바위 위에 앉아있는 한 사내를 발견할 수 있었다. 언제부터 그가 거기에 앉아있었는지 알 수가 없었다. 어쨌건 겉보기로는 꽤나 젊어 보이는 인상이었다. 한 20대 후반쯤? 그것도 길게 기른 수염 때문에 그렇게 보인 것일 뿐, 만약 수염이 없다면 20대 초반이라고 해도 믿을 만한 얼굴이었다.

사내의 얼굴을 바라보며 묵향은 만통음제의 대제자 맹파천을 떠올렸다. 얼굴 모습은 달랐지만, 전체적인 생김새는 대략 그와 비슷했던 것이다. 물론 겉모습은 맹파천과 비슷한지 몰라도, 그가 풍기는 기운은 완전히 달랐다. 사내를 노려보는 묵향의 가슴은 언제부터인가 흥분으로 인해 세차게 뛰고 있었다. 아무리 느끼려고 해도 사내의 수준이 어느 정도인지 전혀 가늠이 되지 않는다. 엄청난 고수였다. 옥화무제의 말은 틀리지 않았던 것이다.

사내가 바위에서 벌떡 일어서더니 느긋한 걸음걸이로 다가왔다.

『아름답지 않나?』

꽤나 멀리 떨어져 있는 상태였지만 그의 목소리의 크기는 조금도 변화가 없었다.

『괜찮군요.』

어눌한 발음이기는 해도, 묵향이 발해어로 대답하자 사내의 얼굴에 잠시 이채가 어렸다. 설마 발해어를 알아듣고, 또 말할 거라고는 기대도 안했었던 모양이다. 그래서인지 사내의 눈빛은 마치 놀잇감을 찾아낸 아이의 그것처럼 빛나기 시작했다. 사내가 유쾌한 어조로 말했다.

『이런! 멋을 모르는 녀석이로구먼. 많은 댓가를 치루고 나서야 얻은 경치라네. 그렇게 대충 훑어볼 것이 아니지.』

사내가 조금 더 가까워지자, 옥화무제는 날아갈듯 인사를 건넸다.

"안녕하세요?"

그 순간 옥화무제는 커다란 짐을 내려놓은 것처럼 홀가분한 표정을 짓고 있었다. 그녀는 손가락으로 묵향을 가리키며 말을 이었다.

"이 사람이 바로 교주에요."

그녀의 말은 곧바로 통역사를 통해 사내에게 전달이 되었다.

『북명신공은?』

"이 사람이 가지고 있어요. 나는 약속을 지켰으니 해혈을 부탁드려요."

해혈이라는 말에 묵향의 눈썹이 꿈틀했다. 설마 그녀가 제압당해 있었다는 말인가? 그리고 이곳은 자신을 잡기 위해 만들어놓은 함정이고?

하지만 묵향은 옥화무제를 향해 아무런 질책도 하지 않았다. 함정이면 어떻고, 아니면 어떤가. 저런 가공할 만한 고수를 맞이하여, 속 시원하게 싸워볼 수 있다는 사실 하나만으로도 그는 만족했다.

옥화무제의 수하가 통역을 마쳤음에도, 사내는 전혀 해혈을 해줄 분위기가 아니었다. 오히려 사내는 차갑게 비웃으며 이죽거렸다.

『살려줄 걸 기대했다니, 정말 되놈들은 순진한 건지 멍청한 건지…….』

"저놈이 살려줄 생각이 없다고 말했습니다, 태상문주님."

그 정도는 통역해 주지 않아도, 사내의 표정만 보고도 알 수 있었던 옥화무제다. 하지만 그녀는 감히 발작하지 못했다. 자신을 바라보며 비웃는 사내를 향해 그녀가 할 수 있는 일이라고는 원독어린 시선으로 노려보는 것뿐이었다. 실력 차이가 워낙 심하게 나다보니, 도저히 보복할 엄두조차 나지 않았던 것이다.

"당신은 이곳에 남아 있다가 싸움의 결과가 어떻게 되었는지 보고해 주도록 하세요."

수하에게 명령을 내린 후, 옥화무제는 미련 없이 뒤로 돌아섰다. 그녀는 교주가 사내에게 죽음을 당할 것이라고 확신하고 있었던 것이다. 물론 만에 하나 교주가 이길 가능성도 있었다. 하지만 그렇다고 해서 뭐가 달라지겠는가.

저 사내놈과 공모하여 이곳으로 끌어들인 자신을 교주가 가만히 놔둘 리가 없었다. 저들에게 자비를 구하느니 한 달도 채 남지 않는 생명이기는 하지만, 그 시간을 잘 활용하는 게 훨씬 생산적이리라. 무엇보다 자신의 딸과 손녀를 만나 유언이라도 한 마디 남겨 줘야 할 게 아니겠는가.

산 아래쪽을 향해 전력으로 달리는 그녀의 두 눈에는 어느새 눈물이 흘러내리고 있었다. 쓸데없는 호기심은 화를 부른다는 말, 그리고 과욕은 언제나 뒤끝이 좋지 못하다는 말을 알고 있었으면서도 북명신공에 욕심을 부린 자신의 잘못이었다.

옥화무제가 떠난 후, 묵향은 사내에게 정중하게 포권하며 예를 갖췄다.

「고인(高人)을 뵙습니다. 저는 천마신교라는 문파를 이끌고 있는 묵향이라고 합니다.」

발해인은 자신의 이름을 밝히는 대신, 몸을 호수쪽으로 빙글 돌렸다. 자신의 등판이 고스란히 상대에게 드러난 상황임에도, 발해인은 전혀 신경 쓰는 기색이 아니었다. 그만큼 자신이 있다는 뜻이리라. 그는 예의 그 부드러운 저음으로 말문을 열었다.

「네가 북명신공이라는 무공을 익혔다는 게 사실이냐?」

「익히지는 못했고, 도움은 받았습니다.」

묵향의 대답에 그는 허탈하다는 듯 중얼거렸다.

「발해가 멸망한 후, 조국이 멸망한 후, 조상들의 혼이 깃든 무공이 이대로 절전되어 버리는 것이 안타까웠던 나는 후인들을 위해 열두 곳에 작은 씨앗을 뿌려뒀었느니라. 그런데 그 흔적을 보고 찾아온 것이 이 검의 주인이었던 놈과 너 뿐이라니. 참으로 허망하구나.」

그 말을 듣고 묵향의 시선은 발해인이 허리에 차고 있는 검쪽으로 움직였다. 저 검의 주인은 과연 누구였을까? 하지만 고풍스런 검의 손잡이와 검집을 보는 것만으로, 검의 주인이 누구였는지 유추해 낼 수가 없었다. 아니, 검이 어떤 형태의 검인지조차 알 수가 없었다.

「그렇게 뜬금없는 방법을 쓰실 게 아니라, 직접 제자를 키우시지 그러셨습니까?」

「발해가 멸망당하던 날, 내 제자들은 모두 다 죽임을 당했느니라. 만인적(萬人敵)이 가능한 절정의 무인들이었으나, 끊임없이 쏟아져 들어오는 적도들을 감당할 수는 없었던 게지.」

「무모했군요. 적의 기세가 그토록 거셌다면, 잠시 후퇴하여 훗날을 도모했으면 될 게 아니겠습니까?」

「주인에게 얽매인 자들에게는, 그런 선택권이 없느니.」

발해인의 대답을 듣고서야 묵향은 그의 제자들이 발해의 장수들이 아니었을까 추측해 봤다. 그것 외에 다른 해답이 없었다. 왕이 있고, 그 왕을 지켜야만 되는 입장이라면, 적의 기세에 맞대응하는 수밖에 도리가 없었을 테니까.

「지금이라도 늦지 않았습니다. 세월이 그리 많이 흐른 것도 아니구요. 귀하의 능력이시라면 발해의 유민들을 다시금 끌어 모아 새로운 제국을 건설하는 것도 꿈은 아닐 듯 싶습니다만…….」

「나에게는 그럴 자격이 없노라. 발해를 멸망시킨 주범이 바로 나였으니까.」

발해인의 대답에 묵향은 대꾸할 말을 잃었다. 자신이 직접 발해를 멸했다고? 그렇다면 방금 전에 말했던 제자들도 그 자신이 직접 죽였다는 뜻인가? 묵향이 이런저런 생각을 하고 있을 때, 발해인의 말이 이어졌다.

발해를 멸망시킨 것이 자신이라는 과거를 떠올리는 순간 발해인의 눈빛이 광기에 물들기 시작했지만, 그의 시선이 호수쪽을 향해 있었기에 묵향은 그것을 보지 못하고 말았다.

『정말 아름다운 광경이지 않은가? 끝을 알 수 없는 깊은 호수……. 하지만 원래부터 이런 호수가 있었던 것은 아니었다네. 예전에는 이곳에 만년설만이 덮여 있었지. 이 호수는 백두산이 대폭발을 일으키며, 요동과 만주일대를 초토화시킨 후에 만들어진 것이지.』

과거를 회상하는 듯한 말이 계속될수록 그의 눈에서 뿜어져 나오는 광기는 점점 더 강해지고 있었다. 이미 자신의 감정을 통제하지 못하고 있는 발해인. 그의 음성은 분노에 가득 차 가늘게 떨리고 있었다.

『수십 척에 달하는 화산재가 쌓인 상황에서는 농사는 물론이고, 가축을 키우는 것조차 불가능했지. 아무리 강대한 제국이라 해도 무너지는 것은 한순간이었다네.』

『그렇다면 그것을 기회로 반란이라도 일으키신 겁니까?』

묵향의 질문에 사내는 갑자기 미친 듯 웃음을 터뜨렸다. 왠지 허탈하면서도 서글픈 느낌의 부자연스런 웃음소리. 그는 한참 동안 웃음을 터트리다 갑자기 정색을 하며 중얼거렸다.

『생각해 보니 그렇게 받아들일 수도 있겠구먼. 하지만 그건 아닐세. 내가 발해를 멸했다는 건, 그런 뜻이 아니라 화산을 내가 터뜨렸다는 것이었다네.」

그 말을 묵향은 믿기 힘들었다.

「화산을 터뜨리셨다구요?」

「나는 오랫동안 풀리지 않고 있던 벽을 넘기 위해 이곳에서 매일 목욕재개를 하며 수련에 힘쓰고 있었지. 성산(聖山)으로 추앙받는 이곳이야말로 몸과 마음에 쌓인 묵은 때를 벗어버리기에 최적의 장소가 아니겠는가. 그러던 어느 날, 어떻게 된 것인지 모르겠지만 한순간에 모든 게 이뤄져 버렸다네. 온 몸에 쌓여있던 탁한 기운이 일순간에 빠져나가는 것 같았지. 그 사이에 얼마나 많은 시간이 흘렀는지는 알 수 없다네. 그저 내가 기억하는 것은, 눈을 떴을 때 내 눈앞에 화염지옥이 펼쳐져 있었다는 것뿐.」

정말이지 황당한 말이 아닐 수 없었다. 묵향이 아연한 표정을 감추지 못하고 있을 때, 발해인은 천천히 몸을 일으키며 말을 이었다.

「조국을 멸망시킨 죄인이 무슨 염치로 후인들을 양성하겠는가. 그래서 나는 발해의 무공을 12조각으로 나눠 요동 벌판 여기저기에 안배해 놨다네. 혹, 그것이 후배들이 성장함에 있어서 약간의 도움이라도 되지 않을까 싶어서 말일세.」

「지역을 잘못 선택하셨군요. 동이족이 거주하는 곳은 요동이 아니라, 더 아래쪽인 반도(半島)입니다. 그들은 고려라는 나라를 세우고······.」

하지만 묵향의 말은 더 이상 이어지지 못했다. 발해인이 냉소적인 목소리로 그의 말을 끊었기 때문이다.

『고려 따위가 어찌 내 조국이 될 수 있단 말이냐! 놈들은 되놈들과 야합하여 대고구려 제국을 멸망시킨 역적들의 후손일 뿐이다. 그런 쓰레기들에게 대발해의 정기가 이어지게 할 수는 없는 노릇이지.』

발해인은 싸늘한 눈빛을 묵향에게로 던지며 말을 이었다.

『물론 그 정기가 되놈 따위에게 이어지는 것은 더더욱 안 될 말이지. 네 자질이 뛰어나다만, 결코 탐해서는 안 될 보물을 지니고 있는 게 네놈의 죄다. 발해의 무공을 익히게 된 네 자신의 운명을 저주하거라.』

묵향으로서는 억울한 노릇이었다. 북명신공은 익히지는 못하고, 겨우 참고만 했을 뿐이다. 비급에 기록된 내용 자체가 워낙에 빠진 부분들이 많았기에, 그것만을 가지고 무공을 익힐 수 있다는 건 절대적으로 불가능한 일이었다. 오죽했으면 북명신공의 몇몇 부분만으로 뇌전신공이나 화염신공으로 개악하는 짓까지 저질러야 했을까. 하지만 광기에 이글거리는 발해인의 눈빛을 봤을 때, 자신의 변명이 먹혀 들어갈 리가 없었다. 어쩔 수 없이 싸우는 수밖에.

묵향은 천천히 발해인과 자신과의 거리를 쟀다. 그때까지 묵향의 얼굴에는 전의가 전혀 느껴지지 않았다.

『억지가 너무 심하십니다. 저는 오랑캐 따위가 만든 무공은 익힌 적이 없습니다.』

『오, 오랑캐 따위?』

묵향의 도발이 제대로 먹힌 모양이었다. 발해인이 분노를 터뜨린 그 순간, 묵향의 몸이 엄청난 속도로 움직였다. 너무나도 빨리 움직였기에, 잠시 잔상이 그 자리에 남아있어 상대가 방어하기에 곤란하게 만드는 절정에 달한 이형환위의 수법이었다. 묵향의 허리에서 뽑힌 검이 무시무시한 파동을 일으키며 발해인을 휩쓸어갔다.

『허허, 역시 되놈들의 속은 음흉하기 짝이 없구나. 혹시나 하여 제대로 된 대화를 나누려고 했던 게 내 잘못이로다. 하기야, 처음부터 기대도 하지 않았던 게 사실이기는 하지만……. 그래도 입맛이 씁쓸하구나.』

검의 궤적에서 벗어난, 먼 곳에서 들려오는 목소리에 묵향의 눈이 경악으로 부릅떠졌다. 발해인이 어떻게 자신의 공격권에서 빠져나갔는지 보지도 못했다. 검이 허공을 벤 것 같은 느낌이 들어, 처음에 예상한 것보다 훨씬 더 공격권을 넓혔음에도 발해인의 옷깃조차 베지 못한 것이다.

『헛소리하지 마라. 처음부터 대화 따위는 할 생각도 없었으면서. 어차피 나와 싸울 생각이었잖아? 점잖은 척, 개소리하지 말고 칼을 뽑아라.』

자신을 다잡기 위해 오히려 더욱 강경한 어조로 상대를 도발하는 묵향. 발해인이 감정 조절을 제대로 못하는 것을 잘만 이용한다면, 어쩌면 기회가 올지 모르기에 계속 도발을 하고 있는 것이다.

『이런 씹어 먹어도 시원찮을 놈이!』

순간 무시무시한 분노를 표출하는 발해인에게서 뿜어져 나오는 살기가 너무나도 강했기에, 묵향 같은 초고수도 마음 한편이 위축되는 것을 느꼈다. 그럴수록 묵향은 검을 꽉 움켜쥐었다.

묵혼검이 부서진 후, 새롭게 장만한 검이다. 보검 축에 들어가는 좋은 검이기는 했지만, 과거 그가 쓰던 묵혼검에 비한다면 훨씬 뒤떨어지는 것은 사실이다. 교주의 위신에 어울릴 정도의 보검이라는 소리를 들을만한 검이기는 해도, 알맹이보다는 껍데기에 좀 더 신경을 쓴 검이라는 게 문제였다.

묵향은 차라리 교주의 신물인 화룡도(火龍刀)를 차고 나왔으면 좋았을 텐데, 하는 후회마저 들었다. 실력 차가 존재하는 만큼, 무기로라도 덕을 볼 수 있는 방법도 괜찮았으니까.

비록 묵혼검에 비한다면 허접한 검이기는 했지만, 그래도 없는 것보다는 낫다. 검을 쥐고 적을 겨누고 있자니 마음속 깊은 곳에서 끈적끈적하게 솟아오르고 있던 공포감이 서서히 사라져 간다. 지금까지 자신에게 이 정도의 공포감을 느끼게 했던 인물이 과연 누가 있었던가? 묵향은 검의 손잡이를 꽉 움켜잡으며, 이를 악물었다.

'그래, 나는 할 수 있어. 꿈속에서조차도 이런 기회가 찾아오기만을 기다렸었잖아.'

더 높은 경지로 올라설 수 있는 깨달음. 그 깨달음은 대부분 생(生)과 사(死)가 갈리는 찰나의 순간에 찾아온다. 발해인은 생사결을 나누기에 충분하고도, 넘치는 인물이었다. 사실대로 말하자면 너무 넘치는 게 문제였지만…….

묵향은 온 몸의 기를 끌어올렸다. 전신이 터져나갈 듯 팽창했다. 그의 검은 마치 불길이 활활 타오르는 듯 검강으로 이글거리고 있었다. 무시무시한 모습이었지만, 그를 바라보는 발해인의 표정에는 그 어떤 감정도 실려 있지 않았다. 그저 두 눈만이 광기로 번들거리고 있을 뿐.

『죽어랏!』

번쩍 하는 순간, 묵향의 몸은 이미 발해인의 앞에 도착해 있었다. 그리고 그의 검은 엄청난 강기를 흩뿌리며 적의 요혈을 향해 치고 들어가고 있었다. 바야흐로 최강의 고수들끼리의 결전이 시작된 것이다.

* * *

장백산을 물어물어 찾아가며 단거리 공간이동을 하고 있는 아르티어스. 달려가는 것에 비한다면 비교가 불가능할 정도로 엄청난 속도임에는 틀림없었지만, 마나의 소모에 있어서는 그 야말로 '삽질'이라는 표현이 맞을 정도로 미친 짓임에 틀림없었다. 아르티어스가 지금 이렇게까지 무리를 하고 있는 이유는 단 하나였다. 아들놈이 너무나도 보고 싶었기 때문이다. 만나기 힘들면 힘들수록, 더욱 보고 싶어지는 것과 같은 이치이리라. 물론 자신을 버리고, 홀로서기를 해버릴지도 모른다는 불안감도 살짝 있었고.

이렇게 죽어라 공간이동을 하고 있는 아르티어스의 앞쪽 어딘가에서 갑자기 엄청난 마나의 파동이 느껴졌다.

"오잉, 여기에도 드래곤이 사나……?"

드래곤이 이 세계에서 살고 있을 리가 없다. 만약 살고 있었다면 아르티어스가 이 세계에 도착함과 동시에, 그가 찾아왔을 것이다. 드래곤이 자신의 존재감을 의도적으로 숨기지 않는 한,

다른 드래곤들이 그것을 느낄 수 있었으니까. 그만큼 드래곤의 존재감은 강했던 것이다.

그런데 아르티어스가 드래곤이라는 착각을 불러일으킬 만큼의 존재들이 저 먼 곳에서 싸우고 있었다. 이때, 아르티어스는 그 강력한 존재감에 가려져 있는 미약한 존재감을 느낄 수 있었다.

"안 돼!"

아르티어스는 자신도 모르게 비명을 지를 수밖에 없었다. 그 존재감은 바로 아들놈의 것이었으니까. 아마도 아들놈은 저 앞 어딘가에서 엄청나게 강한 존재와 싸우고 있음에 틀림없었다.

아르티어스는 엄청난 마나가 느껴진 그 위치를 목표로 삼아, 곧바로 장거리 공간이동을 감행했다. 위험하기는 했지만, 이건 지금 그가 선택할 수 있는 최선의 방법이었다. 왜냐하면 엄청난 존재감으로 미뤄봤을 때, 자신의 아들놈은 도저히 상대가 되지 않았기 때문이다.

'빌어먹을! 아무리 싸우고 싶다고 해도, 상대를 좀 가려가면서 싸워야지!'

묵향과 발해인의 싸움이 진행되고 있는 하늘 위로 아르티어스가 모습을 드러냈다. 시작은 어땠는지 모르지만 아르티어스가 도착했을 때쯤에는, 이미 싸움이라고 부를 수도 없는 상황에까지 치닫고 있었다.

입으로 검붉은 핏줄기를 뿜으며 튕겨져 날아가고 있는 묵향. 그의 손에는 겨우 두 치 정도의 길이밖에 남아있지 않은 검이 들려있었다. 방금 전까지만 해도 그 검에서는 강맹한 검강이 줄

기줄기 뿜어져 나왔었지만, 지금은 그 어떤 기운도 느껴지지 않았다.
　아들과 싸우고 있는 상대가 강하다는 것은 이미 짐작하고 있었다. 하지만 아들이 이토록 일방적으로 박살나고 있는 중일 거라고는 상상도 하지 못했던 아르티어스였다.
　"아들아!"
　묵향을 부르는 순간, 아르티어스는 날아가는 아들과의 거리를 급격히 좁히고 있는 호비트 한 마리를 발견했다.
　"이익! 라이트닝 볼…, 안 돼!"
　그놈을 향해 마법을 시전하려던 아르티어스는 이미 늦었다는 것을 깨닫고, 비명을 질렀다. 육안으로 포착하기도 힘들 정도로, 빠른 속도로 접근해 들어가는 상대. 그의 검이 화려한 궤적을 그리며 움직인 순간, 묵향의 몸은 수십 토막으로 잘려 사방으로 터져나갔다.
　"크아아악! 안돼!"
　사방에 흩뿌려진 시뻘건 피와 육편들, 그 모습을 바라보며 아르티어스는 오열했다. 자신이 조금만 더 일찍 왔다면, 그랬다면 아들을 살릴 수 있었을 텐데. 왜 그렇게까지 불안했고, 아들놈을 만나기 위해 서두르고 싶었는지 이제야 알 것만 같았다.
　"이렇게 죽다니…, 이렇게……. 아냐! 이렇게 허무하게 널 보낼 수는 없어. 이렇게는. 아들아! 내가 무슨 댓가를 치르더라도 반드시 너를 살려낼 테다. 아버지는 그렇게 보내드릴 수밖에 없었지만, 너는……."
　그때 멍하니 중얼거리던 아르티어스의 뇌리를 번쩍 하고 스치는 것이 있었다. 그건 아들놈을 되살리려면, 영혼이 있어야 한다는 사실이었다. 영혼을 확보하지 못한다면, 무슨 짓을 하더라도 살려낼 수가 없다. 물론 신화나 전설에서는 죽음의 강을 건너가서 영혼을 데려오기도 했지만, 사실 그건 불가능했다. 살아있는 생명체는 절대로 영계(靈界)로 들어갈 수 없으니까.

아르티어스는 황급히 품속을 뒤졌다. 영혼을 담을 만한 그릇 같은 게 있나 찾기 위해서였다. 이때 그의 손에 술병 하나가 잡혔다. 급히 술병을 꺼낸 아르티어스는 마개를 열고 내용물을 쏟아버렸다. 그런 다음 그 병을 들고 뭔가 주문을 외우기 시작했다.

아들놈의 육체를 이탈하여 영계로 날아가려는 영혼을 붙잡으려는 것이다. 하지만 영적인 부분은 드래곤의 전공이 아니었고, 설상가상으로 아르티어스는 그쪽 방면으로는 관심조차 없어서 공부한 것도 거의 없었다. 그렇기에 그는 급한 김에 유령과 같은 정신체 몬스터들을 제압하는 마법을 시전했다.

고오오오오…….

그 순간 하늘 위에서 흰 빛이 뿜어져 나오더니 점점 한곳에 집중되며 더욱 밝아졌다. 아르티어스의 마음은 급했다. 유령이 이 마법을 당하면 고통에 찬 소름끼치는 비명을 질러댔겠지만, 지금 아들의 영혼은 그것조차 하지 못하고 있다. 더 이상 영혼에 피해를 입히기 전에 봉인해야만 했다.

아르티어스의 인도에 따라 밝은 빛을 뿜어내는 구체는 빠른 속도로 날아와 곧바로 술병 안으로 쏙 들어갔다. 그와 동시에 아르티어스는 영혼이 빠져나가지 못하도록 다섯 겹의 결계를 친 다음, 방금 전에 영혼을 제압하는 데 사용했던 마법을 해제했다. 겨우 아들놈의 영혼을 봉인하는데 성공을 하긴 했지만, 아르티어스는 걱정 때문에 정신이 하나도 없었다. 방금 전의 그 마법으로 인해 영혼이 너무 큰 손상을 입은 건 아닌지 걱정이 되었기 때문이다.

"젠장, 정신계쪽 마법도 좀 배워놓을 걸. 그런 건 절대로 쓸 일이 없다며 등한시 했더니, 결국 이 꼴이 되는군."

자신이 배운 정신계쪽 마법이라고는, 예전에 아버지의 강압으로 인해 익힌 몇 가지 정도가 전부였다. 하지만 그 마법들은 이런 목적에 사용하는 게 아니다 보니, 아르티어스로서는 미치고 팔짝 뛸 노릇인 것이다.

이런 아르티어스의 모습을 흥미진진한 눈길로 바라보고 있는 인물. 그는 바로 묵향을 이 지경으로 만든 발해인이었다.

「허~, 오늘은 정말 운이 좋은 날이로군. 내가 어제 무슨 꿈을 꿨더라? 되놈들은 대가리 수만 많은 멍충이들이라고 지금껏 생각하고 있었건만, 오늘에야 그 생각이 잘못되었다는 것을 알겠구나. 이렇게 굉장한 고수를 보게 되다니…….」

그렇다. 그가 놀라고 있는 것은 방금 전에 자신과 대결했던 인물보다 더 뛰어난 인물이 나타났다는 데 있었다. 시대를 초월한 강자가 한 명도 아니고, 두 명씩이나 존재할 줄이야. 그것도 그 둘이 서로 알고 지내는 사이일 수도 있다는 것은 생각도 해본 적이 없었던 그였다. 절대의 경지에 올라선 이후, 그는 지금껏 고독에 파묻혀 살아왔으니까. 절대자와 친하게 지낼 수 있는 것은, 상대 역시 절대자일 수밖에 없다. 그렇지 않다면 그의 수하가 되거나, 아니면 서로 죽고 죽이는 원수가 될 뿐이다. 수준이 엇비슷하면 친구가 될 수 있지 않느냐고? 그것은 말도 안 되는 생각이다. 한 산에 호랑이가 결코 둘씩이나 존재할 수는 없는 법이니까.

『이제 다 끝났느냐?』

회한에 젖어 있던 아르티어스는 뒤에서 들려오는 목소리에 고개를 돌렸다. 그곳에는 아들을 이 지경으로 만든 놈이 서 있었다. 자신이 아들놈의 영혼에 정신을 팔고 있는 틈을 이용해 도망쳐도 쫓아가서 죽일지 말지 고심할 판에, 감히 저토록 오만한 눈빛으로 서 있다니.

『하는 행동으로 보아 술사(術士)인 듯 한데, 방금 전 뿜어져 나온 엄청난 기운으로 짐작해 본다면, 너 또한 보통은 넘어가는 인물임에 틀림없을 터. 오늘은 정말 운이 좋은 날이로구나. 자, 준비하거라. 그 정도는 기다려 줄 테니까.』

물론 그가 한 발해의 언어를 아르티어스가 알아들을 리 만무했다. 하지만 그가 말하고자 하는 뜻은 명확히 전달되었다. 도망치지 않고, 가만히 서 있다는 것 하나만으로도 상대가 무슨 생각을 하고 있는지는 뻔했으니까.

"크흐홋, 감히 도망치지도 않고 나에게 시비를 걸다니. 하기야, 네놈을 살려줄 생각도 없었다. 목숨에 대한 댓가는 목숨이니까."

순간, 아르티어스의 몸에서 강렬한 빛이 뿜어져 나오기 시작했다.

고오오오…….

너무 오랜 세월을 살아왔기에 이제는 삶이라는 것에 대해 염증까지 느끼고 있던 발해인. 그는 이 세상에서 무감각해진 자신에게 더 이상 놀라움을 줄만한 것은 없다고 생각해 왔었다. 하지만 그런 그조차도 사람이 거대한 황금빛 괴물로 변하는 모습을 보며 기절초풍하지 않을 수 없었다. 설마하니 사람이 서책에서만 봤던 용과 같은 영물로 변하는 모습을 현실에서 보게 될 줄이야……. 덕분에 아르티어스는 드래곤으로의 현신을 안전하게 완료할 수 있었다.

난생 처음 보는 거대한 황금빛 괴물. 마치 무사가 두꺼운 금속갑옷을 입은 것처럼, 황금색의 철갑을 온몸에 두른 듯이 보인다. 전설상의 용에 비해서 훨씬 더 위압적인 형상을 하고 있다.

『용인가?』

발해인은 도저히 믿어지지 않는다는 듯 멍하니 아르티어스의 본체를 바라봤다.

『허허, 지금까지 들었던 것과는 완전히 다르게 생겼군.』

드래곤의 모습으로 돌아간 아르티어스는 곧바로 발해인을 향해 일격을 날리려다가 생각을 고쳐먹었다. 손에 영혼을 담은 술병을 쥐고 있다는 것을 깨달았기 때문이다. 드래곤의 커다란 손에 비한다면, 술병의 크기는 너무나도 작았다. 꼭 쥐고 있다고 해도, 어디로 새어 나가버릴지 알 수가 없을 정도로.

아르티어스가 주문을 외우자, 타이탄들이 드나드는 곳 같은 공간의 빈틈이 생겨났다. 공간의 빈틈은 장시간 물건을 저장하는 데는 문제가 많지만, 싸움이 끝날 동안 보관하는 것 정도야 문제될 게 없었다.

아르티어스는 공간의 빈틈에 술병을 던져 넣은 다음, 묵향의 육편 조각도 함께 넣었다. 육체를 재구성하는데, 혹시나 아들의 육편이 필요할지도 몰랐기에 그렇게 한 것이다. 공간의 빈틈은 차원이 틀린 세계이기에, 넣어둔 물체가 부패하거나 썩지 않는다. 그렇다 보니 이런 목적으로 쓰기에는 안성맞춤이라고 할 수 있었다.

쿠오오오오~~!!
드래곤 로어(Dragon Roar).
드래곤의 포효소리는 모든 생명체에게 두려움을 안겨준다. 드래곤의 포효소리 한 번에 아예 굳어서 움직이지도 못하고 식은땀만 삐질거리는 게 거의 모든 생명체의 공통사항이었다. 하지만 발해인은 오히려 전의를 다지며 허공으로 뛰어올랐다. 그에게 드래곤의 포효소리 따위는 전혀 영향을 미치지 못했던 것이다.

드래곤 로어를 견뎌냈다고 하더라도, 결국은 그도 인간이었다. 인간으로서 무공이 최고봉의 위치에 올라섰다고 하지만, 드래곤이 지닌 무시무시한 공격력에 비한다면 어른과 어린애의 격차보다도 더욱 심할 거라 생각했다. 그래서 아르티어스는 손쉽게 놈을 죽여 아들놈의 원수를 갚을 수 있을 거라고 판단했다. 하지만 곧이어 그게 완전한 착각이라는 것을 깨달았다.

지금까지 아르티어스는 같은 드래곤과 싸운 적도 있었고, 타이탄과 싸워본 적도 있었다. 하지만 맹세코 이렇게 맨몸으로 덤벼드는 사람과 일대일로 싸운 것은 이번이 처음이었다. 원수

같은 호비트놈은 드래곤이나 타이탄에 비교할 수 없을 정도로 작았지만, 대신 눈으로 쫓기도 힘들 정도로 엄청난 속도로 움직였다.

〈이런, 빌어먹을!〉

호비트 따위가 아무리 강하다고 해도 한 방이면 끝이라고 생각했던 아르티어스였지만, 그는 곧이어 그게 결코 쉬운 일이 아니라는 것을 직감했다. 호비트는 엄청나게 빠른 속도로 움직이는데다, 덩치마저 작다 보니, 공격을 퍼부어도 맞추기조차 힘들었다.

눈알이 핑핑 돌 만큼 빠르게 움직이던 호비트가 갑자기 아르티어스의 몸에 바짝 붙어서는 공격을 퍼붓기 시작했다. 녀석이 뽑아든 거무틱틱한 광택을 띤 검은 표면이 매끄럽지 못하고 우둘투둘했다. 그것은 검 날도 마찬가지였다. 마치 대장간에서 만들다가 실패해서 버린 듯한 검을 들고 나온 것처럼 보였다.

하지만 이 흑묵검이 호사가들이 중원 최고의 검으로 꼽는 보검이라는 사실을 아르티어스는 상상조차 하지 못했다. 검의 표면이 매끄럽지 못한 것은, 워낙에 검이 단단해서 더 이상 가공할 방도를 찾아내지 못했기에 그렇게 된 것이다. 흑묵검은 10년 이상을 숫돌에 갈았는데도 불구하고, 전혀 갈리지 않았다고 전해질 정도의 전설적인 보검이었다. 강기를 이용하여 검의 파괴력을 높일 수 있는 상승의 검술을 익힌 검객에게 있어서 흑묵검은 최고의 동반자였던 것이다.

순식간에 품속으로 파고 들어 공격을 퍼붓는 발해인. 워낙에 가깝게 접근해 있다 보니, 공격하기도 용이하지 않았다. 손과

발을 이용해서 버둥거려 보았지만, 워낙에 재빨라서 녀석의 움직임을 따라잡기도 힘들었다. 즉, 놈은 아르티어스의 거대한 몸체를 방패막이로 쓰고 있었던 것이다. 그러다가 찰나의 빈틈이라도 찾아내면 곧장 황금빛 몸체에 검을 휘둘러댔다.

슈슈슈슉!

묵향과 지내면서 외갑(外甲)에 마나를 집어넣어 강화하는 비법을 깨닫지 못했다면, 초전에 아르티어스가 도리어 목숨을 잃었을지도 모를 만큼 놈의 공격은 치명적이었다. 하지만 그런 발해인의 무시무시한 공격을 아르티어스는 버텨냈다. 마나를 받아들여 더욱 강화된 그의 외갑으로.

〈크아악! 이런 망할 자식! 좀 떨어져라.〉

드래곤처럼 덩치가 크면서, 강력한 화력을 가진 존재들은 근접전투를 선호하지 않는다. 적과 적당한 거리를 둔 상태에서, 무지막지한 화력을 퍼붓는 싸움에 익숙했다.

물론 아르티어스는 드래곤치고는 근접전투 경험이 많은 편이기는 했다. 하지만 이토록 빠르게 움직이며, 몸 가깝게 다가오는 적과 싸운 적은 단 한 번도 없었다. 슬로우 마법까지 걸어봤지만, 놈의 움직임은 전혀 느려지지 않았다.

개가 벼룩을 상대하기 어렵듯, 그렇게 아르티어스는 속수무책으로 당할 수밖에 없었다. 하지만 쉽게 무너질 아르티어스가 아니었다. 실전 경험이라면 그도 과할 정도로 쌓은 드래곤이었으니까.

짜증이 머리끝까지 치밀어 오른 아르티어스는 곧장 하늘 저 위쪽으로 공간이동을 시도했다. 우선 놈과 거리를 둘 필요가 있었던 것이다. 날개로 날아오르는 것도 한 방법이기는 했지만, 그는 그렇게 하지 않았다. 날개는 상대적으로 매우 취약한 부분이었고, 놈의 능력이라면 쉽사리 찢어발길 수 있다는 것을 감안했던 것이다.

공간이동을 하고 보니 놈과의 거리는 무려 2킬로미터. 이 정도라면 느긋하게 브레스를 준비해서 내뿜을 수 있는 거리였다. 목표는 저 밑에 있는 호비트 놈. 산만한 덩치의 드래곤이 갑자기 눈앞에서 사라져 버리자 당황해서는 주위를 두리번거리고 있는 중이다.

회심의 미소를 지으며 숨을 깊이 들이마시기 시작하던 아르티어스의 인상이 팍 일그러졌다. 갑자기 사라진 용이 어디로 갔는지 찾지 못해 두리번거리던 발해인과 시선이 마주쳤던 것이다. 하늘 저 멀리 떠있는 황금빛 용을 발견한 그의 입꼬리가 살짝 말린다. 즐거운 모양이다.

『훗, 도망갔다는 게 겨우 거기냐?』

가소롭다는 듯 비웃음을 짓는 발해인. 곧이어 그의 몸이 하늘 위로 쏜살처럼 날아올랐다.

날아오르는 상대가 방향 전환을 하지 못한다면 몰라도, 그렇지 않다면 브레스가 먹혀들 리가 없다. 브레스를 쏨과 동시에 방향 전환을 하여 피할 수 있기 때문이다. 그것을 잘 아는 아르티어스였기에 브레스를 내뿜는 것을 일단 포기했다. 3번밖에 쏘지 못하는 만큼, 최대한 아껴둘 필요가 있었던 것이다.

아르티어스는 놈이 하늘을 나는 상태에서, 방향 전환이 얼마나 자유로운지를 우선 시험하기 위해 마법공격을 시작했다. 놈이 방향 전환을 못하고 직선으로 날아온다면 그 마법을 몽땅 다 뒤집어 쓸 수밖에 없을 것이고, 그렇다면 후속타로 브레스를 먹여줄 생각이었다.

고오오오, 슈슈슉!

하지만 놀랍게도 놈은 마치 미꾸라지처럼 요리조리 움직이며 아르티어스의 마법공격들을 모두 피해냈다. 지상에서처럼 공중에서도 놈의 기동력은 발군이었던 것이다.

〈허어, 호비트 따위가 저럴 수 있다니! 하기야 저 정도 실력이니, 아들 녀석이 그렇게 된 거겠지만…….〉

발해인과의 거리는 순식간에 좁혀들었고, 결국 아르티어스는 다시 한 번 공간이동을 할 수밖에 없었다. 놈과의 근접전은 자신이 압도적으로 불리했기에 어쩔 수 없는 선택이었다.

그 이후, 한동안은 똑같은 방식의 전투가 계속되었다. 적과의 거리를 벌리기 위해 10킬로미터 정도 공간이동 한 후, 그곳에서 엄청난 마법공격을 퍼붓는다. 그러다가 적이 가깝게 접근하면 또다시 공간이동……. 마법에 능한 드래곤들이 흔히 쓰는 공격 방식이기는 했지만, 가장 큰 문제는 마나의 소비가 너무 크다는 점이었다.

저렇게 기동력이 뛰어난 적을 상대로 공방전을 펼칠 때는 정령왕을 불러내어 함께 싸우는 게 최선의 방법이었지만, 아쉽게도 이곳에서는 정령왕을 소환할 수가 없었다. 목표를 추격하여 타격하는 계통의 마법들은 화력이 약해 놈의 방어막을 뚫을 수가 없었고, 강한 마법은 미꾸라지처럼 피해버리니 미치고 팔짝 뛸 지경인 것이다.

물론 그건 상대 쪽도 마찬가지일 것이다. 실컷 쥐어터지며 거리를 좁히면 갑자기 뿅 하고는 사라졌다가 멀찍이 떨어진 거리에서 모습을 드러내니 말이다. 상대가 너무나도 얄미워 머리통 위에서 김이 뿜어져 나오지 않는 게 신기한 지경일 것이다.

쫓고 쫓기는 추격전이 끝나갈 조짐을 보이기 시작한 것은, 아르티어스가 드래곤 하트 속에 보유하고 있던 마나의 양이 별로 남지 않았다는 것을 자각한 다음부터였다. 본체인 상태를 유지한 채 계속된 공간이동이 그의 예상보다 더욱 심한 마나의 소모를 유발했던 것이다.

마나의 소모를 걱정한 아르티어스가 멈칫한 그 순간, 발해인은 아르티어스의 몸 가까이 접근하는데 성공했다.

퍼퍼퍼펑!

그와 동시에 쏟아진 가공할 만한 공격. 드래곤의 몸에서 1장(약 3미터)도 안 되는 거리를 유지한 채 요리조리 움직이며 막강한 공격을 퍼붓는다. 거리가 너무 가깝다 보니 아르티어스로서는 상대를 공격할 수단이 딱히 마땅치 않았다. 강한 마법을 사용하기에는 거리가 너무 가까웠고, 또 너무 빨리 움직였다. 자신이 쏜 마법의 대부분이 자신의 몸에 명중하는 수모를 당한 아르티어스는 짜증이 머리끝까지 치솟았다. 그렇다고 체격이 작은 호비트로 변신할 수도 없는 노릇이었다. 한칼에 목이 떨어져 나갈 우려가 있었으니까.

〈젠장! 젠장! 정말 미치겠구만!!〉

상대가 이제는 목까지 타고 올라와 자신의 목에 칼질을 해대려고 하는 것을 보자 아르티어스는 어쩔 수 없이 또다시 공간이동을 하는 수밖에 없었다. 발해인과 10여 킬로미터쯤 떨어진 허공 위에서 모습을 드러내는 아르티어스. 드래곤 하트 속에 들어있는 마나도 거의 없어졌고, 놈을 공격할 방법도 마땅치 않다.

'저놈이 드래곤쯤 되는 크기였다면, 이렇게까지 상대하기가 힘들지는 않았을 텐데⋯⋯.'

상황이 여의치는 않았지만 이대로 물러설 수는 없다. 호비트 따위에게 쫓겨서 도망친다는 게 싫었다. 더군다나 놈은 아들을 살해한 원수이지 않은가.

이때 문득 아르티어스의 눈에 하늘을 날고 있는 새들이 보였다. 공간이동을 할 때마다, 주위를 나는 새들을 관찰하는 것은 필수적인 사항이었다. 만약 새떼 사이로 공간이동하는 날에는 자신이 아무리 드래곤이라고 할지라도 그날이 바로 자신의 제삿날이 될 가능성이 컸으니까.

'공간 충돌?'

그 순간 아르티어스의 머리를 스치고 지나가는 기가 막힌 착상. 그것은 바로 공간이동으로 인해 야기되는 최악의 사태인 공간 충돌이었다.

방법이 생각나자마자 자신을 향해 무시무시한 속도로 거리를 좁혀오는 녀석을 대상으로 아르티어스는 공간이동 마법을 시행했다.

'대상은 저놈. 목적지는 바로 저곳!'

주문을 외우자 곧바로 마나가 발해인을 감쌌다.

만약 이곳이 아르티어스가 태어났던 세계였고, 저놈이 그곳에서 살고 있는 토종 호비트였다면 이런 간단한 함정에 빠질 가능성은 거의 없었다. 하지만 상대는 마법이 뭔지도 모르는, 마법 쪽으로는 애송이가 아닌가.
　상대는 지금까지 그래왔듯, 강한 위력을 지니고 있는 것 같이 느껴지는 마법은 피하고, 약한 것 같은 공격은 자신의 몸을 감싸고 있는 강력한 방어막으로 버텼다. 그렇게 했기에 아르티어스가 뿜어낸 그 엄청난 화력에도 불구하고, 거의 피해를 받지 않고 지금까지 올 수 있었던 것이다. 하지만 지금 그런 방법이 그의 생명을 옭죄고 있었다. 아르티어스가 시전한 것은 공격마법이 아니라, 공간이동 마법이었으니까.
　아르티어스를 향해 날아오던 발해인의 몸에서 일순 희뿌연 빛이 뿜어나오는 듯 하더니 한순간에 사라져 버렸다.
　꽈꽈꽈꽈꽝!
　그리고 그와 동시에 천지연 안에서 거대한 폭발이 일어났다. 아르티어스는 자신이 아닌, 발해인에게 공간이동 마법을 걸어 천지연 안에다가 날려버린 것이다. 그 결과 발해인의 몸은 천지연 속으로 공간이동 되었고, 이미 그곳을 채우고 있던 물과 공간 충돌을 일으켰던 것이다.
　이런 경우는 드래곤이라고 해도 살아남기 힘들었다.
　〈휴우, 호비트 한 마리 해치우는 게 이렇게 힘들어서야…….〉
　아르티어스는 안도의 한숨을 내쉬지 않을 수 없었다.

　싸움이 끝난 후, 아르티어스의 몸 여기저기는 크고 작은 상처들로 가득했다. 아마 브로마네스가 자신을 봤다면, 에이션트급 드래곤과 사생결단을 낸 줄 알았을 것이다. 그만큼 놈이 안긴 상처는 깊은 것이었다.

"허어……."

겨우 승리를 쟁취하기는 했지만, 이번 싸움으로 인해 아르티어스는 호비트라는 존재에 대한 평가를 전면 수정하지 않을 수 없었다. 수련이라는 것을 통해 드래곤인 자신을 이토록 힘들게 만들 수 있다니. 그것도 타이탄 같은 마법병기를 동원한 것도 아니고, 순수하게 수련으로 이룩한 힘만으로…….

"육체라는 것이 단련하기에 따라서 얼마나 무궁무진하게 발전할 수 있는지 한수 배운 것 같군."

하지만 감탄이나 하고 있을 시간적 여유가 없었다. 그의 몸 상태는 이미 엉망진창이라, 어딘가 처박혀서 잠이나 자며 몸부터 회복하고 싶은 마음이 간절했다. 하지만 그는 그럴 수가 없었다.

지금까지 그는 죽어버린 생명체를 되살려 보고 싶다는 생각은 단 한 번도 해본 적이 없었다. 그의 아버지 아르티엔이 죽었을 때도, 크게 슬프기는 했지만 그를 되살리고 싶다는 생각은 해본 적이 없다. 하지만 이번에는 달랐다. 자신이 그토록 사랑했던 다크를 되살리고 싶었다. 그 어떤 댓가를 치르더라도!

일단 사체의 일부는 물론이고, 영혼까지도 확보해 놨다. 하지만 그것들을 이용해서 어떻게 아들을 되살릴 수 있는지 그는 몰랐다. 영혼과 육체를 우선적으로 확보해 둔 것은 예전부터 주워들은 풍문에 그 뿌리를 두고 있었다.

드래곤은 본질적으로 삶을 연장하는 것에 대해 무관심했다. 아버지 아르티엔도 만약 자신의 마법력을 잘만 이용했다면 죽음에 이르지 않았을지도 몰랐고, 어쩌면 되살아났을지도 모른다. 하지만 아버지는 겸허하게 죽음을 받아들였다. 지겨울 정도로 긴 삶을 사는 드래곤에게 있어서 삶을 연장하는 것은 큰 의미가 없었기 때문이다.

일단 아르티어스는 자신이 살아왔던 세계로 돌아가기로 결정을 내렸다. 여기 있어봐야 아무것도 할 수가 없기 때문이다. 자신이 살아왔던 세계, 마법이 고도로 발달해 있는 그 세계가 아니라면 이미 죽어버린 다크를 되살릴 수 없다는 것을 직감적으로 느꼈던 것이다.

아르티어스는 우선 시공을 초월할 수 있는 거대한 마법진을 그렸다. 몇 번씩이나 되는 시행착오를 거치며 여기까지 넘어온 만큼, 이미 시공을 초월하는 것에 대해서는 어느 정도 요령을 터득한 상태였다. 시간이 촉박한 만큼, 실수는 용납되지 않는다.

마법진을 다 그린다음, 아르티어스는 인간의 몸체로 변신했다. 드래곤인 상태로 시공간을 초월하려면 너무나도 많은 에너지가 필요했기 때문이다. 에너지 절약을 위해, 가급적이면 덩치를 줄일 필요가 있었다.

밝은 빛이 뿜어져 나오다가 사라지는 순간, 그 자리에는 인간으로 변한 아르티어스가 모습을 드러냈다. 인간으로 변한 그의 몰골은 비참하기 짝이 없었다. 몸 여기저기에 난 크고 작은 상처들. 아르티어스는 인상을 찡그리며 회복마법을 시전했지만, 쉽게 낫지는 않았다. 왜냐하면 그 상처는 본체가 입은 것이었기에, 호비트를 치료하듯 그리 간단하게 치료될 성질의 상처가 아니었던 것이다.

트랜스포메이션 마법을 통해 모습을 바꾼다고 해서 상처가 없어지는 것은 아니다. 즉, 치명상을 입은 상태에서 다른 생명체로 모습을 바꾼다고 해서 죽음을 피해갈 수 없다는 말이다.
　아르티어스는 마법진의 중앙으로 걸음을 옮겼다. 그런 다음 공간의 빈틈을 열어 속에 보관해 뒀던 술병과 묵향의 육편 조각을 꺼냈다. 이 세계의 공간의 빈틈에 저장해 둔 물건을 저쪽 세계에서 꺼낼 수가 없기 때문이다.
　아르티어스는 공간이동 마법진을 구동시키기에 앞서, 새삼 주변을 한 바퀴 둘러봤다. 백두산 정상에서 아래쪽으로 보이는 광활한 경치. 예전에 살던 세계에 비해 경치가 그리 새로울 것은 없었지만, 자신의 생명까지 위협했을 정도의 존재가 이곳에 살고 있었다는 것만 해도 경이롭게 느껴지는 것도 사실이었다.
　"브로마네스가 이 얘기를 들으면 부러워서 죽으려고 하겠지? 흐흐훗."
　곧이어 마법진에 새겨진 룬 문자들이 빛을 내뿜기 시작하더니, 마법진의 중앙이 밝은 광휘에 휩싸여갔다. 그리고 그 빛이 사라졌을 때, 그곳에서 아르티어스의 모습은 더 이상 찾아볼 수 없었다.

*　　*　　*

　아르티어스에 의해 납치된 만통음제는 오늘도 진세의 끝자락이라고 생각되는 담벼락 앞에 앉아있었다. 그가 이곳에 와 있는 것은 거의 습관처럼 굳어져 버린 하루 일과 중 하나였다. 머릿속에 떠오르는 모든 탈출 방도들은 다 실행해 봤지만 단 하나도 성공하지 못했다. 그렇기에 그는 매일 이 자리에 앉아 멍하니 하늘과 땅을 바라보며 시간을 보내고 있는 중이었다.

점심을 밖에서 먹겠다며 나간 대인이라는 놈은 그날 이후 행방이 묘연했다. 처음 며칠 동안은 '어딘가 다녀올 데가 있어서 갔나?' 하고 생각했었다. 하지만 한 달째 돌아오지 않자, '그가 어딘가에서 죽어버린 거라면 어떻게 하지?' 하는 걱정에 잠을 설칠 지경이었다. 물론 말도 안 되는 걱정이라는 것을 그도 잘 알고 있었다. 중원에서도 손꼽히는 고수인 자신을 제압할 정도로 강한 놈이, 어딘가에서 객사를 했다니 지나가던 개가 웃을 일이 아닌가. 그렇게 내심 위안하면서도, 은근히 걱정이 되는 것도 사실이었다. 만약 그가 죽어버렸다면, 자신은 계속 이 저택 안에서 살아야 한다는 뜻이었으니까 말이다.

그런데 상황이 바뀌었다. 만통음제가 그렇게 생각하며 대인이라는 놈을 기다리고 있는 동안, 품삯을 받지 못한 하인 놈들이 몽땅 다 도망쳐 버린 것이다. 안 그래도 며칠 전부터 장원 안의 분위기가 뭔가 뒤숭숭한 것을 그도 느끼기는 했었다. 하지만 장원을 탈출하는데 온 정신이 팔려있었던 만통음제였기에, 그런 어수선한 움직임을 아예 외면해 버렸었다.

뭔가 이상하다는 것을 만통음제는 겨우 오늘 아침에야 알 수 있었다. 아침 식사를 가지고 왔어야 할 하인의 모습이 보이지 않았던 것이다. 장원 안을 뒤져보니 하인들의 모습이 하나도 보이지 않았다. 그 뿐만 아니라 하인들이 도망을 치면서 품삯을 대신해, 돈이 될 만한 것들과 그들이 들고 갈 수 있는 것들은 몽땅 다 들고 가버렸다. 당연히 창고 안에는 쌀 한 톨 남아있지 않은 상태였다.

"허어, 이렇게 죽게 될 줄이야."

외출을 하고 싶다면 뒷처리는 깔끔하게 해놓고 떠나야 할 게 아닌가. 남은 사람이 굶어죽게 만들다니.

"으아아아! 이 썩을 놈의 새끼. 나타나기만 해봐라. 죽여버릴 테다!"

분노에 찬 비명성을 터뜨리는 만통음제. 하지만 그는 모르고 있었다. 이미 아르티어스가 쳐놨던 마법진은 해제되어 버렸다는 것을.

대자연은 한 곳에 기(氣)가 집중되는 것을 싫어한다. 그렇기에 인위적으로 한 곳에 기를 집중시켜 놓는 것은 매우 힘들었고, 그 양이 많을수록 난이도 역시 더욱 올라갔다.

마법진 또한 그 법칙에서 예외는 아니었다. 그 때문에 단시간만 구동하고 소멸되는 마법진에 비해, 영구적으로 구동되는 마법진을 만드는 게 훨씬 더 힘든 것이다. 영구적으로 가동되는 마법진의 경우, 그 마법진이 유지되기 위한 마나를 공급해주는 또 다른 마법진이 존재해야 했기에 그 두 가지 마법진이 얽혀 더욱 복잡한 문양을 형성했기 때문이다.

아르티어스가 만통음제를 가둬두는데 사용한 마법진은 영구 마법진이 아니었다. 언제 장원을 버리고 떠날지 알 수도 없는 상황에서, 호비트 한 마리 가두기 위해 영구 마법진까지 설치한다는 것은 굉장히 귀찮은 일이었기 때문이다.

물론 그런 사실을 알 리 없는 만통음제야 환장을 하겠지만.

아르티어스가 생각했을 때, 그건 자신과는 전혀 상관없는 일이었다.

*　　*　　*

장백산에 무시무시한 고수가 살고 있다는 소식을 전해준 옥화무제. 놀랍게도 장백산에 살고 있다는 고수는 그녀에게 치명상을 가했을 뿐 아니라, 중원 최고의 고수로 추앙받던 묵향마저도 해치워 버렸다고 한다. 무림맹은 처음에는 그녀의 말을 믿지 못했지만, 옥화무제가 혈도의 파열로 인해 고통 속에 몸부림치다 죽자 그 말을 믿지 않을 수도 없었다.

그 이후, 무림은 발칵 뒤집혔다. 마교에서는 부교주를 중심으로 최정예 무사 집단이 장백산을 향해 달려갔고, 중원에서도 수많은 사람들이 장백산을 찾기에 이르렀다. 하지만 그들이 본 것은 천지가 개벽한 듯 처참하게 뭉개져 있는 격전의 흔적뿐이었다. 그 어디에도 교주나 발해인의 흔적이 발견되지는 않았지만, 옥화무제의 말대로 교주가 죽은 것은 확실해 보였다. 발해인이라면 몰라도, 교주가 몸을 숨길 이유는 없었으니까.

1년여 정도를 기다리며 사태의 추이를 관찰하던 맹주는, 이윽고 교주의 죽음을 선포했다. 그리고 그 사실을 황궁에도 알렸다. 교주를 원수같이 여기던 해공공에게 보낸 선물이었다. 하지만 그로 인해 대륙의 정세가 뒤흔들려 버렸다. 그 정보가 황궁에서 돌고 돌다가 몽골 쪽으로 새나갔던 것이다.

그 당시까지만 해도, 몽골과 송나라의 관계는 그리 나쁜 상태는 아니었다. 북진하던 유광세 대장군의 군세와 남하하던 몽골의 군세가 만난 후, 그들은 그쯤에서 평화조약을 체결했다. 유광세 대장군으로서도 금나라를 멸하고 파죽지세로 밀고 내려오던 몽골군과의 전면전은 커다란 부담이었던 것이다.

평화조약을 체결한 후, 테무진은 군세를 돌려 서역 원정을 단행했다. 중원인인 아버지의 안다가 살아있는데, 구태여 그의 조국인 송나라와 충돌을 일으킬 필요는 없다고 생각했던 것이다. 정복할 땅이 없는 것도 아니고.

테무진이 송나라를 향해 정벌대를 파견한 것은, 마교 교주인 묵향이 죽었다는 소문을 접한 그 다음이었다고 전해진다.

키메라를 만드는 최고의 재료

28 장백산의 괴인

드래곤이 아무리 전능에 가까운 존재라고는 하지만, 죽은 생명체를 다시금 되살릴 능력은 지니고 있지 못했다. 그렇기에 내키지는 않았지만 아들놈을 되살리려면 외부의 도움을 받아야만 했다.

 아르티어스가 가지고 있는 상식으로 아들놈을 되살릴 수 있는 방법을 크게 나눈다면 세 가지 정도로 요약할 수 있었다.

 첫째, 백마법의 도움을 받는 방법이다.

 몇몇 신들의 경우, 부활의 권능을 자신의 사제에게 베푼다고 알려져 있었다. 물론 그건 전설처럼 전해져 내려오는 영웅담에서나 존재하는 말일 뿐, 그만한 권능을 행사할 수 있는 사제가 실존했던 적은 아직 단 한 번도 없었다.

 둘째는 흑마법이다.

 흑마법에는 죽은 자의 능력에 맞춰 그를 소생시키는 다양한 방법이 존재했다. 문제는 그게 백마법에서 말하는 완벽한 부활이 아니라, 죽은 자와 산 자의 중간쯤 단계인 언데드(Undead)로 소생시킬 수밖에 없다는 한계를 지니고 있다는 점이다.

 세 번째는 마법생명체인 키메라를 통한 재탄생이다. 사실, 아르티어스는 키메라 쪽에 대해서는 완전 문외한이나 다름없었다. 하지만 오랜 용생(龍生)을 보내는 동안 이리저리 주워들은 것이 있어, 사체의 일부만으로도 완벽한 몸체로 재구성해 낼 수 있다는 것 정도는 알고 있었다. 따라서 키메라의 몸에 영혼을 집어넣을 수만 있다면, 아들을 완벽하게 되살리게 되는 것이 아닐까 하는 생각을 하고 있었다. 물론 그것도 다 그의 희망사항이었지만 말이다.

일단, 첫 번째 방법은 전혀 현실성이 없었다. 죽은 사람을 부활시켰다는 말이야 영웅담에서 많이 보긴 했지만, 막상 찾아보니 단 한 번도 현실에서 일어난 적이 없었다는 게 문제였다. 그리고 부활이 아닌 팔다리를 재생시키는 정도의 권능을 가진 사제조차 눈을 씻고 찾아봐도 없었고.

그렇다면 두 번째와 세 번째 방법이 남는데……. 아무리 생각해도 뼈다귀밖에 남지 않는 언데드는 영 마음이 내키지 않았다. 다시 한 번 귀여웠던 아들놈을 보는 게 소망인 아르티우스는 뼈다귀만 남은 해골이 덜그럭 거리며 다가와 '아빠!' 라고 부르는 장면이 떠오르자 온몸을 부르르 떨며 고개를 절레절레 흔들었다.

그렇다면 남는 방법은 세 번째밖에 없었다.

"흠, 머리가 나쁜 호비트놈들 중에 있는가 알아보는 것은 아마 헛고생일 테고, 드래곤들 중에서 키메라를 연구하는 놈이 있었던가?"

오랜 세월을 살아가는 드래곤들 중에는 지루한 용생(龍生)을 견디지 못하고, 생각지도 못한 기발한 방법으로 유희를 즐기는 괴짜 드래곤이 꽤 있었다. 중간계의 균형을 조율해야 하는 존재임에도 불구하고, 흑마법사로 변해 대륙을 정벌하겠노라고 지랄을 떠는 놈들까지 있을 정도니, 키메라를 연구하는 놈도 있을 게 분명했다.

문제는 마법을 통한 합성생물인 키메라를 만든답시고 레어 구석에 처박혀 궁상이나 떨고 있는 변태 드래곤이 어떤 놈인지 모른다는 점이었다. 하지만 드래곤의 숫자가 그리 많은 게 아니어서, 찾고자 마음만 먹으면 쉽게 찾을 수 있을 거라는 게 아르티어스의 생각이었다.

어느 놈부터 찾아갈까 이리저리 궁리하던 아르티어스는 좋은 생각이 떠올랐다는 듯 손가락을 딱 튕기며 중얼거렸다.

"그렇지! 브로마네스를 찾아가면 되겠군. 그 녀석은 그래도 나보다는 발이 넓으니 도움이 꽤 될 거야."

브로마네스는 어린 시절 온갖 말썽을 같이 저질러왔던 아르티어스의 단짝 친구였다. 그리고 무엇보다 오지랖이 넓어 쓸데없이 이리저리 기웃거리며 참견하기를 좋아하는 성격이었기에, 놈에게 물어보면 변태 드래곤이 누구인지 금방 나올게 분명했다.

브로마네스의 둥지가 어디에 있는지는 뻔히 알고 있는 아르티어스다. 그의 둥지 옆에 있던 크루마의 수도 엘프리안을 가루로 만들어 버린 게 마치 어제 있었던 일인 것처럼 뇌리에 선명하게 떠올랐다.

더 이상 생각할 것도 없이 아르티어스는 엘프리안을 향해 공간이동을 했다. 엘프리안에 도착한 아르티어스는 고개를 갸웃하지 않을 수 없었다. 엘프리안에 브레스를 뿜어 박살을 낸 게 40년 전이었는데, 아직까지도 잡초만 무성한 폐허 그대로였기 때문이다. 수도라는 것이 그 나라에서 지정학적으로 가장 중요한 위치에 자리잡는 게 상식이 아니던가. 그런 알짜배기 땅을 아직까지도 잡초만 그득한 폐허 그대로 놔두고 있다니, 아르티어스로서는 이해할 수가 없었던 것이다.

황폐한 엘프리안 위에 내려선 후에야 아르티어스는 그제야 어찌된 영문인지 이해할 수 있었다. 잡초 사이로 드문드문 모습이 보이는 용암덩어리. 이건 절대로 자신이 남긴 브레스의 흔적이 아니었다. 강력한 화기(火氣)를 내포하고 있는 레드 드래곤의 브레스 흔적.

"호오, 이 녀석. 둥지 아랫쪽이 시끄럽다고 투덜거리더니 결국 일을 저질렀군. 쯧쯧, 아무리 그래도 그렇지. 그러려니 하고 참고 있으면 해마다 보물을 상납 받을 수 있을 텐데. 하여간에 그놈의 성질머리 하고는……"

자신이 예전에 성질났다고 저질렀던 일은 어느새 까맣게 잊어버린 편한 성격의 아르티어스 옹이었다.

* * *

"여어, 친구. 잘 있었나?"

갑자기 찾아온 아르티어스를 보자, 브로마네스는 활짝 웃으며 반색을 했다.

"우와, 정말 오랜만이로구먼. 듣자하니 이계로 떠났……"

여기까지 말하던 브로마네스의 뇌리에 아르티어스의 레어에 처박혀 벌을 받던 기억이 문득 떠올랐다. 망각이라는 축복을 받지 못한 드래곤이었기에 마치 며칠 전에 일어난 것처럼 선명하게 기억하고 있었던 것이다. 순간, 브로마네스는 사납게 콧김을 내뿜으며 으르렁거렸다.

"너, 이 누렁이 새끼. 마침 잘 만났다! 어르신께서 마나의 품으로 돌아가셨으면, 그 즉시 내게 와서 알려줘야 할 거 아냐. 그것도 모르고 네놈 둥지에서 20년씩이나 처박혀 벌을 받은 생각을 하면, 네놈을 아주 그냥……."

오랜만에 만났으니 서로 반갑게 웃으며 대하면 좋으련만, 떠나기 전에 저질러 놓은 게 있으니 그게 문제였다. 아르티어스는 황급히 변명했다.

"아, 아니, 친구. 그건 자네의 오해일세. 내가 자네를 물 먹이려고 일부러 안 알려줬겠는가. 워낙 다급히 떠나게 돼서, 자네가 내 레어에 있다는 걸 깜박 잊었던 게야. 정말 미안해."

"말도 안 되는 변명하지 마, 새꺄!"

미안하다고 해도 계속 화를 내자, 짜증을 내며 버럭 소리치는 아르티어스였다.

"오랜만에 찾아온 친구한테 계속 화만 낼래? 우리가 그동안 쌓아온 우정이 서글프다고 울겠다, 짜식아!"

"얼라리요~, 고개를 팍 조아리고 싹싹 빌어도 시원찮을 마당에 오히려 짜증을 내?"

인상을 확 구기며 소리를 지르는 브로마네스의 모습에 아르티어스는 속에서 울화가 치밀어 올랐지만 얼른 꼬리를 내릴 수밖에 없었다. 아쉬워서 찾아온 건 자신이었으니 말이다.

"어허~, 짜증을 내긴 누가 낸다고 그래. 내가 이계 물을 좀

먹었더니 그렇게 보이는 거겠지. 자자, 우리 사이에 뭘 그런 걸 가지고 따지고 그러나."

"우~리~사~이? 그 무슨 오크 풀 뜯어 먹는 소리야! 하여간에 이놈의 짜식, 잘 만났다."

아무래도 분위기가 심상치 않게 흘러가자, 아르티어스는 재빨리 주위를 둘러보며 화재를 바꾸었다.

"오호, 오랜만에 찾아왔더니 레어가 더욱 삐까번쩍해졌구먼. 우와, 저기에 세워진 동상은 정말 멋진데. 나도 드워프놈들을 붙잡아 네놈처럼 내부 공사 좀 해야 할려나……?"

한동안 아르티어스에 대한 분노를 참지 못했던 브로마네스는 넘치는 울화를 드워프들을 붙잡아 달달 볶으며 풀었다. 덕분에 레어가 예전과는 완전히 다른 모습으로 바뀌게 되었기에, 안 그래도 어디 자랑할 만한 데가 없나 입이 근질거리던 참이었다.

그렇기에 아르티어스가 말을 꺼내기가 무섭게 미끼를 덥썩 물었다. 마치 내가 언제 화를 냈냐는 듯, 단순하기 짝이 없는 놈.

"호오, 자네 안목이 훌륭하구먼. 내가 애 좀 썼지."

덕분에 아르티어스는 한참동안 브로마네스의 자화자찬을 억지웃음을 지어가며 들어줘야만 했다. 평상시 같으면 그냥 맞받아치고 끝내버렸겠지만, 지금은 브로마네스가 필요해서 여기까지 찾아온 형편이니 적당히 비위를 맞춰줘야만 했다. 그로서도 어쩔 수 없는 선택이었다.

어느 정도 브로마네스의 기분이 풀렸다고 판단한 아르티어스는 슬쩍 이곳까지 찾아온 용건을 밝혔다.

"너 혹시 키메라를 연구하는 드래곤이 누군지 아냐?"

그러자 브로마네스는 얘기할 가치도 없다는 듯 단호히 대꾸했다.
"키메라? 그런 걸 연구하는 쓰레기 같은 놈을 내가 알 게 뭐야."
"쓰레기라고 폄하할 것까지는 없지 않나, 친구. 그것도 엄연히 마법의 한 갈래인데……."
"마법의 한 갈래라고?"
브로마네스는 잠시 아르티어스를 쳐다보더니, 천천히 입을 열었다.
"너는 키메라에 관해 잘 모르는 모양이군. 그런 얘기를 하는 걸 보면 말이야. 키메라를 연구하는데 있어서, 최고의 재료가 뭔 줄 아냐?"
고개를 갸웃거리던 아르티어스가 대답했다.
"글쎄…, 오우거인가?"
"땡! 최고의 재료는 드래곤이지."
"드, 드래곤이라고?"
생각지도 못한 대답에 아르티어스의 두 눈이 일순 휘둥그레졌다. 드래곤이 연구 재료로 쓰일 수 있다는 생각은 전혀 못해봤기 때문이다.
"그래. 즉, 키메라 연구에 빠진 놈은 결국 동족을 살해하거나 아니면, 자기 자신을 자해해야 연구의 끝을 볼 수 있거든. 그런데 그걸 대놓고 연구할 수 있을 리 없지 않겠나."
브로마네스의 말에 아르티어스는 키메라를 연구하는 드래곤을 찾기가 쉽지 않겠다는 것을 깨달았다.
"그 방면에는 그래도 네가 나보다는 낫구나. 그렇다면 한 가지만 더 물어보자. 예를 들어, 자기가 애지중지하던 애완동물이 죽었다고 치자. 그걸 키메라 기법을 활용해서 되살릴 수는 있냐? 아니면 불가능하냐? 내 말은 예전과 거의 비슷한 상태로까지 만들 수 있느냐 하는 말이다."

왜 그런 걸 묻는지 이해할 수 없었던 브로마네스는 문득 떠오르는 게 있어 급히 되물었다.

"혹시~, 네 아들이라고 소개했던 그 호비트가 죽은 거냐?"

순간 아르티어스의 표정이 딱딱하게 굳었다.

"쓸데없는 질문은 하지 말고, 묻는 말에나 대답해줘."

"그런 거냐? 그런 거지?"

"그렇다면 어쩔 건데?"

질문의 의도가 자신을 놀리기 위해서라고 생각해 퉁명스럽게 대답한 것이었는데 그것이 아니었다. 브로마네스는 안타깝다는 표정으로 조언했다.

"그냥 보내 줘. 유희는 유희로 끝내야 하는 거야. 그것 때문에 헤즐링일 때 유희를 하지 못하도록 막는 거고 말이야. 너는 나이도 먹을 만큼 먹은 놈이……."

하지만 그럴 조언이 통할 상대였다면 이런 짓을 하고 있겠는가. 아르티어스는 냉담한 표정으로 대꾸했다.

"쓸데없는 참견은 사양하겠어. 내가 묻는 말에나 대답해 줘. 모르면 모른다고 하던지. 다른데 가서 알아볼 테니까."

잠시 머뭇거리던 브로마네스는 어쩔 수 없다는 듯 길게 한숨을 내쉬며 대답했다.

"휴우~, 내가 알고 있는 상식으로는 불가능한 일이야. 물론 껍데기야 똑같이 만들 수 있겠지만, 알맹이가 문제지. 키메라에는 영혼이 없어. 그저 본능대로 움직일 뿐이야. 교육을 통해 간단한 일 정도는 시킬 수 있겠지만, 어떤 방법을 쓰더라도 호비트 정도의 지능을 가지게 만든다는 것은 불가능해."

"글쎄…, 꼭 그렇게 단정 지을 수가 있을까? 예전에 아버지가 내게 이런 말씀을 하셨지. 호비트가 짧은 생애에도 불구하고 가끔 드래곤도 놀랄 만한 업적을 만들어 낼 수 있는 건 한 분야에 미칠 정도로 매진해서라고. 호비트 따위도 그런데, 우리와 같은 드래곤이 한 분야에 미쳤다면 충분히 가능할 수도 있지 않을까?"

"물론 그럴 수도 있겠지. 그런데 문제는 네가 원하는 수준 정도의 키메라를 만들려면 드래곤의 사체가 필수적일 걸?"

브로마네스의 말에 아르티어스의 눈이 순간 번쩍하고 빛났다. 그는 급히 물었다.

"정말 드래곤의 사체만 있으면 가능해?"

그러자 왠지 겁을 집어먹은 브로마네스가 뒤로 주춤거리며 급하게 말했다.

"아, 아르티어스. 제발 이성을 찾으라고!"

"이런 미친 새끼! 대체 지금 뭘 생각하고 있는 거냐? 하여간에 당최 친구라는 놈이 도움이 안 돼. 그나저나 요 근래 죽은 드래곤이 있냐?"

아르티어스의 구박에 쑥스러운 듯 머리를 벅벅 긁던 브로마네스가 고개를 갸우뚱하며 대답을 했다.

"아르티엔 어르신을 마지막으로 그 후에 죽은 드래곤이 있다는 얘기는 들어본 적이 없어."

"흐음…, 그렇다면 결국 내가 죽는 방법밖에는…….."

아르티어스의 눈빛이 순간적으로 일렁였다. 하지만 이게 다른 드래곤 앞에서 할 말이 아님을 금세 깨닫고는 당황해서 황급히 변명했다.

"아, 아니. 그게 아니라…….."

"쓸데없는 생각하지 마, 새꺄. 그래봐야 헛수고니까. 그리고 설혹, 네놈이 죽는다고 해봐야, 그 정도 수준까지 연구를 한 놈이 있어야 할 게 아냐? 내가 좀 호기심이 많아 여기저기 안 다녀본 곳이 없는데, 아직까지 그런 연구를 한 흔적이 발견됐다는 소리를 들어본 적이 없다."

그 말에 아르티어스는 실망한 표정을 감추지 않으며 혼잣말처럼 중얼거렸다.

"그렇다면 흑마법 밖에는 방법이 없다는 말이군."

그러자 브로마네스는 말도 안 된다는 듯 콧방귀를 뀌며 퉁명스럽게 말했다.

"흥! 네가 흑마법을 배워보겠다고?"

드래곤이 흑마법을 배운다는 것은 불가능했다. 왜냐하면 흑마법을 배우는 첫 번째 단추가 바로 마왕에게 영혼을 파는 것이었으니까.

"누가 그 따위를 배운댔냐? 흑마법을 쓸 줄 아는 놈을 붙잡아서 부려먹겠다는 얘기지."

"쉬운 일은 아닐 게다."

"왜? 어느 시대든지 흑마법사들은 대륙에 항상 득실거려 왔어. 호비트들에게 있어서 가장 쉽게 막강한 힘을 획득할 수 있는 방법이었으니까."

"그 말이 맞긴 한데, 마도전쟁이 끝난 지 이제 겨우 40여 년 밖에 지나지 않았거든."

"40년이라고?"

아르티어스는 깜짝 놀랐다. 다크와 이 세계를 떠난 지 겨우 3년 정도밖에 지나지 않았다. 차원을 이동하는 데 아무리 오차가 발생했다손 치더라도, 자신의 계산대로라면 길어야 10년 내외가 되었어야 했다. 그런데 벌써 40년이라는 시간이 흘렀다니.

물론 차원 이동시, 아르티어스는 약간의 오차를 감안하여 1년 정도는 여유가 있도록 시간을 맞추기는 했다. 왜냐하면 같은 시간대에 동일한 인물이 둘 이상 존재했다가는 어떤 일이 벌어질지 알 수가 없었기 때문이다. 하지만 40년이라니! 그렇게 커다란 오차가 발생했다는 것은 자신이 만든 차원 이동식에 뭔가 문제가 있다는 말이었다.

'내가 파악하지 못한, 또 다른 변수가 더 있다는 말인가?'

"40년이라는 말에 뭘 그렇게 놀래? 우리에게 40년이라고 해봐야, 찰나에 불과한데 말이야. 그렇지만 호비트들은 다르지. 아무리 호비트들이 흑마법사가 되어 활기차게 움직인다고 해도, 겨우 40년 정도 가지고 예전의 성세를 회복한다는 것은 아마 불가능할 걸? 그때 너무 많이 죽었거든."

시간이 많이 어긋나기는 했지만, 아르티어스에게는 오히려 득이었다. 처음에 자신이 계산한 대로 3년 정도의 시간차이로 차원 이동이 되었다면 실력있는 흑마법사는 아예 찾기도 힘들었을 테니 말이다.

그렇다고 시간을 거슬러 올라가는 마법을 시행하기도 힘들었다. 이번 여행에서도 밝혀졌듯, 마법에 능한 드래곤들 조차도 차원 이동시 아직 파악하지 못한 변수들이 무수히 존재했다. 그리고 그것들이 어떤 부작용을 초래하게 될지는 그 누구도 몰랐다.
 "그래도 40년이라면 호비트니 기대해 볼 만하지 않으려나? 뭔가에 미치면 가끔 우리도 깜짝 놀랄 만한 업적을 만들어 내는 놈들이니 말이야. 게다가 마도전쟁 당시 안 죽고 살아남아서 어디 음침한데 숨어있는 실력있는 놈이 없으란 법은 없잖아."
 "으이구, 그렇게까지 그놈을 죽음의 기사로 만들고 싶다면야 어쩔 수 없지. 그런데 한 가지만 물어보자. 죽음의 기사로 만들어서 어쩔 건데? 너, 죽음의 기사가 어떻게 생긴 물건인지 본 적이나 있긴 하냐?"
 아르티어스는 으시대는 듯한 어조로 대답했다.
 "있지. 몇 번 싸워보기까지 했는 걸."
 "그럼 잘 알거 아냐. 그것들도 키메라나 마찬가지야. 제대로 된 대화조차 불가능한 쓰레기들이지."
 브로마네스의 지적에 아르티어스는 애써 반박했다.
 "대화가 불가능한 건 하급기사들로 만든 놈이고, 마스터 이상이 넘어가면 곧잘 말을 해. 아들놈 실력이라면 아주 부드러운 대화가 가능할지도……."
 그러자 브로마네스는 한숨을 푹 내쉬더니 말했다.
 "좋아, 그건 그렇다고 치자. 대화만 할 수 있으면 되는 거야? 겉모습은? 죽음의 기사는 육신을 가질 수 없어서, 소멸하는 그 시간까지 갑옷 속에 깃들 수밖에 없잖아."

"뭐, 드워프놈들을 족쳐서 멋진 갑옷 한 벌 만들라고 하면 되지."
"이런 빌어먹을 새끼, 도저히 말이 안 통하는군."
 브로마네스가 한숨을 내쉬며 고개를 절레절레 흔들자, 아르티어스는 침울한 표정으로 중얼거렸다.
"네가 어떻게 생각하든, 나는 내 아들놈을 꼭 되살리고 싶어. 겉모습이 어떻든 상관없어. 움직일 수 없어도 돼. 그냥 아들 녀석과 즐거웠던 과거를 회상하며, 서로 대화만 할 수 있어도 만족할 거야."
"미친 놈! 뭐 그렇게까지 하고 싶다면 좋을 대로 해라. 아르티엔 어르신도 살아계실 때 못 말린 네놈의 꼴통짓을 누가 말리겠냐!"
"그래서 말인데……. 나 좀 도와주면 안 될까?"
 말도 안 되는 고집을 부리는 아르티어스의 모습에 울화통이 터져버린 브로마네스는 신경질적으로 대꾸했다.
"싫어. 내가 왜 그딴 멍청한 짓거리에 내 귀중한 시간을 허비해야 하지?"
 화를 내며 뒤돌아서는 브로마네스를 붙잡으며 아르티어스가 살살 달랬다.
"어허, 이거 왜 이러시나, 친구. 우리 오랜만에 세상구경이나 함께 하자구. 그럼 내가 다른 세상에 가서 어떤 모험을 했는지, 그 재미있는 얘기들을 들려줄게. 어때?"
"됐네. 네놈이 어디 가서 무슨 짓을 했는지, 나는 전혀 흥미 없거든."
"이 망할 새끼! 너 정말 이럴래?"
 계속 이죽거리는 말투에 안 그래도 끓어오르던 화를 애써 삭이고 있던 아르티어스의 눈썹이 일순 위로 바짝 곤두섰다.
"시, 싫다니까. 안 그래도 할 일도 많고 말이야."
웬만하면 따라 나설 놈인데 저렇게 단박에 거절하는 것을 보면, 뭔가 저질러 놓은 다른 일이 있는 모양이다. 이럴 경우, 뭐라고 해도 먹혀 들어가지 않는다는 것을 잘 알고 있는 아르티어스였기에 미련없이 돌아섰다.
몇 발자국 걸어가던 아르티어스가 갑자기 뒤돌아서며 말했다.
"참! 예전에 알던 그 호비트들 있잖아. 아들놈의 동료들이었던 놈들 말이야."
"응. 그런데?"
"혹시, 그놈들 아직도 살아있냐?"
"그건 잘 모르겠고, 두 놈은 치레아 공국에 있는 걸 봤었어. 네 아들을 대신해서 거기를 다스리고 있더라."
그 말에 아르티어스의 눈동자가 묘하게 빛났다.
"치레아 공국이라고?"

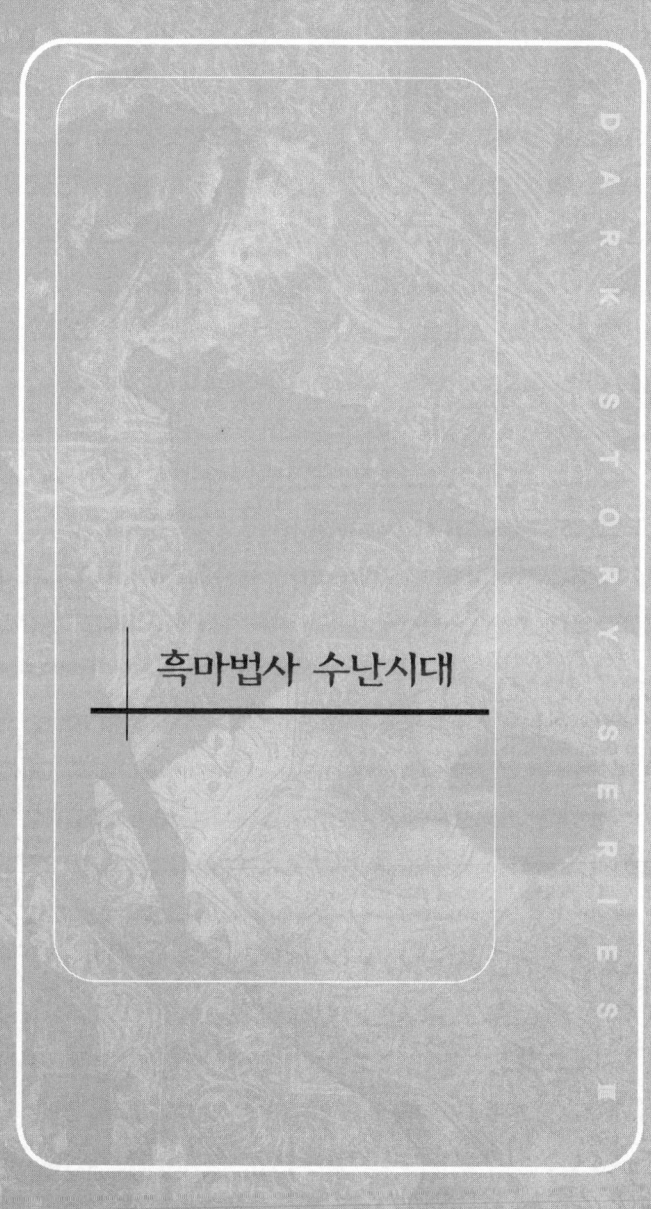

흑마법사 수난시대

28

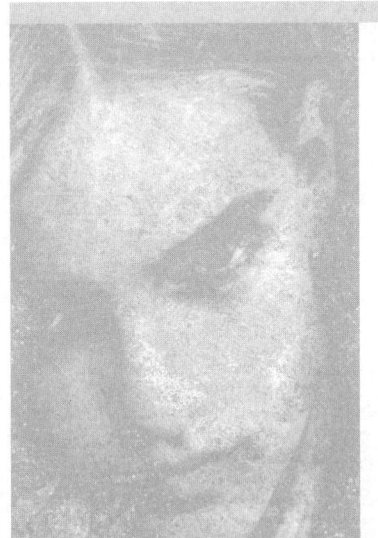

장백산의 괴인

다크 폰 치레아 대공이 모습을 감춘지도 벌써 30여 년이 넘게 흘렀다. 그토록 오랜 세월이 흘렀음에도 불구하고, 치레아 공국은 아직까지 건재하고 있었다. 영지의 주인이 어디론가 사라졌다는 것을 감안한다면 그것은 놀라운 일이었다.

현재, 다크 폰 치레아 대공을 대신하여 치레아 공국을 다스리고 있는 것은 팔시온 폰 치레아 대공이었다. 60세가 넘은 노기사라고 알려져 있지만, 그는 아직도 정력적으로 공국을 다스리고 있었다.

"크, 큰일 났사옵니다. 대, 대공 전하."

거의 부숴버릴 듯 문을 사납게 열어제낀 시종은 허둥지둥 달려오다가 카펫에 발이 걸려 데구르르 굴러버렸다. 오랜만에 업무에서 벗어나 부인과 담소를 나누고 있던 팔시온의 인상이 왈칵 일그러졌다. 오후의 나른하고 평화롭던 시간이 깨진 것이다.

그의 얼굴은 30여 년 전이나 지금이나 그리 변한 게 없었다. 아직도 그의 나이가 무색할 정도로 엄청난 근육질의 몸매를 자랑하고 있지만, 예전에 다크와 어울리던 시절을 떠올린다면 많이 퇴화되어 버린 상태였다. 그건 아마도 마스터의 경지에 오른 탓에 근육을 그리 사용하지 못했기 때문이리라. 그리고 그건 함께 담소를 나누고 있는 그의 부인 미디아 역시 마찬가지였다. 과거에는 오우거 찜 쪄 먹을 정도의 근육질이었는데, 지금은 오크 정도의 근육질로 줄어들었다고 해야 할까?

방정맞은 시종의 모습에 혀를 차고 있는 팔시온을 대신해, 미디아가 먼저 질문을 던졌다.

"무슨 일인데 그러느냐?"

"크, 큰일 났습니다. 드, 드, 드래곤이……."

"드래곤?"

일순 팔시온과 미디아의 안색이 확 일그러졌다. 드래곤이라면 마스터의 경지에 올라간 두 사람으로서도 도저히 상대가 불가능한 몬스터다. 성격이라도 좋다면 어떻게 사귀어 보겠지만, 이건 정말이지 예측불허의 상대다. 드래곤의 기분이 나쁠 때는 죽음의 공포에 시달려야 했고, 기분이 좋을 때 역시 언제 변덕을 부려 잡아먹겠다고 달려들지 걱정을 해야만 하는…….

"어허, 답답하구나. 드래곤이 뭘 어쨌다는 것이냐?"

이때 문 쪽에서 낯선 음성이 들려왔다.

"그걸 몰라서 묻는 거냐? 이 멍충이들아! 네놈들을 찾아왔다는 거잖아."

화들짝 놀라 소리가 들려온 방향으로 고개를 돌린 팔시온과 미디아. 그들은 벌떡 일어서서 아르티어스에게 달려가 공손히 인사를 건넨다. 시종이 지금껏 단 한 번도 본 적이 없던 저자세의 대공의 모습이었다.

"어르신, 정말 오래간만입니다. 모습이 전혀 변하지 않으셨네요."

잠시 인사가 오고간 후, 팔시온은 눈치를 봐서 다크의 안부를 물었다.

"그나저나 다크는 잘 있습니까?"

그러자 자신만만해 보이던 아르티어스의 기세가 푹 수그러드는 게 느껴졌다.

"그거 때문에 너희들을 찾아 온 거야."

"제 도움이 필요하다니 영광입니다, 어르신. 그런데 제가 뭘 할 수 있을지……?"

말은 그렇게 했지만, 정말 드래곤이 자신의 도움을 필요로 하리라고는 생각도 못한 팔시온이었다. 거의 전지전능한 존재가 어찌 한낱 인간의 도움을 필요로 하겠는가.

이때, 아르티어스가 심각한 표정으로 말했다.

"실력이 좋은 흑마법사가 한 놈 필요해."

"예? 그런 놈을 데려다가 어디에다 쓰시려고……?"

하지만 팔시온의 의문은 곧 아르티어스의 광폭한 눈빛에 연기처럼 사라져 버리고 말았다.

"내가 하려는 일에 대해 네놈에게 시시콜콜 알려줄 생각은 없다."

"그렇습죠, 어르신."

팔시온은 긴장감에 이마에서 흘러내린 식은땀을 소매로 쓱 훔치며 조심스럽게 물었다.

"무조건 흑마법사이기만 하면 됩니까? 아니면 뭐, 추가로 필요하신 사항이라도……."

"죽음의 기사(Death Knight)를 만들 수 있는 놈이라야 해."

"알겠습니다. 그런데 그런 놈을 찾아내려면 시간이 좀 걸릴 겁니다. 아시다시피 요즘 흑마법사들의 씨가 말라서⋯⋯."

하지만 그런 변명이 통할 아르티어스 옹이 아니었다.

"내가 인내심이 많이 부족한 거 알고 있지?"

"옛, 어르신. 최대한 빨리 찾아내도록 최선을 다하겠습니다."

"그러는 게 신상에 좋을 거야."

일순 팔시온의 온 몸에 소름이 돋았다. 하지만 곧 평정을 되찾고, 웃으며 시종을 바라보았다. 그동안 공국을 다스리며 쌓인 연륜이 녹록치 않았던 것이다.

"기다리시는 동안 편히 지내시도록 조치를 취해 드리겠습니다. 맛있는 포도주라도 드시면서⋯⋯."

하지만 팔시온의 말은 더 이상 이어지지 못했다. 아르티어스가 손을 흔들며 그의 말을 막았던 것이다.

"아니, 나는 가볼 데가 있다. 수정구슬이나 하나 가져와 봐."

"옛."

잠시 후, 팔시온의 명령을 받은 시종이 수정구슬을 하나 들고 헐레벌떡 달려왔다. 아르티어스는 시종이 가져온 수정구슬에 손바닥을 슬쩍 올렸다. 순간 영롱한 푸른빛이 번쩍이더니 서서히 그 빛이 사라졌다.

"흑마법사를 찾으면 이 수정구슬을 이용해 나를 부르도록 해라. 수정구슬을 동작시키는 방법은, 이 위에 손바닥을 올리고 마나를 주입하기만 하면 된다. 알겠느냐?"

"옛, 어르신."

"그럼 나는 가보겠다."

그 말을 끝으로 아르티어스의 몸이 번쩍 하며 사라졌다. 아마도 어딘가로 공간이동을 해버린 모양이다.

아르티어스가 서있던 자리를 멍하니 바라보고 있는 팔시온. 갑자기 왔다가 갑자기 사라져 버리다 보니 마치 꿈이라도 꾼 것 같은 기분인 모양이다. 그렇게 멍하니 있는 모습에 옆에서 보다 못한 미디아가 팔시온의 등을 툭 치며 말을 걸었다.

"뭐하고 있어요, 지금. 당장 흑마법사를 찾으러 밖으로 뛰쳐나가도 시원찮을 판에."

그러자 팔시온은 한숨을 푹 내쉬며 중얼거렸다.

"뛰어나가 봐야 흑마법사가 어디 있는 줄 알고……."

"그럼 이대로 멍하니 앉아있겠다는 거예요? 여보, 난 이 나이에 미망인이 되고 싶지는 않다구요."

팔시온은 잠시 머리를 이리저리 굴리며 생각해 봤지만, 뾰족한 수가 갑자기 떠오를 리가 없었다.

"으아아악!"

짜증이 나는지 자신의 머리를 벅벅 긁어대는 팔시온. 그의 노력이 가상했는지, 괜찮은 생각 하나가 돌연 떠올랐다.

"이런 젠장, 내가 머리를 굴린다고 좋은 방법이 떠오르겠어? 이런 때는 그저 머리가 잘 돌아가는 녀석한테 슬쩍 떠넘기는 게 최고지."

팔시온은 곧 부관을 불러 명령했다.

"가스톤 경과의 마법통신을 연결하도록 해라."

"옛, 대공 전하."

얼마 지나지 않아 수정구 속에 가스톤의 관록 있는 모습이 드러났다. 제국의 대마법사다운 화려한 모습이었다. 그는 길게 기른 수염을 쓰윽 쓰다듬으며 점잖은 어조로 말했다.
"오랜만이군, 팔시온. 잘 지냈나?"
"실은 문제가 있어서 자네를 부른 거야."
"문제? 자네의 머리를 복잡하게 만들 수 있는 문제가 있다니 놀랍구먼. 감히 치레아 공국을 건드릴 간 큰 나라는 단 하나도 없을 텐데 말이야."
"아르티어스 어르신이 오셨어."
"……."
팔시온의 말에 가스톤의 여유롭던 얼굴이 창백하게 굳었다. 이계로 떠나기 전, 그에게 받았던 혹독했던 수업이 떠올랐던 것이다. 그로서는 다시는 경험하고 싶지 않은…, 아니 기억에서조차 완전히 지워 없애버리고 싶었던 시간들이었다. 물론 그 끔찍한 시간이 있었기에, 지금의 그가 있는 것이기는 했지만…….
"어르신이 흑마법사를 한 놈 데려오래. 산채로 말이야."
"흑마법사? 흑마법을 익힌 놈이면 아무나 다 되는 거야?"
"아니, 죽음의 기사를 만들 수 있는 놈이라야 한다는군."
"죽음의 기사라……."
일순 가스톤의 얼굴이 심각하게 일그러졌다. 죽음의 기사를 만들 수 있는 흑마법사는 죽음의 신 카론(Charon) 일족과 계약을 맺은 자들뿐이었다. 문제는 카론의 권능에는 강력한 공격마법이 없어, 흑마법사들 중 카론과 계약하는 자는 극히 드물다는 점이다.
"이런 떠그랄! 너 어르신한테 무슨 원한 살 일이라도 했냐?"

팔시온은 곰곰이 생각해 보더니, 신중한 어조로 대답했다.
"전혀…, 없는데?"
"안 그래도 거의 씨가 마른 흑마법사들 중에서도 아주 희소성이 있는 자를 원하시다니. 처음부터 너를 물 먹일 생각이 아니라면, 이런 터무니없는 주문을 하실 리가 없잖아?"
"아, 몰라. 아무튼 어르신의 명령을 거부할 수 있는 입장이 아니라는 것쯤은 잘 알고 있잖아. 그러니 안 된다는 생각이 아닌, 긍정적인 방향으로 좀 생각하라구. 어쨌거나 어르신께서는 흑마법사를 원하시니까 알아봐 줘."
"알았어. 한 번 알아보지. 하지만 크게 기대하지는 마."

가스톤과의 통신을 끝낸 팔시온은 내친김에 옛 친구 미카엘에게도 연락을 했다. 어쨌거나 흑마법사를 찾는데 여럿이 힘을 합칠수록 시간은 단축될 테니 말이다. 물론 자신에게 닥친 이 불행을 혼자 짊어진다는 게 좀 아니, 많이 억울했던 팔시온이었기에 옛 친구들에게도 아낌없이 책임 전가를 하는지도 몰랐다.
잠시 후, 수정구 속에는 감히 바라보는 것만으로도 황송할 정도로 잘생긴 중년 남성의 모습이 나타났다. 젊었을 때도 꽤나 미남이었지만, 나이가 들면서 관록과 함께 자신감이 더해지자 턱에 삐죽삐죽 돋아있는 수염마저도 근사하게 보일 지경이었다.
생긴 것과 달리, 미카엘은 시무룩한 표정으로 입을 열었다.
"안녕하셨습니까? 대공 전하."
필요 이상으로 정중히 인사를 건네는 미카엘. 그런 모습에 팔시온은 왜 그러냐는 듯 어색한 표정을 지으며 대꾸했다.

"그렇게 딱딱하게 말하지 마. 실은, 너에게 부탁할 게 있어서 연락했어."

"호오, 치레아 대공 전하께서 저같이 미천한 기사에게 청할 게 있으시다니, 참으로 황송한 일이로군요."

뭔가 은근히 비꼬는 듯한 말투에 팔시온은 결국 참지 못하고 화를 발칵 냈다.

"자꾸 개소리 할래! 제국의 은십자 기사단 단장이 미천한 기사라니, 지나가던 오크가 웃겠다."

팔시온이 언성을 높이는데도 불구하고, 미카엘은 느긋한 어조로 대꾸했다.

"개소리라니요? 어찌 제가 감히 대공 전하께 허언을 아뢰겠습니까."

"너 자꾸 이럴래?"

처음에는 몰랐는데 가만히 듣다 보니 무슨 일인지는 몰라도 미카엘의 심사가 꽤나 뒤틀려 있는 모양이었다. 팔시온의 외침에 마침내 미카엘이 본색을 드러냈다.

"흥! 그러면 어쩔 건데?"

"네가 협조를 안 해준다고 어르신한테 일러줄 거야."

뭔가 대단한 협박이라도 할 줄 알았는데, 갑자기 누군가에게 일러준다는 유치찬란한 문장을 읊을 줄이야. 지금 네 나이가 몇 살이냐고, 한껏 비웃어 주려던 미카엘은 갑자기 뇌리를 스치는 묘한 단어 하나가 있었다. '어르신'이라니……? 치레아 공국을 통치하고 있는 팔시온이 어르신이라고 부를 만한 사람이 있었던가? 하지만 곧이어 그의 뇌리에 자신들이 예전에 어르신이라고 불렀었던 사람…, 아니 번쩍이는 똥색 드래곤이 떠올랐다.
　미카엘은 급격히 어설픈 미소를 지으며 말했다.
　"서, 설마……. 에이, 아니겠지? 나 놀리려고, 괜히 해보는 소리지? 기억을 되살리는 것만 해도 섬뜩하다, 야."
　"내가 이 시간에 너한테 마법통신 걸어서 헛소리 할 이유가 있냐?"
　미카엘은 마치 누군가 엿듣는 게 두렵기라도 한 듯 재빨리 주위를 둘러본 후, 두려움에 질린 목소리로 황급히 물었다.
　"설마, 정말이냐? 어르신은 이계로 떠나셨잖아."
　"오늘 갑자기 찾아오셨다. 죽음의 기사를 제작할 수 있는 흑마법사를 한 놈 잡아오래."
　"죽음의 기사? 드래곤이 죽음의 기사는 만들어서 뭐하시게?"
　"낸들 아냐? 궁금해서 슬쩍 물어봤더니 알 필요 없다고 하시며 쫘악 째려보시는데……."
　팔시온은 갑자기 몸을 부르르 떨더니 말을 이었다.
　"간 떨려서 죽는 줄 알았네."
　팔시온의 표정이 갑자기 짓궂게 변했다.
　"어떻게 할 거야? 어르신께 네가 전혀 협조를 안 하더라고 보고할까? 그럼 어르신 성질머리로 봐선……."
　그 순간 미카엘의 얼굴이 창백하게 질렸다. 팔시온의 말대로 그렇게 보고라도 하면 자신은 끝장이라는 것을 잘 알기 때문이다. 그 성질 더러운 드래곤은 만사를 제쳐놓고 이쪽으로 날아오리라. 그리고는……. 허그덩!
　생각만으로도 아찔했는지 미카엘은 억지로 미소 지으며 다급하게 말했다.
"내, 내가 언제 안 도와 주겠다고 했냐? 적극 협조할게. 아니, 만사를 제쳐두고 흑마법사를 찾을게. 그러니 어르신께 잘 말씀 드려다오."
"쯧, 진작에 그렇게 나올 일이지."
미카엘과의 통신을 끝낸 팔시온은 그 외에도 어르신과의 각별한 기억(?)을 가지고 있는 모든 사람들에게 마법통신을 날렸다. 아르티어스가 흑마법사를 원한다고 말이다.
그날 대륙 전체가 발칵 뒤집혔다.

*　　*　　*

자신이 알고 있는 모든 사람들에게 통신을 끝낸 미카엘은 머리카락을 쥐어뜯으며 중얼거렸다.
"빌어먹을, 다크만 있으면 설설 기는 드래곤 주제에 미치……."
여기까지 말하던 미카엘은 무슨 생각이 떠올랐는지 황급히 말을 멈췄다. 그리고는 무심결에 자리에서 벌떡 일어서며 외쳤다.
"아니! 어르신이 왔다면, 다크도 함께 왔다는 소리잖아?"
다크와 헤어진 지도 벌써 30년이 넘어 버렸다. 헤어지던 그날, 다크는 미카엘에게 마나를 어떻게 수련해야 하는지 가르쳐줬었다. 그리고 그 수련법이 안겨다 준 놀라운 효능. 미카엘은 자신을 행운아라고 생각했다. 마스터가 되어있는 자신의 옛 동료들을 만나기 전까지는 말이다.
지금은 치레아의 대공 부부가 되어있는 팔시온과 미디아. 그들은 다크로부터 뼈를 깎는 수련을 받아 놀랍게도 단 5년 만에 마스터의 경지에 올라버렸다. 그때만 해도 미카엘은 자신도 열심히 수련하면 마스터가 될 수 있을 거라고 생각했다.

하지만 마스터라는 벽은 그렇게 만만한 게 아니었다. 그는 아직까지도 그 벽을 깨지 못했다. 아버지인 로체스터 공작이 심혈을 기울여 개인교습까지 해줬지만, 아직까지 마지막 관문을 돌파하지 못했던 것이다.

요즘 들어 그는 간혹 생각한다. 그때 다크를 떠나는 게 아니었다고 말이다. 만약 그때 친구들과 함께 했었다면…, 그랬다면 그도 벌써 마스터가 되어 있었을 거다. 물론 치가 떨릴 만큼 혹독한 수련을 해야 했겠지만, 친구들이 마스터가 되어 있는 모습을 좌절감에 쌓여 지켜보고 있지 않아도 됐다는 말이다. 그것도 33년 전에!

이미 마스터가 되는 것을 포기한 그에게 다크란 존재는 새로운 희망으로 다가왔다. 그만 만날 수 있다면, 그렇다면 자신도 마스터가 될 수 있다. 아니, 다크가 자신을 마스터로 만들어 줄 것이다. 미카엘은 그렇게 믿어 의심치 않았다.

"다크를 만나야 해!"

지금 당장 치레아 공국으로 달려가고 싶지만, 그럴 수가 없다는 게 너무나도 원통했다. 먼저 어르신에게 줄 선물부터 장만해야 하는 것이다. 죽음의 기사를 만들 수 있는 흑마법사 한 마리를 말이다.

* * *

아르티어스라는 존재가 일으킨 파장은 실로 어마어마했다. 아르티어스가 치레아 공국을 방문한지 단 하루 만에, 거의 전 대륙이 들썩거리기 시작한 것이다. 아르티어스에게 부탁을 가장한 명령을 받은 팔시온이, 혼자 당하는 게 억울하다는 심보로 각 제국에 퍼져있는 지인들과 지도층에 드래곤의 이름을 팔아 협조를 구한 덕분에 대륙 전역에 걸쳐 대대적인 흑마법사 사냥이 시작되었다. 온 천지사방에 현상수배 전단이 내걸렸고, 기사들이 산골 마을 구석구석까지 들쑤시고 다니기 시작했다.

그러자 각국에 위치한 신전에서도 적극 호응하여, 마도전쟁의 잔재를 없애버리겠다는 기치를 내걸며 성기사들을 사방으로 파견했다. 덕분에 예상치도 못한 날벼락을 맞게 된 것은 흑마법사들이었다.

흑마법사의 숫자가 그리 많지 않았고, 또 그 모습을 깊숙이 감추고 있다고는 하지만, 이렇게 모두들 사력을 다해 들쑤셔 대니 성과가 없을 수 없었다. 시간이 지나자 그 귀하디귀한 흑마법사들이 하나 둘 잡혀오기 시작했다.

"죽음의 기사를 만들 줄 아나?"

질문을 받은 흑마법사는 솔직히 대답했다.

"나는 그런 것 만들 줄 모르오."

"좋게 말할 때 실토하는 게 좋아."

"그래도 모르는 걸 어떻게 안다고 할 수 있겠소?"

흑마법사는 항변했지만, 상대는 마치 흑마법사의 말을 듣지 못한 것처럼 집요하게 말했다.

"실토한다고 해서 자네한테 해가 될 일은 없네. 위쪽에서 무슨 이유에선지는 모르겠지만, 죽음의 기사가 한 마리 필요한 모양이야. 그것만 만들어 주면, 자유롭게 풀어주겠다고 황제폐하의 이름을 걸고 약속하겠네. 물론 두둑한 수고비도 지급될 테고."

"좋은 제안이기는 하지만, 만들 수 없는 걸 만들 줄 안다고 거짓 자백을 할 수는 없는 노릇이 아니겠소."

"이 새끼! 좋게 말해서는 안 되겠군. 그렇게 비협조적으로 나온다면 네놈이 편히 죽을 것 같으냐? 죽는 것보다 더 고통스러운 것이 어떤 건지 한 번 맛보고 싶다는 거야!"

"아무리 그렇게 말해도, 모르는 걸 안다고 할 수 없지 않겠소."

흑마법사의 말을 곧이곧대로 믿을 수는 없는 법, 곧이어 강도 높은 고문이 가해졌다.

"이 새끼, 빨리 불어! 너 죽음의 기사를 만들 줄 알지?"

흑마법사는 만들 줄 모르는 데도 불구하고, 만들 줄 안다고 실토하라고 하니 미치고 팔짝 뛸 노릇이었다. 더군다나 그냥 말로 하는 것도 아니고, 고문까지 병행하고 있으니 죽을 지경인 것이다.

"크아아악! 차라리 나를 죽여라. 아무리 죽음이 두렵다고는 해도, 만들 수 없는 걸 어떻게 만들 수 있다고 대답을 하겠느냐. 곧바로 들통 날 게 뻔한데……."

당연한 지적이었지만, 혹독한 고문은 멈추지 않았다. 그들도 필사적이었던 것이다. 모처럼 잡아들인 흑마법사다. 혹시 이놈이 죽음의 기사를 만들 수 있는데도 불구하고 시치미를 떼고 있을 가능성이 조금이라도 있는 이상, 고문을 멈출 수가 없었던 것이다.

기사들이 그렇게 필사적으로 변하게 된 이유는 공작이나 대공 같은 지도급 층에서 두 눈을 시뻘겋게 붉히며 연신 닦달을 해왔기 때문이다. 아르티어스의 이름을 판 팔시온의 책임 떠넘기기가 확실하게 그 위력을 발휘했던 것이다.

결국 모진 고문을 견디지 못하고, 거짓 자백을 하는 자가 몇 명 나타났다. 하지만 그런다고 해서 일이 해결되는 것은 아니었다. 흑마법사의 실토를 곧이곧대로 믿고, 드래곤에게 데리고 갈 만큼 그들은 멍청하지 않았던 것이다. 기사들은 곧장 흑마법사를 데리고 공동묘지로 갔다. 그리고 명령했다.

"지금 당장 죽음의 기사를 하나 만들어 봐!"

고문 때문에 거짓 실토를 한 것일 뿐, 그들이 죽음의 기사를 만들 수 있을 리가 없었다. 그럼 다시 감옥으로 끌려가, 이번엔 헛걸음치게 만든 괘씸죄까지 더해져 더욱 강도 높은 고문이 가해졌다.

"너 만들 수 있으면서도, 못 만드는 척 하는 거지?"

"아, 글쎄 아니라니까 그러네."

"빨리 불어, 새꺄. 사실은 만들 줄 알지?"

"끄아아악! 미치고 팔짝 뛰겠네. 차라리 날 죽여라!"

고문은 흑마법사가 죽을 때까지 계속되었다. 그러다 죽으면 그제서야 죽음의 기사를 만들지 못한다는 말을 믿어줬다. 물론 억울하게 죽은 흑마법사야 온갖 욕설을 퍼붓고 싶었겠지만 죽은 자는 말이 없는 법이다.

"이런 젠장, 시체 치워라. 이놈도 아닌 모양이군."

"예."

"빨리 가서 딴 놈 끌고 와!"

이런 현상이 대륙 곳곳에서 벌어졌고, 흑마법사들에게는 그야말로 악몽과도 같은 나날들이 지속되었다.

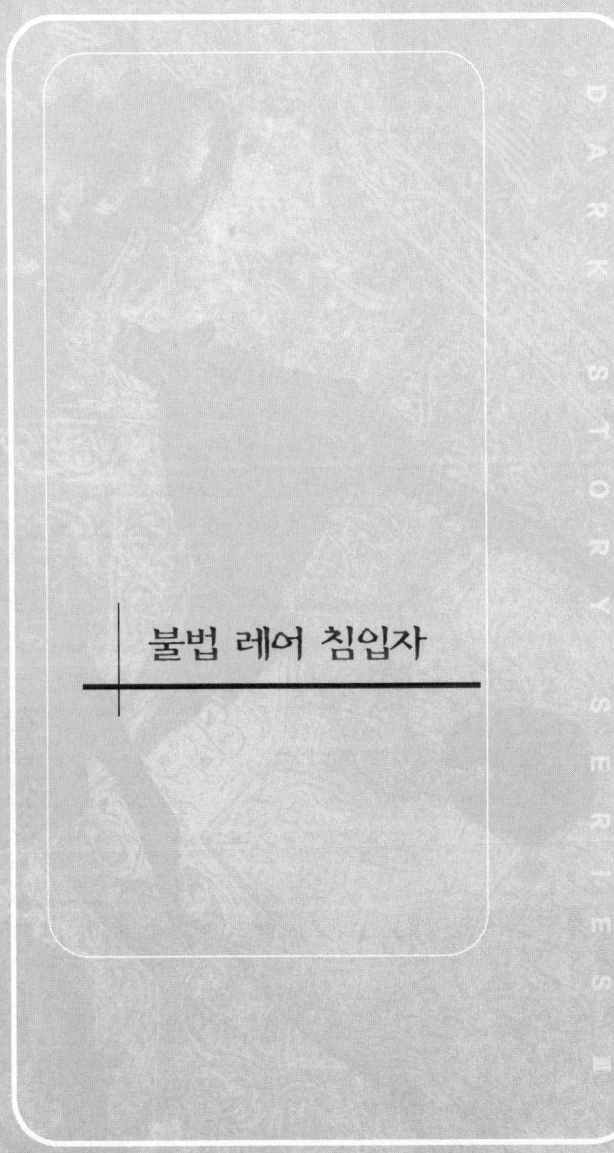

불법 레어 침입자

장백산의 괴인

팔시온과 헤어진 아르티어스는 자신의 레어로 공간이동했다. 팔시온이 흑마법사를 찾는 동안, 그곳에서 상처를 돌보며 휴식을 취할 생각이었던 것이다.

레어의 안쪽 가장 깊숙한 곳에 마련되어 있는 거대한 공동(空洞)은 드래곤이 본체로 현신한 채 잠을 자기위한 공간이다. 그래서 언제든 드래곤이 낮잠을 잘 가능성이 있는 만큼, 그곳에는 아무것도 놔두지 않고 비워두었다.

공간이동을 한 아르티어스가 모습을 드러낸 것은 바로 그 공동의 중심부쯤이었다. 그는 모습을 드러내자마자 본체로 현신했다. 그 넓었던 공동이 꽉 찰 정도로 거대한 아르티어스의 본체. 하지만 그의 몸 여기저기에는 수많은 상처들로 너덜거리고 있었다.

이제야 시간적 여유를 가지게 된 아르티어스는 온몸의 상처를 꼼꼼하게 마법으로 치료해 나갔다. 지상에 존재하는 모든 생명체들 중에서 가장 강력한 회복력을 자랑하는 게 바로 드래곤이다. 그런 만큼 마음먹고 치료를 하기 시작하자, 얼마 지나지 않아 그의 몸에 더 이상의 상처는 존재하지 않았다. 하지만 너덜거리는 외피는 그대로 남아있었다.

물론 외피를 복구할 방법이 없는 건 아니었다. 뱀 같은 파충류들은 허물을 벗는 방식으로 외피의 상처를 복구하지만, 드래곤이 허물을 벗는다는 소리를 들어봤는가? 드래곤은 허물을 벗지 않는다. 드래곤의 외피는 드래곤 본이라는 금속성 물질로 이뤄져 있었기에, 허물을 벗는다는 것 자체가 불가능했기 때문이다.

대신 드래곤들은 마나를 이용하여 자신의 몸체를 변화시키는 재주를 부릴 수 있었다. 과거 아르티어스가 다크를 위해 자신의 몸속에 있는 드래곤 본의 일부를 꺼내어, 검을 만들어줄 수 있었던 것도 다 그런 이유에서다.

아르티어스는 방대한 마나를 운용하여 뼈대를 이루는 드래곤 본의 일부를 꺼내어 외피를 복구시켰다. 몸 구석구석을 단장해야 하는 일인 만큼 마나의 소모가 큰 것은 물론이고, 기나긴 시간을 필요로 하는 매우 섬세한 작업이었다.

하지만 아르티어스는 외피를 복구하는 작업을 완전히 끝내지 못했다. 그건 쏟아지는 잠 때문이었다. 그의 몸은 수면을 필요로 하고 있었다. 그것도 아주 기나긴 잠을 말이다. 지금 그의 드래곤 하트는 거의 텅 비어있는 상태였다. 그럴 수밖에 없는 게 장백산에서 목숨을 건 치열한 전투를 했고, 곧바로 차원이동을 하며 막대한 마나를 소모했다. 아무리 드래곤이 마르지 않는 마나의 샘인 드래곤 하트를 가지고 있다 해도, 그렇게 엄청난 마나를 한꺼번에 소비하고 나면 반드시 수면을 통해 보충을 해야 했던 것이다.

아르티어스가 드르렁거리며 코를 골기 시작했을 때, 갑작스런 그 괴성에 놀라 엘프 둘이 뛰어왔다. 그리고 그들은 볼 수 있었다. 지하공동을 가득 채운 거대한 황금 덩어리를. 언제인지는 모르겠지만, 자신들의 주인이 돌아와 있었던 것이다.

"이, 이걸 어떻게 하지요? 깨울 수도 없고……."

"우리를 찾지도 않으시고 바로 잠자리에 드시지 않았나. 주변에 대기하고 있다가, 찾으시면 바로 달려가는 수밖에."

"그게 좋겠군요."

엘프들은 드래곤이 언제 깨어날지 몰라 전전긍긍 하고 있었지만, 사실 아르티어스는 그들의 예상과 달리 깊은 잠에 빠진 게 아니었다. 깊은 수면으로 빠지려고 하는 것을 억지로 참으며, 그야말로 비몽사몽간을 헤매고 있었던 것이다.

아르티어스가 치레아 공국에 다녀온 지 보름쯤 지났을까, 그의 뇌리를 울리는 요란한 울림이 갑작스럽게 전해져 왔다. 팔시온에게 전해줬던 수정구를 통한 통신이 그의 뇌로 직접 전해져 들어왔던 것이다. 그가 위험한 이런 방식을 쓸 수밖에 없었던 것은, 혹시나 깊은 잠에 빠져 신호를 놓쳐버릴 우려가 있었기 때문이다.

〈무슨 일이냐?〉

〈어르신, 기뻐하십시오. 어르신께서 제게 부·탁·하·신 흑마법사를 겨우 찾아냈습니다.〉

〈알겠다. 지금 곧 가마.〉

곧이어 아르티어스의 거대한 몸체가 사람으로 변하는가 싶더니, 순식간에 레어에서 그 자취를 감춰버렸다. 치레아 공국으로 공간이동해 버린 것이다.

　　　　　＊　　＊　　＊

"흠, 이 녀석이 죽음의 기사를 만들 줄 안다고?"
"예, 어르신."
팔시온의 대답에 아르티어스는 흡족하다는 표정으로 미소 지었다.
치레아 대공이 굽신거리고 있는 금발의 사내. 그 사내의 정체가 뭔지 흑마법사는 곧바로 눈치 챘다. 저 정도 존재감을 뿜어낼 수 있는 사람은 아예 없다. 있다면 드래곤뿐. 특히나 금발인 점으로 미뤄봐서 골드 드래곤이 틀림없었다. 그 순간 흑마법사의 뇌리로 악독하기 그지없었던 한 골드 드래곤의 이름이 번개처럼 스치고 지나갔다.
'서, 설마?'
두려움에 온몸을 부들부들 떨고 있는 흑마법사를 향해 아르티어스가 물었다.
"내가 아끼던 호비트가 죽었다. 그 호비트를 죽음의 기사로 만들려면 어떻게 해야 하지?"
"그, 그러기에 앞서 위대하신 분께 먼저 아뢸 말씀이 있습니다."
"무엇이냐?"
"죽은 기사를 죽음의 기사로 되살리는 것은 매우 힘듭니다. 왜냐하면 상대방이 원해야 가능하지, 그렇지 않고 강제적으로 죽음의 기사로 만들 수는 없기 때문입니다. 그래서 죽음의 기사라는 마물로 태어나 저에게 속박되는 것을 감수할 정도로 강한 원한을 가지고 있지 않는 한, 죽음의 기사로 재탄생되기를 원하는 기사는 거의 없습니다. 제가 지금까지 수백 명에 달하는 기사들의 영혼에게 권유해 봤습니다만, 성공한 것은 겨우 3명 정도에 불과했습니다. 그런 만큼 죽으신 분의 영혼이 만약 거부를 하여 죽음의 기사로 만들지 못하게 되었을 때, 저에게 그 책임을 묻지 말아 주시기를……."

그제야 흑마법사 녀석이 주장하고자 하는 게 뭔지를 깨달은 아르티어스는 신경질적인 어조로 대꾸했다.

"아쭈, 네 녀석이 무슨 말을 하는지는 그쯤 했으면 이해했으니, 더 이상 말할 필요는 없다."

"그럼 저를 그 분이 묻혀있는 무덤으로 데려가 주십시오."

"무덤에는 왜?"

"그 분의 영혼과 대화를 해봐야 하기 때문입니다."

아르티어스는 곧바로 품속에서 술병을 꺼냈다. 다크의 영혼이 봉인되어 있는 그 술병을 말이다. 아르티어스는 술병의 봉인을 해제하여 영혼이 밖으로 나올 수 있게 해줬다. 물론 다크의 영혼이 딴 데로 도망가지 못하도록 커다란 결계를 형성한 뒤 그 속에 머물도록 했다. 그런 다음 흑마법사에게 말했다.

"여기에 영혼이 있으니 주문을 외워보거라."

흑마법사는 두 손을 하늘 위로 뻗으며 주문을 외웠다.

"잠들어 있는 위대한 기사의 영혼이여! 대마왕 크로네티오님의 권능을 받아 그대에게 명하오니 지저(地底)의 혼돈에서 깨어나 나, 카론 일족의 권능을 이어받은 제이슨의 명령에 따르라!"

흑마법사가 주문을 외우자 놀라운 일이 벌어졌다. 술병 안에서 왠지 까칠한 음성이 들려왔던 것이다.
〈네놈은 누군데 나를 부르는 게냐?〉
"위대한 기사의 영혼이여, 죽음의 기사로 다시 태어나고 싶은 생각은 없느냐? 만약 죽음의 기사로 다시 태어난다면, 네가 원하는 것을 이룰 수 있도록 내가 최선을 다해 도우마. 네 원한이 무엇이냐?"
애타는 그의 물음에 영혼은 퉁명스런 어조로 대꾸했다.
〈원한 따윈 없다. 무사로서 후련하게 싸우다 죽었으니, 더 이상 무엇을 바랄 게 있겠는가.〉
까칠한 답변에 당황한 흑마법사는 황급히 아르티어스에게 보고했다.
"사자(死者)가 다시 태어나고 싶은 마음 따위는 없답니다. 무사로서 후련하게 싸우다 죽었으니, 더 이상 무엇을 바라겠느냐고……."
"이런 망할! 그 녀석한테 전해. 제발 나를 버리지 말아달라고 말이야. 죽음의 기사면 어떠냐. 나는 네 외모 따위는 신경 쓰지 않아. 그러니 내 곁에서 말벗이라도 해다오. 앞으로 기나긴 생을 홀로 살아야 할 아버지가 불쌍하지도 않냐?"
그 말을 사자의 영혼에 전한 흑마법사는 곧 황당한 표정으로 말을 전했다.
"싫다는데요."
"이런 못된 놈! 애비는 자기를 살리겠다고 이렇게 애를 태우고 있는데, 감히 들은 척도 안 해?"
성질 같아서는 그냥 영혼을 순리대로 떠나게 해주고, 모든 것을 끝내버리고 싶었다. 하지만 아르티어스는 그렇게 하지 못했다. 그동안 미운 정 고운 정이 들어 그 빈자리가 너무 컸던 탓이다. 무미건조하던 그의 삶에 커다란 활력소가 되어줬던 호비트인 다크. 그 다크와의 짧았던 유희는 이 전에 해왔던 어설픈 유희와는 달리, 그에게 엄청난 삶의 즐거움을 선사했다. 그래서 다크를 친아들처럼 애지중지하며 돌봐줬는지도 모른다.

유희라는 게 언제나 그렇듯, 골치 아프게 꼬이다 보면 나중에는 신물이 나는 경우가 있다. 그러면 그냥 다 때려치우고, 다른 곳에 가서 다시금 유희를 시작하게 된다. 하지만 아들인 다크와의 유희는 그렇지가 않았다. 호비트인 주제에 드래곤인 자신에게 겁도 없이 달려들던 그 무모함, 그리고 자기가 원하는 대로 마구 부려먹는 그 악독함. 언제부터였는지는 몰라도 아들놈의 눈치를 보며 살아가는 자신의 모습을 발견했을 때, 얼마나 어처구니가 없었는지 모른다. 하지만 그래도 하루하루가 재미있고, 너무 행복했었다. 그래서였을까, 예전에 유희 중 대륙을 정복해 보겠다고 날뛰었을 때보다, 다크의 눈을 피해 구석에 처박혀 농땡이 필 때가 더 통쾌하고 행복하게 느껴졌던 것이.

그만큼 아들의 존재가 자신의 많은 것을 바꿔놨던 것이다. 이제 그에게 있어서 아들이 없는 삶은 생각하기 힘들었다. 또다시 동굴 속에 처박혀 잠이나 자면서 그 기나긴 삶을 지루하게 보내야만 한다는 걸 떠올리면…….

"안 돼! 절대 그럴 수는 없어."

아르티어스가 머리털을 쥐어뜯으며 분노에 잠겨있을 때, 옆에서 그 모습을 지켜보고 있던 팔시온과 미디아는 놀라움을 감추지 못하고 있었다. 팔시온은 궁금증을 도저히 참지 못하고, 아르티어스에게로 다가가 뭔가를 물으려 했다. 그때 미디아가 황급히 다가와 그의 팔을 잡고는 뒤로 잡아당겼다.

"당신 지금 뭘 하려고 하는 거예요?"

"설마 다크가 죽은 거야? 말도 안 돼. 어르신께 확실히 물어봐야겠어."

"당신 미쳤어요? 지금 어르신께 뭘 물어볼 만한 상황이냐구요."

미디아가 겁에 질릴 정도로 아르티어스의 분노는 대단했다. 눈치를 보아하니, 지금 제정신이 아닌 듯 했다. 이럴 때 자칫 그의 심기를 건드리기라도 했다가는, 오늘이 바로 제삿날이 되는 수가 있다.

하지만 팔시온은 그런 것조차 느끼지 못하는 듯 그저 멍하니 중얼거릴 뿐이었다.

"그럴 리가 없어. 그 녀석이 얼마나 강했는데. 코린트가 자랑했던 키에리 드 발렌시아드 대공조차도 이긴 녀석이잖아. 그런 놈이 죽었다는 게 말이나 돼?"

"아무래도 안되겠어요. 일단 우리 밖으로 나가요."

듣다 못한 미디아가 팔시온의 팔을 잡아끌고 집무실 밖으로 나갔다. 그 와중에도 팔시온은 멍한 표정으로 계속 중얼거리고 있었다.

"내가 가장 좋아했던 친구 중 하나가 다크였어. 그 빌어먹을 놈은 내가 죽은 후에도 몇 백 년은 더 살 만큼 강했다구. 그런데 그런 놈이 죽었다고 나보고 믿으라는 거야?"

텅 빈 눈으로 미디아를 향해 물어보던 팔시온은 갑자기 눈물을 주르륵 흘리며 관저 안으로 터덜터덜 들어갔다.
 실내로 들어온 팔시온은 벽장에 장식되어 있던 독한 술병을 꺼내 주저없이 마개를 땄다. 그리고는 목이 타는 듯 한잔 가득 부어서는 벌컥벌컥 들이켰다. 그런 다음 또다시 한잔 따라서는 미디아에게 내밀며 물었다.
 "당신도 한잔 할래?"
 "나는 됐어요."
 살며시 고개를 흔든 미디아는 창가 쪽으로 다가가 아르티어스가 지금 뭐하고 있는지부터 살폈다. 아르티어스는 분노를 참기 힘들었던지 발을 연신 동동 구르면서도, 화를 애써 참으며 계속 흑마법사와 얘기를 나누고 있었다. 아마도 죽음의 기사가 되기 싫다는 다크의 영혼을 달래고 있는 것이리라.

　　　　＊　　＊　　＊

 아르티어스는 화가 머리끝까지 치밀어 오른 채, 자신의 레어로 돌아왔다. 거의 1시간에 걸쳐 애걸복걸하며 매달렸건만, 매정한 아들놈은 그의 요청을 거절했다. 좀 더 설득해 보고 싶었지만, 이제 더 이상의 형식적인 대답조차 하지 않는다는 흑마법사의 말에 그만 포기하고 돌아온 것이다.
 "망할 놈의 새끼! 내가 자기를 얼마나 사랑했는데, 나를 이따위로 대해? 또다시 네놈을 살릴 생각을 하면 내가 드래곤이 아니라 도마뱀이다."
 아르티어스가 도착하는 것을 보고 엘프들이 허겁지겁 달려와 인사를 건넸다. 잠을 자고 있는 줄 알았던 주인이 갑자기 사라져 버린 후, 그들은 아예 지하공동에다가 보초까지 세워놓은 상태였다. 안 그래도 성질 더러운 주인이 들락거리는 꼴이 왠지 꼬투리를 잡으려고 하는 건 아닌가 하는 불길한 예감에 그렇게 했던 것이다.

"어서 오십시오, 주인님. 시키실 일은 없으십니까?"

아르티어스는 귀찮은 듯 손짓하며 대꾸했다.

"됐다. 너희들은 가서 일 봐."

힐끔힐끔 눈치를 보며 사라지는 엘프들. 아르티어스가 그들을 서둘러 내보낸 것은 성질 같아서는 무슨 짓을 해버릴지 자신도 알 수 없었기 때문이다. 그래도 나름 쓸 만한 노예들인데, 화풀이 대상으로 없애버리기에는 좀 아까워서였다.

"빌어먹을. 다 때려치우고 잠이나 자자."

그때 막 드래곤의 본체로 변신하려고 하던 아르티어스의 뇌리를 스치는 생각 하나가 있었다. 죽음의 기사로 만드는 데는 상대방의 의사를 물어봐야 한다지만, 키메라의 경우에는 그런 작업이 필요가 없을지도 모르지 않는가.

"흠, 호비트들이 키메라를 만드는 실력이라고 해봐야, 별 볼일 없을 게 뻔하고······."

어느새 본체로 돌아가서 잠이나 즐기겠다는 생각은 사라지고, 그의 머릿속은 키메라로 꽉 들어찼다.

"이왕에 이렇게 된 거, 내가 한 번 키메라를 만들어 봐? 드래곤도 한 마리 필요하다고 했으니까, 정 안되면 브로마네스를 잡아서 쓰면 되겠네. 큭큭큭."

자신의 생각이 꽤나 마음에 든 듯 흡족한 웃음을 터트리던 아르티어스는 갑자기 고개를 가로저으며 중얼거렸다.
"아니, 꼭 죽일 필요는 없을 거야. 겨우 키메라 한 마리 만드는 것 정도라면, 드래곤의 본체가 다 필요하지는 않겠지. 그 정도라면 내 피와 살을 조금 잘라서 쓰면 되지. 그렇게 되면 아들놈과 나는 같은 피로 연결되는 게 아니겠어?"
정말 괜찮은 생각이었다.
"그렇다면 빨리 키메라 제작법이나 배우는 게……."
중얼거리던 아르티어스는 갑자기 인상을 확 구겼다.
그러고 보니 키메라 제작법을 누구에게 배우느냐 하는 문제가 있다는 사실에 생각이 미친 것이다. 호비트한테 가서 배운다고? 녀석들의 연구 수준이라고 해봐야 뻔할 뻔자가 아닌가. 브로마네스 녀석의 말에 따르면 제대로 말도 할 줄 모르는, 그런 허접한 놈들 밖에 만들지 못할 정도로 저급한 수준이라고 했다. 그렇다면 자신이 직접 연구하며 레벨을 올릴 수밖에 없을 텐데, 어느 세월에 그 짓을 하겠는가.
아르티어스는 공동 안을 서성이며 중얼거렸다.
"뭔가 방법을 찾아내야 해. 아르티어스, 너는 일족들 중에서 가장 머리가 뛰어나다는 칭송을 받고 있는 아버지의 아들이잖아. 너는 생각해 낼 수 있어. 너는……."
이때, 그의 머리를 번쩍 하고 스쳐지나가는 생각이 있었다. 그렇다. 그의 아버지인 아르티엔이 생애 대부분을 마법에 미쳐서 사셨던 분인 만큼, 키메라에도 손을 댔을지도 모른다는 생각이었다. 마법생물 키메라를 제조하는 것에도 엄연히 고난도의 마법이 필요했다. 거기에 흥미를 느끼셨을 지도 모를 일이 아니겠는가.
"아버지의 레어를 뒤져봐야 해."
아르티엔이 죽은 지 꽤나 오랜 세월이 흘렀지만, 그의 레어에 있는 보물들은 도둑맞지 않고, 모두 다 제자리에 있을 거라고 확신하고 있는 아르티어스였다.

　　　　*　　*　　*

골드일족이 낳은 최강의 드래곤 아르티엔.
하지만 의외로 그의 레어는 소박했다. 아마도 그건 대부분의 드래곤들이 시간을 주체하지 못하고 여기저기 쫓아다니며 금은보화와 보물을 모으느라 정신없었던 것에 비해, 그는 마법 연구만으로도 바쁜 시간을 보냈기 때문이리라. 더군다나 아르티어스를 낳은 다음에는 그의 뒤치다꺼리를 하는 것만으로도 충분히 바빠서, 금 쪼가리나 모은다고 돌아다닐 여유도 없었을 것이다.
물론 그렇다고 해서 아르티엔이 전혀 금은보화를 수집하지 않았다는 얘기는 아니다. 다른 드래곤에 비한다면 비교적 소량이기는 했지만, 수집하기는 했었다. 그런데 레어 안이 텅 비어 있는 것은 이미 아르티어스가 몽땅 다 털어먹었기 때문이었다.
레어에 도착한 아르티어스의 인상이 확 일그러졌다.
"얼레, 침입자가 있었나?"
금은보화야 이미 다 털어갔지만, 그 외에도 아르티엔의 레어에는 방대한 마법 자료들이 쌓여있었다. 그것들을 몽땅 다 자신의 레어로 옮길 생각이었지만, 당시 다크에게 얽매여 있던 아르티어스에게는 그럴 만한 시간적 여유가 없었다. 그렇기에 그는 다른 놈들이 들어와서 아버지의 유산을 훔쳐가지 못하도록 각종 방어망을 쳐놓는 것으로 그쳐야만 했었다. 그런데 그 방어망들이 전부 다 해체되어 있는 것이다.

드래곤답게 아르티어스는 어떤 위험이 저 어두컴컴한 레어 안에 감춰져 있는지는 생각도 하지 않고, 성큼성큼 걸어 들어갔다. 이때, 그의 귀에 이해하기 힘든 목소리가 들려왔다.

"이봐, 거기 조심해!"

"그래, 그렇게……."

뭔가를 퉁탕거리며 두들기는 듯한 소리와 함께 들려오는 목소리들. 목소리의 주인이 누군지는 보지 않아도 뻔한 일이었다. 드워프 특유의 억양과 어조가 가미되어 있기에, 아르티어스는 보지 않고도 레어 안쪽에 드워프들이 있다는 것을 알아챈 것이다.

"이상하네……? 아무리 드래곤이 살지 않는다고 해도, 레어에 드워프들이 정착하는 경우는 거의 없는 줄 알았는데 말이야."

왜 그런가 하면, 이곳에 다른 드래곤이 둥지를 틀 우려가 있기 때문이었다. 그렇게 되면 그날로 둥지를 튼 드래곤의 노예 신세로 전락해 버린다. 그런 위험을 뻔히 알면서도 이곳에 정착할 간 큰 드워프는 없다.

안으로 들어가 보니 수많은 드워프들이 북적거리며 일을 하고 있었다. 아르티어스가 다 털어가버려 휑하기 그지없게 변해

불법 레어 침입자 231

버린 을씨년스러운 공간을 새로운 예술작품들로 채워나가고 있었던 것이다.

이때, 그의 모습을 발견한 드워프들 중 한 명이 안쪽으로 달려 들어가더니, 얼마 지나지 않아 우람한 덩치의 오크를 한 마리 데리고 나왔다. 오크들 중에서 붉은 털을 지닌 개체는 꽤나 드물다. 더군다나 저렇게 불타오르는 듯한 선명한 붉은 털을 가진 놈은 지금껏 단 한 번도 본 적이 없었다.

아르티어스는 그제야 알겠다는 듯 콧방귀를 뀌며 이죽거렸다.

"큭, 손님이 들어온 거였군."

하기야, 드래곤이었으니 그가 여기에다 쳐놨던 각종 방어 마법들을 무위로 돌릴 수 있었던 것이리라. 물론 그것도 다 아르티어스가 이곳에 없었기에 가능했던 것이겠지만 말이다.

"췍! 누구시죠? 췍! 무슨 일로 남의 영역에 침범하신 겁니까. 취췍!"

말을 할 때마다 커다란 송곳니 사이로 바람 빠지는 소리가 울려나왔다.

"여기가 어떻게 네 녀석의 영역이라는 말이냐? 이 레어는 골드일족 최강의 드래곤이셨던 아르티엔님의 것이다."

"췍! 그건 알고 있어요. 그리고 그분이 돌아가셨다는 것도. 췍!"

"그렇다면 이 레어가 그분의 아들인 나 아르티어스에게로 상속되었다는 것도 잘 알겠군. 안 그래?"

"췍! 당신은 이곳에서 살고 있지 않잖아요. 췍! 그리고 드래곤이 둥지를 두 개 이상 가진다는 말은 여태 들어본 적이 없다구요."

"흥! 2개를 가지건, 3개를 가지건 내 마음이지. 주인의 허락도 받지 않고 남의 레어에 침입한 녀석은 이만 여기서 나가줘야 겠어."

"그렇게는 못하겠어요. 췩!"

"호오, 못하겠다고?"

피식 미소 짓는 아르티어스. 말로 하니까 감히 어린놈이 주제 파악도 못하고 덤비고 있는 것이다. 안 그래도 다크 때문에 화가 머리끝까지 치밀어 있는 상태였는데, 아르티어스는 마침 잘 되었다 싶었다. 이놈을 어떻게 박살내야 울화가 풀릴까? 뼈다귀 한두 개 부러트리는 정도로는 화가 풀릴 것 같지도 않았다.

"크크, 어쩔 수 없지. 주인의 허락도 받지 않고, 남의 영역에 멋대로 침입하는 놈이 어떻게 되는지 내가 몸소 가르쳐 주는 수밖에."

광기로 번들거리는 아르티어스의 눈을 보고, 오크는 자신도 모르게 주춤주춤 뒤로 물러섰다. 지금까지 거의 느껴지지 않았었는데, 갑자기 자신의 온몸을 짓누르는 상대방의 거대한 존재감.

"취익, 맙소사……."

자신이 아는 한 가장 강한 존재였던 아버지. 그런 아버지보다도 훨씬 더 강맹한 기운이 뿜어져 나와 자신을 옭죄고 있었다.

"꾸애애액! 오, 오크 아니, 드래곤 살려~."

잠시 후, 광장 안에는 처절한 오크의 비명소리가 울려 퍼졌고, 겁에 질린 드워프들은 손으로 양쪽 귀를 꽉 막고 한쪽 구석에서 바들바들 떨기만 했다.

* * *

"망할 새끼! 곱게 말로 할 때 알아서 나갈 것이지……."

이제 갓 독립한 듯한 철없는 드래곤 한 마리를 확실히 교육(?) 시킨 후, 아르티어스는 아버지의 연구실로 발걸음을 옮겼다. 아버지의 연구실은 예전과 변한 게 전혀 없었다. 먼지가 수북이 쌓여있는 책상. 먼지가 쌓여있는 것은 책상 위만이 아니었다. 방 안에 있는 모든 것이 그랬다.

어쩌면 어린 드래곤 녀석도 이곳에 연구실이 있다는 것을 알고 있었을지도 모른다. 하지만 이제 갓 분가해서 해보고 싶은 일이 수없이 많은 어린 드래곤이 연구실에 처박혀 마법공부부터 시작했을 거라고 생각하는 게 오히려 이상했다.

아르티어스는 먼저 수북이 쌓여있는 마법서들 중에서 키메라 제조에 대한 책이 있는지 살펴보기 시작했다. 책 한권 한권을 다 읽어보며 꼼꼼히 확인해야 하는, 엄청난 끈기와 시간을 필요로 하는 작업이다.

거의 3천 권쯤 되는 마법서들을 살펴봤을 때쯤일까? 아르티어스는 희미한 드래곤의 존재감을 느꼈다. 그는 살펴보던 책을 신경질적으로 탁자 위에 내려놨다. 안 그래도 찾고자 하는 책이 찾아지지 않아 짜증이 나던 참이었다.

"이 자식이 주제 파악도 못하고, 다시 온 모양이군. 이번에는 아주 그냥 박살을 내줘야겠어. 이 근처에는 아예 올 엄두도 내지 못할 정도로 말이야."

아르티어스는 녀석을 어떻게 하면 화끈하게 아작을 내줄까 궁리하며, 느긋한 걸음으로 어슬렁어슬렁 밖으로 걸어 나갔다.

하지만 몇 발자국 채 걸어가기도 전에 밖에서 느껴지는 드래곤의 존재감이 상상이라는 것을 깨달았다. 온 몸에 전율이 일게 할 정도의 무시무시한 존재감……. 이 정도 존재감이라면 필시 에인션트급을 상회하는 드래곤이리라.

순간 멈칫 멈춰 선 아르티어스.

"지 애비에게 도움을 청한 건가?"

녀석도 자신의 힘만으로는 절대로 복수할 수 없을 거라는 걸 느꼈으리라. 하지만 자존심 강하기로 이름 높은 레드 일족이, 연장자의 도움까지 청할 거라고는 전혀 예상하지 못했었다.

"배알도 없는 새끼."

무심결에 욕설을 중얼거리는 아르티어스였다.

지금까지 저질러 놓은 수많은 악행 덕에, 노룡들이 자신을 보는 눈이 곱지 않다는 게 마음에 걸렸다. 제 멋대로 살아오기는 했지만, 그렇다고 해서 자신이 처한 현 상황을 제대로 판단하지 못할 아르티어스는 아니다. 무엇보다 냉철하게 판단한다. 지금까지 그토록 많은 사고를 치고도, 이렇게 멀쩡하게 돌아다닐 수 있었던 게 바로 그 덕분이었으니까.

'그냥 물러날까?'

만약 이게 아들의 일에 연관된 것만 아니었다면, 그는 곧바로 도망쳤을 것이다. 하지만 그는 도망칠 수 없었다. 이대로 물러난다면, 더 이상 이곳에 대한 소유권을 주장할 수 없기 때문이다. 그 말은 여기에 쌓여있는 아버지의 마법서들을 살펴볼 수 없게 된다는 뜻이기도 했다.

"어쩔 수 없지. 죽이 되던, 밥이 되던 부딪쳐 보는 수밖에."

아르티어스의 예상과 달리 손님은 한 명만이 아니었다. 무려 세 명이었다. 그 중 하나는 얼마 전에 아르티어스에게 박살나서 쫓겨난 어린 드래곤이었고, 둘은 처음 보는 드래곤들이다. 그런데 그들 중 하나의 존재감이 워낙에 엄청나서, 나머지 둘의 존재감이 묻혀버렸기에 하나로 느껴졌던 것이다.

아르티어스가 레어 안에서 걸어 나오는 것을 보고, 오크 녀석이 그를 손가락으로 가리키며 으르렁거렸다.

"바로 저놈입니다! 저놈이 제 레어를 뺏고, 저를 이 지경으로 만들었다구요."

이때, 오크 녀석의 옆에 서있던 드래곤이 또 다른 존재에게 공손히 말했다.

"브라키어님, 공정한 판결을 부탁드립니다."

웜급 정도의 젊은 드래곤, 아마도 오크 녀석의 아버지인 모양이다. 아르티어스에게 묵사발이 난 놈이 구원을 청할 데라고 해봐야, 그 아버지 밖에 더 있겠는가. 만약 아버지라는 녀석이 직접 이리로 달려왔다면, 아르티어스가 손쉽게 상대했을 것이다. 그런데 문제는 저놈이 아들을 박살낸 게 누군지 눈치를 챘는지, 자신들의 일족 수장(首長; Lord)에게 도움을 청했다는 데 있었다.

에인션트 레드 드래곤 브라키어. 레드 일족의 수장으로서 광폭하기로 이름난 무시무시한 드래곤이다.

혹시나 하기는 했지만, 상대가 브라키어라는 말에 아르티어스의 표정이 살짝 일그러진다. 브라키어와는 예전에 안면이 있었다. 과연 저놈이 공정한 판결을 해줄까? 그럴 가능성은 아예 없다는 게 아르티어스의 판단이었다.

예전에 아르티어스가 사고 쳤을 때, 브라키어가 다른 종족의 수장 둘과 함께 그의 레어를 방문했었던 적이 있었다. 그때는 붉은 머리의 엘프였는데, 오늘은 타는 듯한 적발의 건장한 호비트의 모습을 하고 있었다.

브라키어는 레어 안에서 걸어 나오는 아르티어스를 보고는 기가 찬다는 듯 말했다.

"또 네놈이냐?"

"오랜만입니다, 어르신."

"그래. 한동안 조용하다 싶더니, 또다시 말썽을 부리기 시작한 게냐?"

"말썽이라니요? 터무니없으신 말씀이십니다."

"터무니없다니! 어떻게 된 게 네놈은 예전이나 지금이나 전혀 변한 게 없냐. 이 아이한테 다 들었다. 레어에 무단침입, 그리고 강제 점거. 내 살다 살다 남의 레어를 뺏는 드래곤이 있다는 소리는 오늘 처음 들었다."

그러자 아르티어스는 무지 억울하다는 표정을 지으며 항변했다.

"뺏다니요? 그런 말씀 마십시오."

"뺏은 게 아니라고?"

"예, 이 레어는 아버지로부터 물려받은 제 것입니다."

"네 녀석의 레어는 말토리오 산맥에 있지 않더냐?"

"그렇긴 한데 그건 본집이고, 여긴 가끔 와서 쉬는 별장이죠."
별장이라는 대답에 브라키어의 얼굴이 확 일그러졌다. 억지도 이런 억지가 없다. 그런데 감히 그런 억지를 자신의 앞에서 부리다니. 브라키어는 그래도 일족의 수장답게 분노를 애써 억눌렀다. 성질 같아서는 패대기부터 쳐놓고 대화를 나눴겠지만, 종족의 수장이라는 지위에 있는 만큼 분노로 부들부들 떨리는 손을 억지로 참고 있었던 것이다.
"별장을 가진 드래곤이 있다는 말은 내 생전 처음 듣지만……. 뭐, 좋다. 네 말이 옳다고 치자. 그런데 이게 네 레어라는 증거가 있느냐? 네 별장이라는 증거가 있느냐는 말이다."
"물론 있습니다. 아버지로부터 이 레어를 물려받은 후, 저는 이곳에 침입자가 들어오지 못하도록 각종 마법 방어망을 쳐뒀습니다. 물론 그 방어망은 보물사냥을 하러 다니는 호비트들을 막자는 것이지, 동족을 막자는 것은 아니었습니다. 아무리 강하게 방어망을 쳐봐야, 동족들을 상대로 그게 먹혀 들어가기나 하겠습니까? 오히려 방어망만 부서지죠. 그래서 동족이라면 방어망을 부수지 않고도 안으로 들어올 수 있게 해놓은 뒤, 안쪽에 팻말을 세워두는 것으로 대신했었습니다."
말을 하던 아르티어스는 어린 드래곤을 한 번 매섭게 째려본 뒤, 다시 말을 이었다.
"하지만 제가 실수한 게 있으니, 설마 갓 분가한 어린놈이 제 레어에 둥지를 틀고 자리를 잡을지는 상상조차 못했다는데 있습니다. 그 간단한 마법 방어망도 통과하지 못해 몽땅 다 부숴버렸고, 제가 안쪽에 세워뒀던 팻말도 없애버렸더군요."

브라키어는 사나운 눈빛으로 어린 드래곤을 바라보며 물었다.
"저 녀석의 말이 사실이냐?"
갑작스런 질책에 어린 드래곤은 당황해서 대답했다.
"무, 물론 제가 여기에 왔을 때 방어마법진이 쳐져 있었던 건 사실입니다. 그리고 안쪽에서 팻말도 봤습니다. 하지만 당시 여기에는 아무도 살고 있지 않았습니다. 만약 이곳에 주인이 있다면, 그를 시중드는 자들이 있어야 할 게 아닙니까. 경비 몬스터 한 마리 없이, 그렇게 간단한 마법만으로 레어를 방비하는 경우가 어디 있습니까?"
그 말에 브라키어는 잠시 고심을 했다. 사실, 브라키어는 내심 탄복하고 있는 중이었다. 순전히 억지만 부려대며 동족들을 괴롭혀 대는 못된 놈인 줄로만 알았는데, 그게 아닌 것이다. 어쩌면 아르티엔의 죽음이 녀석에게 좋은 자극이 되었는지도 모른다는 생각이 들었다.
"쌍방 간의 의견을 들어본 결과, 네 의견이 충분히 일리가 있음을 알 수 있었다."
브라키어는 오크 녀석을 향해 고개를 돌리며 말을 이었다.
"이 레어의 주인이 죽은 것도 사실이고, 또 이곳에 아무도 살지 않고 있었다는 네 주장은 옳다. 하지만 방어 마법진이 쳐져 있고, 이곳에 주인이 있다는 팻말까지 세워져 있었음에도, 그걸 무시한 것은 결코 옳은 행동이 아니야."
오크는 굉장히 억울하다는 듯 슬쩍 눈시울까지 붉히며 열변을 토했다.
"그저 단순한 팻말뿐이었습니다. 그러니까······."

잠시 기억을 되새겨보는 오크. 그때 대충 읽고 뽑아버렸던 것이었지만, 완벽하기 짝이 없는 드래곤의 기억력은 당시의 장면이 마치 방금 전에 벌어졌었던 것처럼 선명하게 그의 뇌리에 떠오르게 만들어 줬다.

"'이 레어는 나 아르티어스의 것이다. 무단침입자는 용서하지 않겠다.' 이렇게 단 두 줄만이 기록되어 있었을 뿐이었습니다. 레어 안에는 아무도 살고 있지 않았고, 심지어 금은보화라고는 두 눈을 씻고 찾아봐도 없는 텅 빈 공간이었죠. 남아 있었던 건 아르티엔님이 남겨놓으신 방대한 양의 마법서들 정도였습니다. 저는 아르티어스라는 드래곤이 아르티엔님이 돌아가신 후, 그분이 남겨놓으신 재산을 습득하기 위해 먼저 침을 발라놓은 거라고 생각했습니다. 시간이 날 때마다 이곳에 들러 마법서를 자신의 레어로 옮기려고 말입니다. 저는 혹시나 해서 10년 동안을 기다렸습니다. 아르티어스란 드래곤을 만나면 사정을 설명하고, 마법서는 필요 없으니 이 레어를 저에게 달라고 부탁하려고 말입니다. 제가 남의 재물을 탐할 만큼, 후안무치한 그런 드래곤은 아니지 않습니까? 고룡께서 기거하시던 곳이라서 그런지, 넓이 하나만큼은 정말 마음에 들었거든요. 그렇게 생각하고 있었는데…, 저 분이 갑자기 나타나서는 앞뒤 설명을 들어보지도 않고 저를 이렇게……."

생각하는 것만으로도 진저리가 쳐진다는 듯 온몸을 부르르 떨었다.

그러자 브라키어는 난감하다는 표정으로 아르티어스를 바라봤다. 양쪽 얘기를 들어보니, 둘 다 그럴 듯한 이유였기에 공정한 판단을 내리기가 곤란했기 때문이다.

"이 아이의 말을 어떻게 생각하는가? 솔직히, 자네에게 레어가 둘씩이나 필요하지는 않지 않은가. 물론 여기에 있는 아르티엔님의 유산은 자네가 가져가는 것으로 하고, 어린 드래곤을 위해 양보를 해주면 안 되겠는가?"

"위대하신 브라키어님께서 그렇게까지 말씀을 하시는데, 제가 어찌 거절할 수 있겠습니까. 그렇게 하겠습니다."

말을 듣지 않으면 윽박을 질러서라도 자신의 의견을 관철시키려고 내심 마음을 다지고 있었던 브라키어는, 아르티어스가 순순히 고개를 끄덕이자 깜짝 놀라고 말았다.

"자네 예전보다는 꽤나 어른스러워졌군, 그래."

"좋게 봐주셔서 감사합니다, 어르신."

"허허, 아르티엔님께서 살아계셨다면 대견스러워 하셨을 게야."

"......"

살짝 양심이 찔리는 아르티어스였다. 지금 이러고 있는 건 필요에 의해서였지, 결코 자신이 개과천선해서 그런 건 아니었으니까.

"그분께서 대마왕 크로네티오와 싸우다 돌아가셨다는 얘기를 듣고, 내가 얼마나 놀랐는지 아는가?"

두 눈을 지그시 감으며 과거를 회상하는 브라키어. 대마왕이 강림했음에도 불구하고, 다른 드래곤들에게는 알리지 않고 그 혼자만이 싸우다 죽었다는 것은 아직도 풀리지 않는 수수께끼였다.

회상에 잠겨있던 브라키어는 문득 뭔가가 떠올랐다는 듯 아르티어스에게 물었다.

"한 가지 물어볼 게 있는데 말일세. 아르티엔님께서 크로네티오와 싸우실 때, 자네도 함께 있었나?"

"예."

"오호, 이제야 궁금증을 풀 수 있겠구먼. 그렇다면 왜 그때 다른 드래곤에게는 알리지 않았는가. 내가 만약 그 사실을 알았다면 만사를 제쳐놓고 달려갔을 텐데……."

"당시 대마왕은 토지에르라는 호비트의 육신에 강림했었지요. 아무리 대마왕이 강하다고 하지만, 호비트의 육신이 지니고 있는 한계로 인해 그리 대단한 능력을 지니지는 못했었습니다. 그 때문에 어르신을 비롯한 다른 일족의 수장들께 기별을 넣지 않았던 겁니다."

브라키어는 말도 안 된다는 소리라며 고개를 흔들었다.

"호비트의 몸에 강림했다고? 그럴 리가……. 전투가 벌어졌던 곳에 내 직접 가봤다네. 그 엄청난 흔적들, 그건 결코 호비트 따위의 몸에서 구현해 낼 수 있는 힘이 아니었어."

"맞습니다. 대체 무슨 짓을 했는지는 모르겠지만, 그때 아버지께서는 놈이 본신이 지닌 힘의 절반쯤을 보유하고 있는 상태라고 말씀하셨죠."

그 말에 브라키어의 얼굴에 경악감이 어렸다. 본신 능력의 절반이라면, 드래곤이 떼로 덤벼든다고 해도 승패를 가늠하기 힘들다는 것을 잘 알고 있었기 때문이다.

"저, 절반이라고? 그게 사실인가?"

"예. 아버지께서는 대마왕과 싸우기 전에 제게 경고하셨죠. 당신께서 놈에게 패한다면 덤벼들 생각 말고, 즉시 각 종족의 로드들께 사태의 전말을 말해주라고 말입니다. 모든 드래곤이 힘을 합친다면, 승리할 수 있을지도 모른다고 하시면서……."

얘기를 하던 중 하마터면 아르티어스는 다른 드래곤들 앞에서 눈물을 흘리는 추태(?)를 연출할 뻔 했다. 돌이켜 생각해 보면 당시의 아버지의 모습은 정말 멋있었다. 그리고 이제서야 아버지의 너무나도 깊고 큰 사랑이 마음 속 깊이 느껴졌던 것이다.

"허어, 내가 파악했던 것보다 더욱 큰일이 벌어졌었던 모양이로군. 그런 강적을 아르티엔님 혼자서 막아내시다니. 그분께서 강하시다는 것은 모두들 알고 있었지만, 그 정도였을 줄이야……."

한동안 충격에서 벗어나지 못하던 브라키어는 잠시 후, 아르티어스에게 말했다. 그의 눈빛은 부드럽게 변해 있었다.

"자네가 말썽은 많이 부리지만, 그래도 자네 또래의 다른 드래곤들에 비한다면 마법에 대한 성취가 높다는 것 정도는 나도 익히 알고 있다네. 그분의 뒤를 잇기 위해, 이렇게 마법공부에 매진하고 있었다니……. 허어, 참으로 대견하구먼."

아르티어스가 이계로 날아갔다가 얼마 전에야 도착했다는 것을 브라키어는 몰랐다. 그가 알고 있는 것은 이곳에 몇 십 년만에 왔다는 것 정도였다. 그리고 아르티엔이 물려준 마법서를 지키기 위해, 자신과 대면하는 위험까지 감수하고 있지 않은가. 가만히 생각해 보니 그동안 아르티어스는 자신의 레어에 처박혀 마법에 매진하고 있었음에 틀림없다고 브라키어는 생각했던 것이다.

"그렇게 칭찬해 주시니 감사합니다, 어르신."

"열심히 해보게. 아르티엔님의 혈통을 계승한 자네니, 목적한 바를 반드시 이룰 수 있을 게야."

"감사합니다, 어르신."

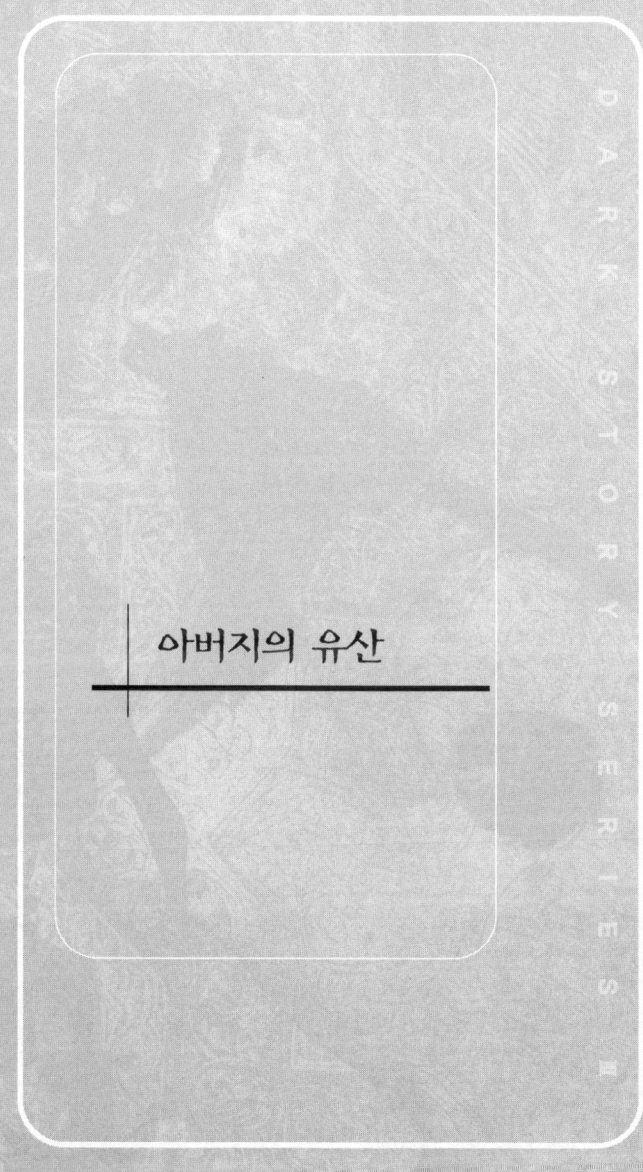

아버지의 유산

장백산의 괴인

대화가 잘돼서 원만하게 합의가 이뤄지자 브라키어와 오크의 아버지는 돌아가고, 레어 안에는 떨떨한 오크와 아르티어스 단 둘만이 남게 되었다. 둘만 남게 되자, 아르티어스는 곧바로 본색을 드러냈다.
"명색이 드래곤이 몇 대 맞았다고 징징 짜며, 곧바로 아버지한테 찾아가서 도움을 청하냐? 이 배알도 없는, 고자질쟁이 새끼야!"
"……."
아르티어스가 으르렁거렸지만, 오크는 아무런 대꾸도 하지 않고 고개만 푹 숙이고 있다. 대꾸를 해봐야 좋을 게 없다는 것을 깨달았기 때문이다. 그렇다고 또다시 도움을 청할 수도 없었다. 이미 로드인 브라키어의 판결이 떨어졌기 때문이다.
"저리 꺼져. 꼴도 보기 싫으니까."
오크는 아르티어스의 입에서 이 말이 나오기를 기다렸다는 듯 잽싸게 어디론가 도망쳐 버렸다.

녀석을 보내고 난 후, 원하던 책을 찾으려고 했는데 그것도 그리 쉬운 일은 아니었다. 아르티엔이 모아놓은 각종 잡동사니 책들의 양이 상상을 초월했기 때문이다. 일단은 책을 찾기에 앞서, 대청소가 우선되어야 할 듯 했다.

아르티어스는 판단이 서자마자 자신의 레어로 공간이동했다.

자신의 레어에 기거하고 있는 두 명의 엘프들. 둘 다 예전에는 크루마 제국에서 떵떵거리던 고위 귀족들이었지만, 지금은 드래곤의 레어 청소나 하는 신세로 전락해 버린 팔자 사나운 엘프들이다. 지난 수십 년 동안 주인의 행방이 묘연하긴 했지만, 그들은 딴 데로 도망치지 않았다. 레어의 주인인 아르티어스가 언제 돌아올지 알 수가 없었기 때문이다. 분노한 드래곤의 눈길을 피해서 숨을 곳은 이 세상 어디에도 없다는 것을 그들은 잘 알고 있었던 것이다.

자유를 속박당했다는 것만 제외한다면, 드래곤의 레어에서 사는 것도 그리 나쁜 일은 아니다. 특히나 마법에 능한 엘프라면 이곳은 감옥이 아니라, 꿈에서나 그리던 이상향과 마찬가지였다. 천금을 주고도 구할 수 없었던 최고급 마법서들이 지천으로 깔려있고, 자신들은 상상조차 못했던 마법시약들까지 없는 게 없을 정도였다. 더군다나 주인은 역마살이 끼었는지 외부로 나가기만 하면, 몇 십 년은 아예 기본으로 돌아오지 않으니 이건 정말 천국이 따로 없는 것이다.

그런데 갑자기 레어의 주인이 돌아와, 천국이 졸지에 지옥으로 뒤바뀌게 되었다.

"허억! 어서 오십시오, 주인님."

"이제 돌아오셨습니까? 레어에는 아무런 문제는 없습니다. 다만……."

주저하는 듯한 엘프의 말에 아르티어스는 인상을 가볍게 찡그리며 되물었다.

"다만?"

"브로마네스 어르신께서 침입자들을 물리치실 때, 레어 앞의 산을 통째로……."

말이 채 끝나기도 전에 아르티어스가 후다닥 밖으로 달려 나가보니, 레어 앞쪽의 산이 통째로 사라져 버린 것을 알 수 있었다. 수풀이 우거져 제법 근사한 경치였기에, 꽤나 마음에 들어 했던 산이었다.

꽤나 오래 전에 벌어진 일이었던 듯 제법 굵직한 나무들이 촘촘히 자라나 숲을 이루고 있었지만, 예전과는 달리 황폐하다는 느낌이 팍팍 들었다. 무엇보다 나무들 사이로 시커멓게 굳은 용암 덩어리들이 흉물스럽게 여기저기 모습을 보이는 게 신경에 거슬렸다. 용암 덩어리는 레드 드래곤이 뿜은 브레스의 흔적이었다.

"내 이놈의 새끼를……."

진작에 알았다면 얼마 전에 브로마네스를 찾아갔을 때 그놈의 레어 앞도 뒤집어 엎었을 텐데, 다크를 되살리느라 정신이 없어 몰랐던 게 천추의 한이었다. 성질 같아서는 지금이라도 달려가서 뒤집어 엎어버릴까 하는 생각이 들었지만, 곧이어 자신도 그의 레어 앞에 자리잡고 있던 거대한 엘프리안 시를 가루로 만들었다는 게 떠올랐다. 그리고 이 레어에 브로마네스가 억류되어 있었던 이유도, 따지고 보면 다 자신의 장난질 때문이었다.

"젠장! 성격 좋은 내가 참아야지."

툴툴거리며 다시금 레어 안으로 돌아간 아르티어스는, 엘프들은 물론이고 드워프들까지 몽땅 다 집합시켰다. 아버지의 레어에 있는 쓸 만한 것들을 티끌 하나 남기지 않고 긁어오자니, 이들의 노동력이 필요했기 때문이다.

노예(?)들을 이끌고 아르티엔의 레어로 돌아온 아르티어스는 마법책이 쌓여있는 서재에 자리를 잡았다. 그리고 엘프들과 드워프들은 레어 구석구석을 돌아다니며, 아르티엔의 유산들을 긁어모아 아르티어스의 레어로 옮기는 작업을 시작했다.

아르티엔이 모아놓은 책들은 마법서외에도 여러 방면에 걸쳐 있었고, 그 수량은 어마어마했다. 이건 말이 서재지, 거의 호비트들이 건설해 놓은 대도시의 도서관에 쌓인 책과 맞먹는 수준이었다. 그것들을 몽땅 다 살펴봐야만 한다는 사실에 아르티어스는 골치가 아팠지만, 그래도 어쩔 수 없었다. 원래 목마른 놈이 우물을 파는 법이니까.

아르티어스는 혹여 똑같은 책을 두 번 이상 살펴보는 사태가 벌어지지 않도록, 점검이 끝난 책들은 따로 쌓아뒀다가 어느 정도 양이 되면 한 번에 자신의 레어로 공간이동 시켰다.

처음에 그가 책들을 살펴보기 시작할 때만 해도, 어마어마하게 쌓여있는 책의 양에 질려 '아버지는 무슨 놈의 책들을 이렇게 많이 수집해 놨지?' 하는 원망뿐이었다. 하지만 하루하루 시간이 흘러가도 원하는 책은 보이지 않았고, 쌓여있던 책의 양이 점점 줄어들수록 그의 마음은 변하기 시작했다. '이렇게 많이 수집해 놨지?'가 아니라, '왜 이것밖에 수집을 안 해놨느냐.'로 말이다.

결국 마지막 권까지 다 살펴본 아르티어스는 울분에 찬 외침을 토해낼 수밖에 없었다.

"이런 빌어먹을! 왜 내가 필요로 하는 책은 없는 거야!"

마법에 미쳐있었던 아버지라면 키메라는 물론이고, 어쩌면 흑마법에까지 호기심을 느꼈을지도 모른다고 생각했었던 아르티어스였다. 드래곤의 특성상 흑마법을 익힐 수는 없겠지만, 그 약점을 파악하기 위해 연구할 수는 있었으니까 말이다. 하지만 아르티엔은 그런 것에 시간 낭비를 하지 않았다. 오로지 마법이라는 한 우물만을 깊게 파고 들어간 것이다. 거의 무한에 가까운 생명력을 보유하고 있었던 만큼, 아르티엔의 마법에 대한 성과는 가히 상상하기 어려울 만큼 굉장했다.

하지만 그런 아버지의 우직함에 아르티어스는 절망하지 않을 수 없었다. 그의 마지막 희망이 아버지였으니 말이다. 그는 신경질 난 김에 손에 들고 있던 책을 그대로 벽을 향해 집어던져 버렸다. 엄청난 속도로 날아간 책은 세차게 벽에 부딪치더니, 한쪽이 우그러지며 다른 방향으로 튕겨져 날아갔다. 하지만 아르티어스는 그것만으로는 끓어오르는 울화통을 삭힐 수가 없었다. 그런 그의 눈에 띈 것이 바닥에 쌓여있는 한 무더기의 책들이었다. 자신의 레어로 공간이동 시키고, 남은 마지막 책들.

아르티어스는 그 책들을 씩씩거리며 발길로 짓밟다가, 그것도 성에 안차는지 책들을 하나하나 걷어차기 시작했다. 그의 발길질에 책들은 이리저리 날아다니며 벽에 부딪쳤다. 그가 얼마나 세게 찼는지, 벽에 박혀 들어간 책이 있을 정도였다.

한동안 미친 듯이 광기를 표출하던 아르티어스는, 제풀에 지쳐 털썩 주저앉아 버렸다. 그의 눈에서 뜨거운 눈물이 주르륵 흘러내렸다. 이제 더 이상 희망이 없는 것이다. 두 번 다시 아들 놈을 만날 수 없다.

서재 주변에서 일하던 드워프들은 아르티어스가 발작을 일으키는 소리를 듣자마자 재빨리 다른 곳으로 숨어버렸다. 괜한 화풀이 대상이 되기는 싫었기 때문이다.

멍하니 앉아있던 아르티어스는 한참 후에야 겨우 정신을 차렸다.

비틀거리며 힘없이 일어선 그는 주변에 흩어져 있는 책들을 한곳에 모으기 시작했다. 드워프들에게 시킬 수도 있겠지만, 방금 전 자신이 보인 꼴사나운 모습이 왠지 쑥스러워 직접 움직인 것이다.

책을 한 권씩 주워 모으고 있던 그의 눈에 의아함이 감돌았다. 뭔가 이해하기 힘든 광경이 보였던 것이다. 서재의 벽면 전체를 둘러싸고 있는 거대한 책장들은, 얼마 전까지만 해도 책들이 빽빽하게 꼽혀 있었지만 지금은 텅 비어있는 상태였다. 그런데 그 선반들 사이로 날아간 책 한 권이 벽을 뚫고 들어가 처박혀 있는 모습이 보였던 것이다.

아르티어스는 자신의 발을 힐끔 쳐다보며 중얼거렸다.

"내가 무심결에 마나를 썼었……."

하지만 그의 생각은 거기에서 멈췄다. 마나를 썼을 리가 없다. 만약 썼다면 다른 책들도 모두 다 저렇게 벽에 박혀있어야 할 테니까.

 아르티어스는 호기심에 선반 가까이로 다가가 자세히 살펴보았다. 일단 책을 끄집어내고, 선반 사이로 고개를 디밀고 안쪽을 살펴보니 구멍 안쪽에 작은 공간이 있는 게 보였다. 아르티어스는 급히 손가락을 구멍 앞에 가져다 댔다. 그 순간 그의 손가락 끝에서 빛나는 작은 원구가 하나 튀어나왔다. 빛나는 작은 원구는 구멍 안으로 천천히 날아 들어갔다. 그러자 어둠에 가려져 있던 구멍 안쪽의 내부가 훤히 드러났다. 그것은 작은 방이었다.

 "어라, 이런 비밀공간이 있을 줄이야!"
 궁금증이 발동한 아르티어스는 급히 앞을 가로막고 있는 책장을 치워버렸다. 그런 다음 마법을 동원해서 벽도 박살냈다. 그러자 비밀의 방이 훤히 그의 앞에 모습을 드러냈다.

 방의 크기는 매우 작았다. 그리고 그 작은 방바닥의 대부분은 마법진으로 채워져 있었다. 어딘가로 연결되어 있는 이동 마법진이었다.

 "이게 어디로 연결되어 있는 마법진이지? 혹시 비밀창고로 연결되는……."
 아르티어스는 호기심을 참지 못하고 마법진 위로 올라설 뻔했다. 하지만 그는 유혹을 억누르고, 간신히 멈춰 섰다. 뭔가 수상쩍었기 때문이다. 이렇게 작은 방에 마련되어 있는 이동마법진이라니! 너무 노골적이지 않은가.

 "흐음……."
 일단 아르티어스는 마법진을 자세히 살펴봤다. 이동식처럼 보이는 살상용 마법진이 아닐까? 하지만 그런 추측은 기우에 불과했다. 아무리 살펴봐도 제대로 된 이동마법진이 분명했던 것이다. 물론 그렇다고 해서 그 위험성이 감소되었다는 말은 아니다. 이동용 마법진의 반대편에 뭔가 이물질이라도 쌓아났다면 그곳으로 공간이동해 들어가는 순간, 제아무리 드래곤이라고 해도 목숨이 날아갈 게 뻔했으니까.

"쩝…, 무턱대고 들어간다는 건 자살행위지."

어쩌면 이것이 아버지의 비밀창고로 들어가는 관문일지도 모르는데, 너무 위험하다는 이유로 포기해야 할까? 다크를 살리기 위해 아버지의 책이 필요했던 아르티어스로서는 도저히 포기할 수가 없었다.

위험을 무릅쓰고 자신이 직접 갈 생각은 없었지만, 그렇다고 확인할 수 있는 방법이 없는 것도 아니었다. 대타를 보내면 될테니까. 운 좋게도 아르티어스는 이런 일에 대타로 써먹기에 충분한 능력을 지닌 엘프를 두 마리씩이나 보유하고 있었다.

아르티어스는 즉시 엘프들을 불러들였다.

"이 안으로 들어가 봐. 그런 다음 되돌아와서 저게 어디로 연결되어 있는지 나한테 보고하도록 해라."

아르티어스의 명령을 받은 얼스웨이 후작. 한때 대제국을 지배하며 호령했던 그다. 그런 그가 아르티어스의 말 속에 숨어있는 꿍꿍이를 눈치 채지 못할 리가 없었다. 그는 옆에 서있는 그랜딜 공작에게 사정하는 듯한 눈빛을 던졌다. 하지만 그랜딜이라고 뾰족한 수가 있겠는가. 그는 가볍게 고개를 끄덕여, 동료이자 옛 부하의 안녕을 빌어줬다.

이에 모든 것을 체념한 얼스웨이는 멈칫멈칫 마법진 위로 올라섰다. 그가 마법진 위로 올라서자, 지금껏 아무런 반응도 보이지 않던 마법진이 웅웅거리는 소리와 함께 가동하기 시작했다. 희뿌연 빛이 번쩍하는 순간, 얼스웨이의 모습이 사라졌다.
 아르티어스는 그랜딜 공작에게 지시했다.
 "의자 하나만 가져다 줘. 그리고 너는 가서 하던 일을 마저 끝마치도록 해."
 "예, 알겠습니다, 주인님."
 그랜딜은 밖으로 걸어 나가다가 멈춰선 뒤 살짝 뒤를 돌아봤다. 텅 비어있는 마법진. 과연 얼스웨이 후작은 살아서 돌아올 수 있을까? 만약 마법진 반대편에 무슨 장난이 쳐져있지만 않다면, 이곳의 좌표를 알고 있는 만큼 그는 무사히 되돌아 올 수 있을 것이다.

* * *

 아르티어스는 끈질기게 기다렸다. 얼스웨이가 돌아오기만을. 하지만 하루가 지나도록 기다렸음에도 불구하고, 얼스웨이는 돌아오지 않았다.
 "역시 함정이었나?"
 하지만 이대로 포기할 수는 없었다. 아버지가 이곳에 굳이 함정을 만들어 놓은 이유가 뭘까?
 "으아아! 대체 왜 이런 곳에 이동용 마법진을 만들어 놓으신 거야?"

아버지의 유산

머리를 쥐어뜯고 있던 그의 뇌리에, 갑자기 평소 아버지가 하던 말이 떠올랐다. 아버지는 언제나 말했었다.

『괜히 복잡하게 생각할 필요 없다. 간단한 게 진리야.』

그 생각이 떠오름과 동시에 아르티어스는 콧방귀부터 뀌어 댔다.

"흥! 간단한 거 좋아하시네."

아버지가 말하는 간단한 것은, 절대 간단한 게 아니었다. 예를 들어, 마법을 익힌다고 치자. 이걸 어떻게 하면 좀 더 쉽게 익힐 수 있을까 궁리하는 아르티어스에게 아버지는 뒤통수를 쥐어박으며 으르렁거렸었다.

『마법 하나 익히는데, 뭘 그렇게 복잡하게 생각하고 있냐! 간단한 게 진리야. 일단 익히기 시작해. 아무 생각 없이 익히다 보면, 이미 자신이 그 마법을 익힌 후라는 것을 알게 될 거다.』

그러니까 요는 쓸데없이 잔머리 굴리는데 시간을 낭비할 바에는 먼저 행동을 시작하라는 말이었다.

"그런데 갑자기 이 생각이 왜 떠오른 거지?"

맞다. 아버지는 간단한 걸 아주 좋아했다. 어떻게 하면 침입자를 확실히 저지할 수 있는 함정을 만들 수 있을지에 대해서, 수많은 가능성들을 생각하며 따지고 있던 아르티어스에게 아버지는 이렇게 조언했었다.

『그렇게 쓸데없이 복잡하게 생각하지 말고, 간단하게 생각해 봐.』

『어떻게 말입니까?』

『네 입장에서 생각하지 말고, 침입하는 놈 입장에서 생각해 보란 말이다. 그러면 아주 간단해지지 않겠냐?』

"침입하는 놈 입장에서라……?"

중얼거리던 아르티어스는 무심결에 마법진쪽으로 시선을 돌렸다. 깊숙이 숨겨진 이동 마법진을 찾아낸다면, 누구라도 그 안으로 들어가고 싶을 게 분명했다. 입구 자체가 벽 안에 완벽하게 숨겨져 있었던 만큼, 하늘의 도움으로 그 마법진을 발견했다고 생각하며 모든 경계심을 풀고 덥석 미끼를 물 게 뻔하지 않겠는가. 사실, 하마터면 아르티어스도 그렇게 할 뻔 했고 말이다.

"심리를 이용한 정말 악랄하기 짝이 없는 함정이야."

저게 만약 함정이라면, 그러니까 어디론가 통하는 마법진을 가장한 함정이라면?

"절대 한 개만 존재할 리가 없겠지."

뒤져보고 이런 게 여러 개 발견된다면 함정이고, 이것 하나만 있다면 함정이 아닐 것이다. 만약 함정이라고 판단된다면, 미련 없이 돌아서면 된다.

아르티어스는 책장을 모두 치운 뒤 벽들을 주먹으로 톡톡 두들겨 보기 시작했다. 아니나 다를까. 얼마 지나지도 않아서 이상한 소리를 들을 수 있었다.

통통…….

벽에서 울리는 소리가 가볍다. 즉, 속이 비었다는 말이다.

벽을 깨고 안을 보니, 방금 전까지 그의 마음을 심란하게 만들었던 비밀의 방과 똑같이 생긴 방이 드러났다.

"빌어먹을! 그냥 함정이었잖아."

내친김에 이리저리 돌아다니며 함정이 더 있는지 찾아봤다.

속속 드러나는 함정들. 서재 안에 만들어져 있는 함정만 해도 4개였다. 그는 그것으로 멈추지 않고 레어 안을 두루 돌아다니며 함정들을 찾아다녔다.

유산을 가져가길 기다리던 어린 드래곤은 갑자기 아르티어스가 자신이 기거하는 곳으로 들어오자 화들짝 놀랐다.

"여, 여기는 어쩐 일로……?"

"너는 알 필요 없어."

지금 어린 드래곤이 머물고 있는 곳은 레어의 입구 쪽으로, 평소 드래곤들이 생활하는 공간이었다. 그리고 드래곤에 예속된 노예들이 기거하고 있는 장소이기도 했다. 어린 드래곤은 이곳에 놓여있던 아르티엔이 쓰던 낡은 물품들은 전부 다 창고로 옮겨놓고, 자신의 취향에 맞게 꾸며놓은 상태였다. 그렇기에 이곳에서 아르티어스가 가져갈 것은 단 하나도 없었다.

아르티어스는 어린 녀석에게는 눈길조차 주지 않고, 벽을 두들기며 속을 확인해 나갔다. 과연 이곳에도 함정들이 설치되어 있었다. 아르티어스가 벽을 두들기다 힘을 주어 치면, 곧바로 벽이 허물어지며 비밀스런 공간이 드러나자 어린 녀석은 꽤나 놀라는 눈치였다. 이곳에 둥지를 틀고 꽤나 오랜 시간을 지내왔음에도, 이런 비밀스런 공간이 있을 거라고는 상상도 해본 적이 없는 모양이다.

"그, 그건 뭡니까? 어르신."

대답을 안 해줄까 하는 마음이 들기도 했지만, 아르티어스는 순순히 대답해줬다. 어차피 여기에 둥지를 틀고 살 녀석이다. 혹여 나중에 호기심으로라도 이 안으로 들어가서 공간이동이라도 했다가는 그날로 드래곤 하나 초상을 치르게 될까 싶어서였다.
 아르티어스는 손가락으로 목을 쓰윽 그으며 음산한 어조로 말했다.
 "흔해빠진 공간이동 마법진을 이용한 함정이야. 공간이동을 하면, 곧바로 사망이지. 지금은 몇 가지 확인해 볼 게 있어서 개방하는 거지만, 나중에 내가 돌아간 다음에는 꼭 원상복귀 해두도록 해라. 보물을 노리고 들어온 좀도둑들 저 세상 보내기에는 안성맞춤인 함정이니까 말이야."
 "예, 어르신."

 레어 전체를 이 잡듯 뒤진 결과, 아르티어스는 무려 101개에 달하는 함정들을 찾아낼 수 있었다. 레어 전체에 걸쳐 골고루 분포되어 있는 것을 보면, 처음의 예상대로 침입자를 처치하기 위한 용도인 듯했다.
 하지만 이번에는 새로운 의문점이 아르티어스를 괴롭히기 시작했다.
 "101개? 100개면 100개지, 왜 101개지?"
 아버지는 완벽한 걸 좋아하는 드래곤이었다. 한번 시작하면 뿌리를 뽑을 때까지 계속하는……. 물론 함정들을 이리저리 만들다 보니, 우연히 101개가 되었을 수도 있다. 하지만 정확히 따지는 걸 좋아하는 아버지의 습관상 함정의 숫자도 100개에 맞추려고 하지 않았을까? 얼토당토않은 추리인 것 같았지만, 충분히 가능성은 있었다. 자신의 경우에도 잘 숨겨져 있는 비밀창고를 3개씩이나 가지고 있었으니까. 그런데 아버지처럼 마법에 미쳤던 드래곤이 비밀창고를 하나도 가지고 있지 않다는 것은 말이 되지 않았다.

"혹시 저 함정들 중에 하나가 비밀창고로 들어가는 입구가 아닐까? 숫자도 딱 맞잖아. 함정 100개에, 통로 1개."

심증은 있지만, 그걸 확인할 방법이 없었다. 구멍은 101개였고, 자신이 가지고 있는 쓸 만한 노예는 단 1마리뿐이었으니까.

"잠깐! 가만 생각해 보니 엘프 100마리만 잡아오면, 손쉽게 해결될 문제잖아."

자신의 추리가 맞다면 1마리는 반드시 살아서 결과를 알려줄 것이다. 물론 그 댓가로 엘프 100명의 목숨이 날아가겠지만, 자신이 죽는 것도 아닌 데 그게 무슨 대수겠는가.

해결책이 떠오르자마자 아르티어스는 엘프 사냥을 시작하러 후다닥 밖으로 달려나갔다. 좀 더 깊게 생각했다면, 다른 결론을 내렸을지도 모르지만 원래 그는 그렇게 깊게 생각하는 드래곤은 아니었다. 하기야 원래 드래곤들이 깊게 생각하며 행동하는 종족이 아니기는 했지만……

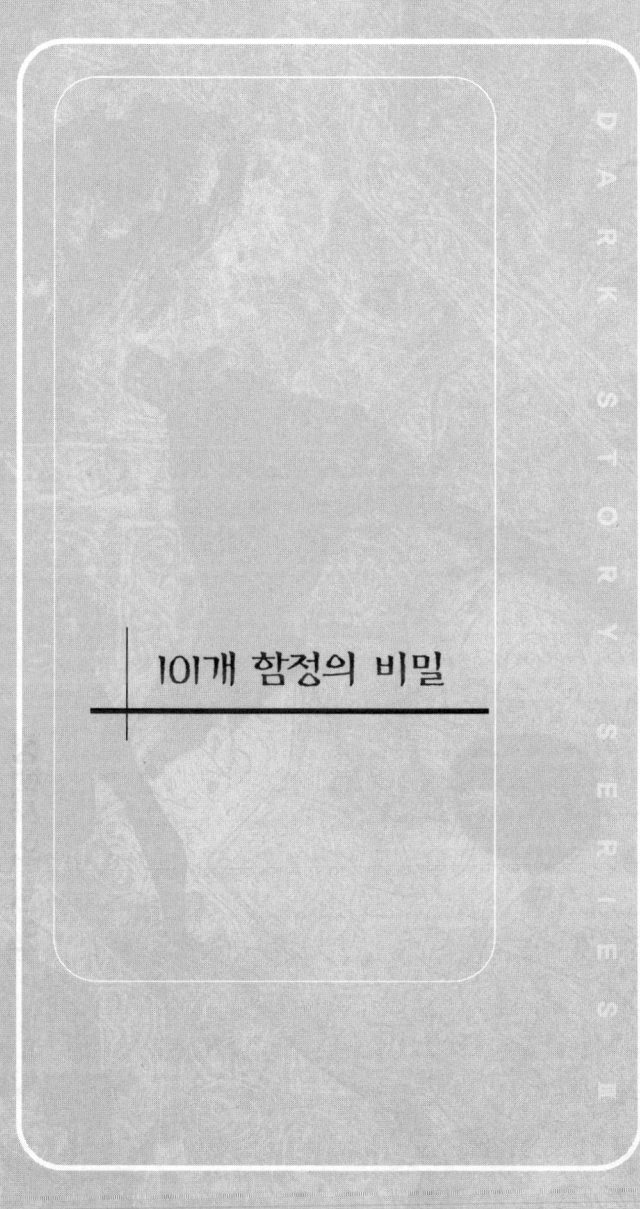

10개 함정의 비밀

28

장백산의 괴인

아르티어스가 급히 이동한 곳은 마법왕국 알카사스였다. 마법하면 알카사스였고, 대륙에서 엘프를 노예로 부리는 유일한 국가였다. 그곳 왕궁에 가서 국왕을 상대로 자신의 어려움을 토로한 결과, 아주 전폭적인 협조(?)를 받을 수 있었다.
"흐흐훗, 이렇게 간단하게 해결될 수 있는 걸 고민하고 있었다니……. 역시 간단한 게 진리지."
아르티어스가 거의 200마리가 넘는 엘프들을 이끌고 모습을 드러내자, 어린 드래곤이 뭔 일인가 하여 고개를 빼쭉 내밀며 궁금해 했다. 하지만 워낙에 호된 맛을 봐서 그런지, 자신의 레어를 소란스럽게 한다며 따지지는 못했다.
아르티어스가 엘프들을 이끌고 나타난 것에 대해 반응을 보인 것은 그랜딜 공작이었다. 그는 이곳의 유산 회수 작업을 완료한 후, 드워프들과 함께 휴식을 취하며 아르티어스의 다음 지시를 기다리고 있던 중이었다.
"이, 이들은 누굽니까? 주인님."
"아, 다 써먹을 데가 있어서 데려온 거야."
아르티어스는 주위를 둘러보며 물었다.
"물건은 다 옮겼느냐?"

"예, 주인님. 혹시 더 시키실 일이 있으신가 해서 대기하고 있던 중이었습니다."

"더 이상은 없다. 너는 드워프들을 데리고 레어로 돌아가서, 짐 정리를 깔끔하게 해놓도록 해라."

"예, 주인님."

그랜딜 공작은 아르티어스의 레어로 돌아가기 위한 마법진을 그려나갔다.

아르티어스는 엘프들을 한 자리에 모아놓고 작업(?)을 시작했다. 그가 뭔가 웅얼웅얼 주문을 외우자, 엘프들의 이마 한가운데서 음산한 붉은 빛이 흘러나왔다. 잠시 후 빛이 사라졌을 때, 그들의 이마에는 괴이한 문양의 그림이 하나 찍혀있었다. 마치 붉은 색 잉크로 그려놓은 문신처럼 보이기도 했지만, 다른 점이 있다면 문신에 비해 뭔가 음산한 빛이 흘러나오고 있다는 것이다.

"너희들의 이마에 찍힌 건, 아주 지독한 저주마법이지. 저주가 발동되는 시점은 지금으로부터 일주일 후다. 그 전에 내가 해제해 주지 않는다면, 너희들의 머리통이 수박처럼 쩍 갈라지게 될 거야."

아르티어스의 협박에 엘프들은 그저 부들부들 떨고만 있다.

"하지만 내가 시키는 일을 완수한다면, 너희들을 풀어주도록 하겠다. 자유를 되찾고 싶다면, 내가 시키는 일을 꼭 완수하도록 해라. 알겠느냐?"

"예."

"너희들이 할 일은 이곳 레어에 있는 공간이동 마법진을 통해 어딘가로 갔다가, 그곳에서 다시 이리로 공간이동해서 돌아오면 된다. 아주 간단하지?"

그러면서 아르티어스는 이곳의 공간이동 좌표를 불러줬다.

엘프들은 7싸이클 마스터인 그랜딜 공작에 비한다면 아주 급이 떨어지는 마법사들이었지만, 그렇다고 해서 이곳까지 공간이동 해서 오지 못할 정도의 수준은 아니었다. 직접 마법을 구동하는 게 아니라 마법진을 활용할 수 있는 만큼, 자신의 등급보다 훨씬 더 먼 거리를 이동할 수 있었기 때문이다.

"그럼 공간이동 해서 돌아오기만 하면 되는 겁니까? 위대하신 분이시여."

"그래. 돌아오기만 한다면, 자유와 함께 푸짐한 상을 주겠다."

그 말을 끝으로 아르티어스는 아무 녀석이나 지목해서, 각자가 들어갈 곳을 지정해 줬다.

"너는 저쪽으로 들어가. 그리고 너는 저쪽. 그리고……"

101개의 이동 마법진에 엘프들을 모두 밀어 넣은 아르티어스는 자리에 앉아 차분히 기다렸다. 보물창고로 이동해 간 엘프가 돌아오기만을 말이다. 하지만 아무리 기다려도 엘프는 단 한 마리도 돌아오지 않았다.

"설마 도망친 건 아니겠지?"

그럴 리가 없다. 혹시 엘프들이 도망칠 것에 대비해 저주까지 걸어놨지 않은가.

아르티어스는 하루 종일 기다렸지만, 결국 한 놈도 살아서 돌아오지 않았다. 이런 사실이 그의 골치를 아프게 만들었다.

"이럴 리가 있나, 전부 다 함정이란 말인가? 어떻게 비밀창고 하나 없는 드래곤이 있을 수가 있다니?"

아르티어스는 목에 걸고 있는 수정목걸이를 이용해서 그랜딜 공작을 불렀다. 곧이어 수정 속에 그랜딜 공작의 모습이 나타났다.

"찾으셨습니까? 주인님."

"여기서 가지고 간 물품들에 대한 목록 작성은 끝냈느냐?"

그 질문에 그랜딜 공작은 식은땀을 흘리며 급히 변명했다.

"워낙 방대한 양이라 아직 다 작성하지는 못했습니다. 조금만 더 시간을 주시면……."

"모든 목록을 다 작성할 필요는 없고, 마법에 필요한 시약과 재료들의 목록을 우선적으로 작성하도록 해라."

"옛, 주인님."

아버지가 마법에 열을 올렸던 만큼, 아주 귀한 마법재료라든지 시약은 따로 모아뒀을 가능성이 있었다. 만약 조사해 보고 희귀하거나 아주 위험한 마법물품이 전혀 없다면, 어딘가 그것들이 보관되어 있는 비밀창고가 존재하고 있다는 증거일 것이다.

"이곳에서 더 이상 기다려봤자 시간낭비인 것 같으니, 돌아가서 휴식이나 취해볼까?"

자리에서 벌떡 일어선 아르티어스는 자신의 레어를 향해 공간이동을 하려고 했다. 하지만 그의 눈에 이동 마법진으로 보내고 남은 엘프들의 모습이 들어왔다. 서재 한쪽 구석에 오글오글 모여앉아 아르티어스를 향해 두려움 가득 찬 시선으로 바라보고 있는 엘프들.

더 이상 쓸모가 없을 것 같아서 그냥 놔두고 가려 했던 아르티어스였지만, 가만 생각해 보니 나름대로 쓸모가 있을 것도 같았다. 수많은 마법물품들을 정리한다고 분주하게 뛰어다니고 있을 그랜딜에게 주면 얼마나 좋아하겠는가. 자료를 정리하는 데 필요한 시간도 대폭 줄어들 테고 말이다.

*　　*　　*

레어의 가장 깊은 곳에 마련되어 있는 거대한 공동. 이곳은 드래곤이 본체로 현신한 채 수면을 취하기 위해 만들어진 공간이었다. 엄청나게 넓은 공동이었지만, 그곳이 비좁게 느껴질 만큼 거대한 황금빛 드래곤 한 마리가 휴식을 취하고 있는 중이다.
"드르렁, 쿠울……."
아르티어스는 지금 의도적으로 아주 얕은 수면을 취하고 있는 중이다. 정신줄을 놔버리고 깊은 잠에 빠지게 되면, 얼마나 오랜 시간 자게 될지 자신도 모를 정도였다. 그 만큼 그의 심신은 엉망진창인 상태였다. 특히 그 망할 놈의 호비트와의 대결이 그에게 안겨준 상처는 심각했었다. 그나마 위안이 되는 것이라곤, 놈을 완벽하게 가루로 만들어 버렸다는 정도일까…….
"아르티어스님."
자신을 부르는 소리에 아르티어스는 졸린 눈을 억지로 떴다. 그러자 공동 입구에서 조심스런 목소리로 자신을 부르고 있는 그랜딜 공작의 모습이 보였다.
"크아아앙~."

단순하게 하품을 하는 동작이었지만, 거대한 드래곤이 입을 쩍 벌리는 모습을 지켜봐야 하는 그랜딜 공작의 안색은 창백하게 질렸다.

〈작업은 다 끝났느냐?〉

"예, 주인님."

순간 환한 빛이 뿜어져 나왔고 곧이어 그 빛이 멈췄을 때…, 그곳에는 인간의 모습으로 변신한 아르티어스가 서있었다. 그는 그랜딜 공작을 향해 손을 내밀며 말했다.

"이리 줘 보거라."

"여기 있습니다."

목록을 살펴보고 있는 아르티어스를 향해 그랜딜 공작이 말했다.

"지금까지 주인님께서 보유하고 계시던 분량의 10배는 족히 넘어갈 정도입니다."

하지만 아르티어스는 퉁명스런 어조로 대꾸했을 뿐이다.

"쓸데없는 설명은 필요 없다."

"……."

한동안 꼼꼼히 목록을 살펴보던 아르티어스가 중얼거렸다.

"역시…, 창고가 있어. 비밀창고가……."

그 말을 끝으로 팟 하는 소리와 함께 공동에서 아르티어스의 모습이 사라져 버렸다. 어딘가로 공간이동을 한 것이다.

어린 드래곤의 레어로 온 아르티어스는 어딘지는 모르겠지만, 아버지의 비밀창고가 있을 거라는 확신을 가지고 예전과 달리 제대로 수색작업을 시작했다. 우선 마법을 이용해서 레어 안에 뭔가 마법장치가 되어있는 것은 아닌지 샅샅이 뒤졌다. 하지만 기대와 달리 탐지마법에 걸리는 것이라고는 여기저기 벽 쪽에 설치되어 있는 공간이동 마법진이 전부였다.

"젠장, 이럴 줄 알았으면 아버지한테 슬쩍 물어둘 걸."

아무리 말썽꾸러기 아들이기는 했지만, 자신이 물어봤다면 알려주지 않을 아버지는 아니었다. 아니, 마법 연구를 위해 재료가 필요하다는 아들에게, 자신에게 없는 재료라면 어떻게든 만들어서라도 구해서 줬을 것이다.

아르티어스는 투덜거리며 직접 레어 구석구석을 뒤지기 시작했다. 그러다 묘한 기계장치를 찾아낸 것은 그의 예상과 달리 의외로 빨랐다. 서재를 뒤지던 그의 눈에 교묘하게 숨겨져 있는 스위치 한 개가 눈에 띄었던 것이다.

"흐흐, 이렇게 쉽게 찾아낼 수 있을 줄이야! 진작에 찾아볼 걸."

희열에 찬 웃음을 흘리며 급히 스위치를 누르는 아르티어스.

스르르륵!

그러자 뭔가가 긁히는 듯한 소리가 들렸다.

"어디지?"

재빨리 고개를 돌리는 아르티어스의 눈에 벽이 움직이는 게 보였다. 하지만 실망스럽게도 그건 이동마법진 앞을 감싸고 있던 벽이 움직인 것이었다.

"이럴 수가……."

다시 한 번 더 스위치를 눌러보는 아르티어스. 그가 스위치를 누를 때마다 구멍이 뻥 뚫린 벽이 열렸다 닫혔다를 반복하고 있었다.

"이게 비밀의 방문을 여는 스위치였군. 그렇다면 이 방에만 스위치가 4개나 있다는 소리잖아. 마법진이 4개니까 말이야."

김샜다는 듯 중얼거리는 아르티어스는 온 몸에 힘이 쭉 빠지는 것을 느꼈다. 101개의 마법진이 깔려있으니, 그 문을 여는 스위치만 101개가 있을 것이다. 그걸 다 찾아야 하나? 물론 그런 멍청한 짓을 하고 있을 아르티어스 옹은 절대로 아니었다.

*　　*　　*

"100개 다 찾았습니다, 어르신."

아르티어스에게 한대 쥐어 박힌 어린 드래곤이 그걸 다 찾아 냈다.

"얼라, 100개뿐이야? 하나가 더 있을 텐데."

"하, 하나가 더 있다구요?"

"그래. 하나가 더 있지. 내일 해질 때까지 시간여유를 주마. 만약 그때까지 하나를 더 찾아내지 못하면, 세상을 살아간다는 게 결코 쉬운 게 아니라는 걸 이 몸께서 친히 가르쳐 주마. 알겠느냐?"

"알겠습니다, 어르신."

꼬맹이 녀석은 마치 꽁지에 불이 붙은 닭 마냥 팔딱거리며 뛰어다녔다. 그러다 혼자서는 힘들 것 같자 자신이 거느린 모든 노예들까지 동원해서 레어 전체를 뒤졌다. 그런 모습을 바라보는 아르티어스는 희미한 미소를 짓지 않을 수 없었다. 저 정도로 열심히 찾는다면, 분명히 남은 스위치 하나를 찾아낼 것이다. 물론 없다면 찾아내지 못하겠지만…….

느긋한 표정으로 일몰을 감상하고 있는 아르티어스의 내심은 얼굴과는 달리 부글부글 끓고 있었다. 꼬맹이 놈이 전력을 다해 레어 안을 샅샅이 뒤지고 있다는 점에 있어서는 의심의 여지가 없었다. 그런데도 남은 1개의 스위치가 발견되지 않고 있다는 것은, 스위치가 원래 없을 수도 있다는 뜻으로도 해석이 가능했기 때문이다.

'아니야. 스위치는 분명히 있어.'

기계장치의 모양이야 여러 수천가지로 변형이 가능하다. 지금까지 찾아온 100개의 스위치 모양만 해도 가지각색이 아닌가. 그런 만큼 숨겨진 스위치를 아직 찾지 못한 것일 수도 있다.

하지만 그의 마음속에는 없을지도 모른다는 의구심이 계속 떠오르고 있었다.

'정말 있을까? 어쩌면 스위치 따위는 없을지도 몰라. 그런데 마법진은 101개인데, 왜 스위치는 100개밖에 없는 거지? 스위치가 아닌 마법장치라도 있어야 하는데, 아무리 뒤져도…….'

여기까지 생각하던 아르티어스의 눈에 붉게 타오르며 침몰해 가고 있는 태양이 보였다. 일몰 때라 그런지 태양만이 아닌 구름까지, 하늘 전체가 다 붉은색으로 물들어 있다. 마치 하늘이 불타오르는 것처럼 말이다.

그때, 아르티어스의 머리를 쏜살처럼 스쳐지나가는 뭔가가 있었다.

"맞아. 바로 그거였어!"

태양도 붉고, 구름도 붉고 하늘 전체가 붉다. 그러다 보니 원래 붉은 것이 어느 놈인지 당최 헷갈린다. 만약 태양이 스위치라면, 저런 방식으로 숨겨놓으면 되지 않을까?

"맞아. 훔친 말을 숨기려면 자신이 가지고 있는 말들 사이에 숨기고, 소는 소들 사이에 숨기는 게 진리지. 그렇다면 남은 1개의 스위치는 스위치 사이에 숨기고, 마법진은 마법진 사이에 숨겨져 있겠지. 안 그렇습니까? 아버지."

아마 아르티엔이 살아있다면, 아르티어스의 뒤통수를 후려갈기며 이렇게 대답했으리라.

『그걸 이제야 깨달았냐? 이 닭대가리야.』

석양을 뒤로 하고 돌아서는 아르티어스의 발걸음이 무척 가벼웠다.

레어 안으로 들어온 아르티어스는 어린 드래곤을 불러 물었다.

"찾았냐?"

그러자 대답을 하지 못하고 어쩔 줄을 몰라 하는 어린 드래곤의 표정이, 그야말로 울음을 터뜨리기 일보직전의 상태처럼 왈칵 일그러졌다.

"저…, 아, 아직……."

"그만하면 됐다. 가서 쉬도록 해라."

몇 대 쥐어 터질 거라고 생각하고 있었던 어린 드래곤은 멍한 표정으로 아르티어스를 바라보기만 했다. 그 모습에 피식 웃은 아르티어스는 부드러운 어조로 다시 말했다.

"수고했다. 가서 푹 쉬도록 해라. 하루 종일 고생했으니 뭐 좀 먹고…….”

 고개를 갸웃하며 돌아서는 어린 드래곤. 녀석으로서는 왜 갑자기 이 성질 나쁜 드래곤이 부드럽게 웃으며 말하는 건지 이해하기 힘들었으리라.

 공간이동 마법진으로 다가간 아르티어스는 그것을 자세히 살펴봤다. 101개의 마법진들 중 최소한 1개 이상은 공간이동 외에 다른 기능을 갖추고 있는 게 분명했다. 그게 어느 것인지는 모르겠지만, 곧 찾을 수 있으리라. 드래곤의 기억력은 너무나 정확했기에, 아무리 101개의 마법진이라도 지금처럼 찾으려고 작정한다면 아주 미세한 차이조차 금방 집어낼 수 있었으니까.
 얼마 지나지 않아 아르티어스는 어렵지 않게 문제의 마법진을 찾아낼 수 있었다. 이동마법진 안에 숨겨진 또 다른 마법진. 아르티어스의 손이 숨겨진 마법진 위를 쓱 훑고 지나가자, 그 부분이 붉은 빛을 뿜으며 발동했다. 그리고 이동마법진의 모양이 스르르 변하는 게 보였다. 목표 지점이 다른 곳으로 바뀐 것이다. 아마도 비밀창고로 가도록 변형된 것이리라.
 아르티어스는 콧노래를 부르며 마법진 위로 올라섰다. 이번에는 확신이 있었기에, 그의 발걸음에 망설임은 없었다.
 곧 환한 빛이 일어났다가 사라지는 순간, 그의 앞에는 완전히 다른 세계가 펼쳐져 있었다. 습기가 듬뿍 함유된 후덥지근한 공기. 하늘을 뚫을 듯한 거대한 삼림이 우거져 있었는데, 견문이 꽤나 넓은 아르티어스로서도 처음 보는 이국적인 식물들이 지천으로 피어 있었다.

아르티어스가 모습을 드러낸 마법진 앞쪽으로는 마치 징검다리처럼 돌판이 점점이 박혀 있었다. 마치 이곳으로 가면 된다는 듯. 그는 주위를 두리번거리면서도 돌판을 밟으며 천천히 걸음을 옮겼다.

"세상에, 여기는 도대체 어디야? 아버지는 취향도 참 독특하셔. 하고 많은 곳을 놔두고 적도 주변이라니. 침입자를 경계해야 할 테니까, 여기는 아마 섬이겠지?"

아르티어스는 이국적인 식물들과 후덥지근한 날씨로 미뤄보아, 이곳이 열대지방에 위치한 외딴 섬이라고 판단했다.

돌판을 따라 걷던 아르티어스의 걸음이 순간 멈칫했다. 그는 본 것이다. 아버지의 비밀창고를. 하지만 이건 창고라 불리기엔 너무나도 웅장한 건물이었다. 아니, 창고가 아니라 신전이라고 해도 믿을 정도로 거대했다.

아르티어스가 생각했던 비밀창고는 이렇게 거대한 게 아니었다. 확실히 그의 아버지는 통이 컸다. 그 어떤 드래곤보다도. 대체 어느 드래곤이 이렇게 엄청난 규모의 비밀창고를 건축할 생각을 하겠는가. 원래 비밀창고라는 것은 아주 소중한 물건만을 보관하기 위해서 은밀한 곳에 지어져야 하는데, 이렇게 크고 웅장하게 지어놔서야 비밀이 유지될 턱이 없었다.

창고(?) 앞에 도착한 아르티어스는 문을 슬쩍 밀어봤다. 하지만 문은 꿈쩍도 하지 않았다. 좀 더 세게 밀어봤다. 역시 미동도 하지 않는 문짝. 결국 아르티어스는 파워 업(Power Up) 마법까지 동원해가며 밀어봤지만, 문은 꼼짝도 하지 않았다.

"헉헉! 이건 밀어서 여는 문이 아닌 모양이군."

그걸 이제야 눈치 챈 아르티어스가 둔감하다고 볼 수도 있겠지만, 그로서도 할 말은 있었다. 이곳까지 오는 것만으로도 꽤나 고생을 했기에, 더 이상의 방어 장치는 없을 거라고 생각해서 이런 웃지 못 할 실수를 저지른 것이다.

그는 주위를 꼼꼼히 살펴봤다. 뭔가 문을 열 수 있는 스위치 비슷한 것이나, 아니면 마법장치라도 있는가 싶어서였다.

찾기 시작한지 얼마 지나지도 않아, 그는 마법장치를 발견할 수 있었다. 생각없이 지나쳐 온 작은 비석 모양의 돌 위에 손바닥 문양이 그려져 있는 것을 찾아냈던 것이다.

"바로 이거로군. 어떻게 하는지는 한눈에 척 봐도 알겠어. 여기에 손바닥을 대라는 말이겠지."

손바닥을 갖다 대기만 하면 곧바로 문이 스르륵 열릴 줄 알았다. 하지만 문은 미동조차 하지 않았다. 시간이 지날수록 점점 더 일그러지기 시작한 아르티어스의 얼굴.

"빌어먹을! 이게 아니라면, 대체 어디에 문을 여는 스위치가……?"

하지만 이때, 공간이 이상하게 뒤틀리며 서서히 모습을 드러내는 투명한 뭔가가 있었다. 이런 괴이한 현상을 경험해 본 적이 없는 사람이라면 기절초풍했겠지만, 아르티어스는 이미 그 존재를 예전에 본 적이 있었다.

아르티어스는 멍한 표정으로 중얼거렸다.

"아리엘(Ariel), 네가 왜 여기에……?"

모습을 드러낸 투명한 뭔가는 바람의 정령왕 아리엘이었다.

"호오, 아르티어스였군. 너라면 '큐로바'의 문을 열 자격이 있지."

큐로바.

아르티엔이 만든 창고의 이름이었다. 아르티어스는 정령왕 아리엘의 설명을 듣고서야, 이곳 창고가 정령계에 만들어졌다는 걸 알 수 있었다. 설명이 끝나자마자 아르티어스는 새삼 주변을 다시 한 번 둘러봤다. 정령계가 이런 모습을 하고 있는 곳이었다니.

지금까지 정령계로 들어갔던 드래곤이 있다는 말을 아르티어스는 단 한 번도 들어본 적이 없었다. 왜냐하면 제아무리 드래곤이라고 하더라도 정령계에 들어가면 정령왕의 적수가 될 수 없었기 때문이다. 무슨 꼴을 당할지 짐작도 되지 않는데, 감히 정령계로 들어갈 생각을 할 드래곤이 있을까? 아르티어스도 만약 이 마법진이 정령계로 들어가는 통로라는 것을 미리 알았다면 절대로 들어오지 않았을 것이다.

"아르티엔님은 큐로바를 이어받을 수 있는 대상으로 너와, 골드 일족만을 지명하셨다. 그 외에 다른 것들이 그분의 유산을 탐내 이곳에 발을 들이게 될 경우, 그 처리를 나에게 일임하셨지."

"설마 드래곤이라도?"

"실버 드래곤이 너희들이 살고 있는 세계에서는 최강이라고 하지만, 정령계로 들어오면 내 밥일 뿐이야."

"실버라면, 정령왕 나이아드(Naiad)에게 도움을 청할 수도 있잖아."

"침입자를 징계하는 걸, 그가 막을 권한은 없다."

"하지만 예전에 내 아들이 이리로 왔을 때는……?"

"그건 경우가 다르다. 그 아이가 자발적으로 이리로 온 것이 아니라, 나이아드에게 끌려왔기 때문에 모두가 참견할 수 있었던 거지."

바람의 정령왕 아리엘과 대화를 나누던 아르티어스는 기가 막힌다는 듯 고개를 저으며 중얼거렸다.

"허어~, 참. 어찌되었든 아버지는 어떻게 여기에다가 비밀창고를 만들 생각을 하실 수 있었을까? 정말, 놀랠 노자로군."

"아르티엔님만큼 강한 드래곤은 아마 두 번 다시 나오지 못할 거야. 그분은 아주 특별한 드래곤이셨거든."

잠시 눈을 감고 뭔가를 회상하는 듯 하던 아리엘은 아르티어스쪽으로 시선을 돌리며 말했다.

"큐로바로 들어가는 모든 결계는 해제되었으니, 이젠 들어갈 수 있을 거야. 그럼 다음에 보세나."

비밀창고로 들어가는 최후의 관문은 바로 정령왕이었던 것이다.

"정말 대단한 아버지야. 이 정도라면 신이라면 모를까, 이곳 비밀창고를 털만 한 존재는 아예 없다고 해도 과언이 아니겠군."

어마어마한 규모의 창고였기에, 그 안에 들어있는 보물들 역시 엄청나게 많을 것이라고 아르티어스는 기대했었다. 하지만 예상외로 창고 안에 있는 보물과 물건의 양은 그리 많지 않았다. 물론, 그 하나하나가 인간세계로 풀려나갔다가는 커다란 회오리 바람을 일으킬 만한 물건들이었지만 말이다.

"세상에······. 아버지가 미쳤지. 이런 걸 창고에 보관해 두다니. 이런 건 보자마자 불태워 없애버렸어야지."

창고 한 컨에 쌓여있는 수천 권이 넘는 흑마법서들. 아마 예전에 대마왕 크로네티오를 없애기 위해 싸웠을 때, 그때 수집한 것들인 모양이었다.

드래곤들은 대부분 흑마법서를 발견하면, 그 자리에서 없애버린다. 자신에게 하등의 쓸모도 없을 뿐더러, 세상에 떠돌아봐야 좋을 게 하나도 없기 때문이다. 물론 아르티어스 같은 변태 드래곤의 경우, 마왕 사냥을 한번 해보고 싶어 일부러 적당한 인간을 찾아 전해주기도 했지만 말이다.

그 외에도 구하기가 극히 어렵거나, 혹은 아주 위험한 시약과 같은 마법에 관련된 물품들이 꽤나 많이 쌓여있었다. 하지만 예상외로 마법도구들은 전혀 없었다. 아마도 아버지는 다른 드래곤이 제작해 놓은 완제품에는 별로 매력을 느끼지 못하셨던 모양이다.

아버지가 수집해 놓은 마법서의 양은 그리 많지 않았다. 더군다나 공격이나 방어 마법서를 제외하고 보니, 백여 권 남짓 정도밖에 되지 않았다.

"키메라, 키메라, 키메라……."

중얼거리며 마법서들의 제목을 훑어나가는 아르티어스. 마법서의 수량이 얼마 되지 않다 보니, 금세 찾아낼 수 있었다.

"오옷! 바로 이거야. 하지만 제목이 뭐 이래? '키메라 제작에 사용되는 하급 마법들에 대한 연구' 라니. 이거 말고 다른 건 없나?"

아버지가 직접 쓴 마법서였지만, 제목이 영 마음에 들지 않았다. 그렇기에 다른 마법서가 있는지 찾아봤지만, 아무리 살펴봐도 '키메라'라는 글자가 들어가 있는 마법서는 더 이상 찾을 수 없었다.

하는 수 없이 좀 전에 본 '키메라 제작에 사용되는 하급 마법들에 대한 연구'라는 제목의 책을 펼쳐보았다.

"젠장, 하급 마법들에 대한 연구라니? 그런데 뭔 놈의 책이 이렇게 두꺼워?"

투덜거리며 자세히 읽어보는 아르티어스. 하지만 그는 채 몇 장 읽어보지 않았어도 금방 깨달았다. 이건 절대로 하급 마법이 아니라는 것을. 지금까지 키메라 제작에 사용되었던 거의 모든 고차원적인 마법 및 마법장치들이 총망라되어 있는 책이었던 것이다.

"젠장, 이걸 가지고 연구해서 키메라 한 마리 만들려면 1~2년 가지고는 어림도 없겠다."

어쩌면 10년이나 20년이 걸릴 수도 있다. 아니, 처음 시작하는 것인 만큼 100년 가지고도 어림도 없을 수도 있다. 하지만 그렇다고 해서 포기할 수는 없는 노릇이었다. 천년이 걸리면 또 어떤가. 남는 게 시간뿐인데 말이다.

일단 아르티어스는 마법서의 내용 중에서 영혼을 넣은 것은 없는지부터 찾아보았다. 아무리 완성도 높은 키메라를 제작한다고 해도, 영혼을 넣을 수 없다면 그건 헛고생이나 다름없었으니까.

1시간, 2시간…….

두터운 마법서 구석구석을 눈알이 빠져라 샅샅이 훑었지만, 결국 찾아내지 못했다. 마법서에 기록되어 있는 것은 키메라를

101개 함정의 비밀 279

만드는 것에 국한되어 있었을 뿐, 영혼을 제어하는 것은 하나도 없었던 것이다.

"뭐, 어쨌든 일단은 키메라를 만드는 데는 이걸 이용하면 될 테니까, 절반은 성공했다고 봐도 무방하겠군. 그렇다면 이제는 영혼을 제어해서 키메라 속에 쑤셔 넣는 방법을 찾기만 하면 되는데······."

중얼거리던 아르티어스는 시선을 마법서들쪽으로 옮겼다. 물론 그는 지금 이 서가에 꼽혀있는 마법서들의 제목을 모두 기억하고 있었다. 드래곤의 기억력은 엄청났으니까. 더군다나 100권 남짓한 수밖에 안 되는 제목을 그가 기억하지 못했을 리 없다. 하지만 그럼에도 불구하고 그쪽으로 시선을 돌렸던 이유는, 혹시 키메라나 영혼이라는 단어 말고 그와 관련된 뭔가를 못보고 지나친 게 아닐까 하는 생각에서였다.

이때, 그의 시야에 수상쩍은(?) 제목 하나가 눈에 들어왔다.

『전생(轉生)의 비술(秘術)』

"전생의 비술? 이게 뭐야."

아르티어스는 급히 그 마법서를 꺼내 펼쳐보았다. 그런데 뜻밖에도 첫 장에는 아버지가 이 마법서를 어떻게 얻게 되었는지에 대한 간략한 설명이 적혀 있었다.

수천 년 전에 있었다고 전해지는 마법의 황금기.

그 당시의 호비트 대마법사들은 엘프보다도 더 뛰어난 마법 실력을 지니고 있었다는 전설들이 전해진다. 인간들은 '전설이니까 그럴 수도 있지'라고 생각하지만 사실은 그게 아니었다.

인간들에게 있어서 수천 년은 역사책으로도 접하기 힘들 정도의 오랜 과거다. 하지만 망각을 모르는 드래곤들은 그 오랜 시간을 마치 몇 년 전에 겪었던 일들처럼 생생히 기억하고 있다. 그런 이유로 인간사회에서는 수천 년 전의 일들이 점차 왜곡되고 변형되어 후세에 전해지기도 하지만, 드래곤들은 그 모든 것들을 정확히 기억하고 있었다.

마법의 황금기는 전설이 아니라, 사실이라는 것을.

아르티어스가 어렸을 때만 해도, 인간들의 마법은 엘프의 마법을 월등하게 초월해 있는 상태였다. 그런데 그가 성장하여 유희를 시작할 무렵쯤에는, 인간들의 마법이 점차 쇠퇴해 가고 있었다. 마법의 황금기가 끝나가고 있었던 것이다. 물론 엄청난 실력을 지닌 호비트 대마법사들이 어딘가에 숨어 연구를 계속하고 있다는 소문은 들었지만, 유희를 하는 동안 그들을 단 한 명도 만나보지 못했다.

그렇게 세월이 흐르면서 수많은 거짓과 진실이 뒤섞여 하나의 전설이 되는 과정을 직접 경험하기도 했다. 하지만 그 어떤 드래곤도 이 전설은 거짓이고, 저 전설은 진실이라고 목 놓아 주장하지는 않았다. 자신에게 직접적인 영향을 미치지 않는 한, 웬만한 일에는 신경도 쓰지 않는 게 드래곤이었기에 수많은 진실들이 땅속 깊숙이 묻히고 잊혀져 가는 것을 방관해 버렸던 것이다.

그런데 오늘, 아르티어스는 왜 갑자기 호비트들의 화려했던 마법의 시대가 급격히 쇠퇴해 갔는지 그 이유를 알 수 있었다. 그건 바로 그의 아버지 때문이었다. 인간들의 급격한 마법 실력 상승에 의구심을 가진 그의 아버지가 자세히 조사해 본 결과,

전생의 비술이라는 희한한 수법이 존재한다는 것을 알아낸 것이다.
　전생의 비술이란 것을 간단히 정의하자면 자신의 영혼을 새로운 몸으로 옮기는 일련의 작업을 말하는 것이었다.
　즉, 이 비술을 통해 자신의 영혼을 여인의 뱃속에 들어있는 태아의 것과 바꿔치기 함으로서 완벽하게 새로운 신체를 얻게 된다. 더군다나 일정 연령이 되면 전생의 기억을 각성하게 되니, 일석이조인 셈이었다. 마법은 깨달음의 학문인 만큼 전생의 기억을 고스란히 이어받은 젊은 육체의 인간은, 예전보다 더 높은 경지의 마법을 익힐 수 있는 가능성이 훨씬 더 커지게 되는 것이다.
　인간들은 이 비술을 이용해 수명의 한계를 극복하고, 찬란한 마법의 시대를 열었다. 하지만 그 마법의 황금기가 종말을 고하게 된 것은, 전생의 비술의 위험성을 직감한 아르티엔이 전 대륙을 떠돌며 비술에 대한 모든 흔적을 깨끗이 지워버렸기 때문이다. 마법서는 물론이고, 그것을 익힌 마법사까지 하나하나 찾아내어 모두 다 없애버렸다.
　수많던 대마법사들이 갑작스레 하나 둘씩 행방불명되어 버리면서, 마법의 황금기는 무너져 버렸다. 대마법사들이 익힌 고차원의 마법들과 깨달음이 후세에 전달되지 못했기 때문이다. 또한 비술이 사라져 버리자, 인간들의 마법은 일정 수준 이상 높아질 수가 없었다. 수명이라는 태생적 한계를 극복할 수 없었기 때문이다.
　하지만 세월이 흐르면서 인간은 마법적 능력을 높이기보다는 또 다른 편법을 찾아내게 되었다. 그건 바로 마법병기 타이탄이었다. 짧은 수명에도 불구하고 끝없는 욕망으로 살아가는 인간들은 언제나 강한 힘을 원했고, 그 결과 차츰 제국의 틀을 갖춰가기 시작했다. 제국이라는 거대한 힘은 마법병기 타이탄을 만들 수 있는 과학과 마법, 그리고 재료의 수급을 가능하게 했다.

그렇게 만들어진 마법병기 타이탄은 지금껏 절대 상대할 수 없는 존재라고 알려진 드래곤에게 맞서 싸울 수 있는 강력한 힘을 인간들에게 가져다 주었다.

물론 에이션트급 고룡은 무리였고 적당히 어린 드래곤을 사냥할 수 있는 정도였지만, 그래도 그 막강한 힘에 인간들은 열광하며 더욱 강력한 타이탄을 만들기 위해 박차를 가해왔다.

추억삼아 마지막 한 권은 불태우지 않고 창고 안에 보관해 놓은 아르티엔. 그 덕분에 아르티어스가 이곳에서 『전생의 비술』이라는 마법서를 접할 수 있게 되었던 것이다. 그가 마법서를 자세히 판독해 본 결과, 이것이라면 충분히 아들을 되살릴 수 있을 거라는 확신이 들었다. 물론 몇 가지 해결해야 할 문제점이 있긴 했지만, 키메라에 영혼을 집어넣는 것처럼 아예 해결이 불가능한 것은 아니었다.

첫째, 현재 비술은 자기 자신을 대상으로 마법이 구동된다. 즉, 아들의 영혼을 대상으로 사용하려면, 약간의 개량이 필요하다는 말이다.

둘째, 영혼이 자리잡을 상대를 지정할 수가 없다. 즉, 이 마법을 시행하게 되면 아들의 영혼이 어느 태아의 몸에 스며들지 전혀 알 수가 없다는 점이 문제였다.

셋째, 각성의 시기였다. 책을 보니 대략 20~30세쯤 되었을 때 전생을 각성한다고 나왔지만 그 시기가 너무 애매하다는 점이었다.

아르티어스가 걱정하는 것이 바로 둘째와 셋째의 문제였다. 첫 번째야 조금만 노력하면 수정이 가능하겠지만, 둘째와 셋째의 가장 큰 문제는 자칫 다크의 생명이 위험할 수도 있다는 점이다.

전생의 비술을 시행하게 되면 각성을 통해 과거의 기억을 조금씩 되찾다가, 어느 순간 과거의 자아로 완벽하게 돌아간다고 적혀있었다. 물론 전생의 육체적 능력은 모두 다 상실하게 되겠지만, 싱싱하고 새로운 육체를 얻을 수 있다는 것 하나만으로도 이 마법은 엄청난 가치를 지니고 있었다.

문제는 그동안 어떤 일이 벌어질지 모른다는 점이다. 운 좋게 귀족이나 왕족의 후예로 태어나면 좋겠지만, 노예의 자식으로 태어날 수도 있다. 그렇기 때문에 재수 없게 각성을 하기도 전에 사고로 어처구니없이 죽을 수도 있고, 병에 걸려 죽을 수도 있다.

다시 말해 아들의 가장 힘없고 나약한 시기를 아르티어스가 옆에서 지키며 도와줄 수가 없다는 말이었다. 다크의 영혼이 여러 개여서, 몇 번씩 재시도를 할 수 있는 것도 아니었고.

"젠장, 무슨 마법을 이따위로 만들었어. 아예 대상을 지정할 수가 없다니······."

책을 보며 고민하던 아르티어스는 연신 툴툴거렸지만, 사실 그 부분은 예전에 비술을 사용했던 대마법사들 역시 시행 전에 언제나 고심하던 문제였다.

전생의 비술은 시간과 공간 그리고 영혼이라는 차원의 틈새를 교묘하게 뒤틀어 시행되는 역천의 비술인 만큼, 마법에 능통했던 아르티엔쯤 된다면 모를까 아르티어스의 능력으로는 손을 댈 엄두조차 낼 수 없었다.

아르티어스가 그렇게 생각했을 정도인데, 호비트들이야 더 이상 말할 필요조차 없을 것이다. 많은 문제점이 있었지만, 그들은 전생의 비술을 마지막 한 수로 써먹기 위해 소중히 간직했다. 수명이 다되었거나, 아니면 누군가에게 살해당하기 직전 최후의 힘을 짜내어 사용하기 위해서. 어차피 죽을 것, 마지막 희망을 걸어본다는 심정에서 사용했다는 말이다.

호비트들이야 밑져봐야 본전이니 그렇게 사용했다고 하지만, 아르티어스 옹으로서는 전혀 그렇지 못했다.

"젠장, 딴 건 다 용납해도 이건 도저히 받아들일 수가 없어. 이러다 잘못되면, 다시 시도할 수도 없는데……."

깊게 고심하던 아르티어스는 결국 전생의 비술 사용을 포기했다. 여벌의 영혼이 수십 개쯤 있는 것도 아니다. 단 한 번밖에 없는 기회다. 전성기에 있는 호비트 전사(戰士)라고 해도 형편 없이 나약하게 보이는 그에게, 사랑하는 아들이 아무 힘도 없는 아기로 다시 태어난다니. 도저히 받아들일 수가 없었다. 인간들은 별 볼일 없는 병에 걸려도 떼죽음을 당할 정도로 허약하기 짝이 없는 생명체. 더군다나 옆에서 지켜보며 보살펴 줄 수도 없는 만큼, 이건 그로서는 절대 선택할 수 없는 비술이었다. 물론 생명이 경각에 달한 호비트 대마법사 놈들이야, 선택의 여지가 없으니 그런 모험을 감행했던 것이겠지만…….

* * *

아르티어스는 그로부터 3년여를 세상을 떠돌며 뭔가 다른 돌파구가 있는지 찾아 헤맸다. 흑마법과 백마법, 그리고 키메라……. 다크의 영혼을 되살릴 수만 있다면 그 어떤 분야든 수단과 방법을 가리지 않을 생각이었다.

그로서는 희망을 찾아 헤맨 것이었지만, 돌아온 것은 더욱 깊은 절망뿐이었다. 아버지의 마법서 '키메라 제작에 사용되는 하급 마법들에 대한 연구'가 그에게는 최후의 희망이었다. 이것만 있다면 최소한 아들의 신체만이라도 만들 수 있을 거라고 생각했었다.

하지만 그게 아니었다. 마법서의 제목을 봤을 때 이미 깨달았어야 했던 것이었지만, 아버지가 흥미를 느낀 것은 '키메라'가 아닌 '키메라를 만드는 데 사용된 마법'이었던 것이다. 즉, 키메라를 제작하려면 책에 기록된 마법들 외에도 아버지가 흥미를 느끼지 못한 하급 마법들이 꽤나 많이 필요했고, 생체에 대한 깊이 있는 연구도 따로 해야만 했다.

물론 충분한 시간만 있다면 어떤 방식으로든 아르티어스는 키메라를 제작할 수 있었을 것이다. 하지만 키메라 제작의 마지막 관문이 그를 괴롭혔다. 그것은 바로 영혼이었다.

흑마법을 연구한 결과 알아낸 것이, 영혼을 다루려면 어쩔 수 없이 마왕의 손을 빌려야 한다는 점이었다. 영혼을 다루는 데 있어서 가장 능통한 존재들이 바로 그놈들이었으니까.

문제는 아르티어스가 마왕을 전혀 믿지 않는다는 데 있었다. 녀석들은 약속을 지키려고 하지 않는 음흉한 족속이다. 계약의 헛점을 교묘하게 이용해서, 어떤 방식으로든 아들을 이용하려 들게 뻔했다. 예전에 나이아드가 아들을 손에 넣으려고 했듯이. 그런 쓰레기 같은 놈에게 잠시라도 아들의 영혼을 맡길 수는 없는 노릇이다.

"흐아아함!"

아르티어스는 점점 더 쏟아지는 잠을 참기 어려워지는 걸 느꼈다. 이계에서 만난 그 망할 놈 때문에, 그의 육체는 지금 휴식을 간절히 원하고 있었다. 그동안 소모한 방대한 마나와 함께, 그의 몸을 재구성할 수 있는 시간여유가 필요했으니까.

"다 때려치우고 한숨 푹 잔 다음에 다시 시작할까?"

하지만 그런다고 해서 상황이 조금도 나아지지 않는다는 게 문제였다. 제대로 된 키메라를 만들려면 최소 100년은 필요했고, 무엇보다 영혼을 제어하려면 마왕과 뒷꽁무니로 협상을 해야 했으니 말이다. 그것도 성공할 가능성이 거의 없는 협상을…….

"에잇, 젠장! 그냥 스켈레톤으로 만들어 버려? 그건 협상 따윈 필요도 없으니까, 제까짓 놈이……."

하지만 아무리 방법이 없다고 해도 그럴 수는 없는 노릇이다. 귀여운 아들놈을 어떻게 뼈다귀만 덜거덕거리는 스켈레톤으로 만들 수 있겠는가. 이러지도 저러지도 못할 막다른 길에 몰린 아르티어스는 갑자기 주먹을 꽉 움켜쥐며 외쳤다.

"에이! 어차피 그놈 성격에 제대로 된 육체를 만들어 주지 않으면, 살기 싫다고 자살이라도 할 놈이니까. 그래, 일단 한 번 해보자. 뭐, 만약에 잘못된다 하더라도, 그때는 그때 생각해 보기로 하지."

도저히 자신의 힘으로는 해결할 수 없는 영혼이라는 문제와 지친 심신으로 인해 밀려드는 졸음에 짜증이 난 아르티어스는 결국 극단적인 방법을 택하기로 결심했다. 그것은 바로…….

『〈묵향〉 29권에 계속』